U0453211

人文新视野（第 18 辑）

2021 年第 1 辑

人文新视野（第 18 辑）

New Perspectives in
Humanities N° 18

史忠义　尹晓煌　臧小佳　主　编

中国社会科学出版社

图书在版编目(CIP)数据

人文新视野. 第 18 辑/史忠义, 尹晓煌, 臧小佳主编. —北京：中国社会科学出版社, 2021.6
ISBN 978 - 7 - 5203 - 9327 - 0

Ⅰ. ①人⋯　Ⅱ. ①史⋯②尹⋯③臧⋯　Ⅲ. ①文艺理论—西方国家　Ⅳ. ①I0

中国版本图书馆 CIP 数据核字(2021)第 234632 号

出 版 人	赵剑英
责任编辑	郭晓鸿
特约编辑	杜若佳
责任校对	师敏革
责任印制	戴　宽

出　　版	中国社会科学出版社
社　　址	北京鼓楼西大街甲 158 号
邮　　编	100720
网　　址	http://www.csspw.cn
发 行 部	010 - 84083685
门 市 部	010 - 84029450
经　　销	新华书店及其他书店
印　　刷	北京明恒达印务有限公司
装　　订	廊坊市广阳区广增装订厂
版　　次	2021 年 6 月第 1 版
印　　次	2021 年 6 月第 1 次印刷
开　　本	710×1000　1/16
印　　张	18.25
插　　页	2
字　　数	272 千字
定　　价	99.00 元

凡购买中国社会科学出版社图书，如有质量问题请与本社营销中心联系调换
电话：010 - 84083683
版权所有　侵权必究

编委会成员

主　　编　　史忠义　尹晓煌　臧小佳
顾　　问　　叶舒宪　郭宏安　罗　芃　栾　栋
　　　　　　米歇尔·梅耶（比利时布鲁塞尔自由大学哲学和修辞学教授、法国《国际哲学和修辞学》杂志主编）
　　　　　　让·贝西埃（法国巴黎新索邦大学比较文学教授、国际比较文学学会荣誉会长）
　　　　　　卡萝尔·塔隆-于贡（法国巴黎东部克雷泰伊大学美学教授、法国大学研究院院士、法国《新美学杂志》前编委会主任）
编　　委　　（按姓氏汉语拼音顺序排列）
　　　　　　程　巍　程玉梅　董炳月　高建平　韩　伟　户思社　李永平
　　　　　　梁　展　史忠义　谭　佳　魏大海　吴　笛　吴国良　吴晓都
　　　　　　向　征　徐德林　许金龙　尹晓煌　余卫华　臧小佳
编　　务　　向　征（兼）

人文新视野
2021 年第 1 辑
总第 18 辑
New Perspectives in Humanities
N° 18

合　办

中国社会科学院比较文学研究中心
Center of Comparative Literature
Chinese Academy of Social Sciences
西北工业大学外国语学院
School of Foreign Studies
Northwestern Polytechnical University

主　编

史忠义　尹晓煌　臧小佳

目　　录

哲学研究

试论问题学的哲学革命 …………………………………… 史忠义（3）

诗学研究

布迪厄的"社会空间"理论 ………………………………… 郭一帆（21）
荒野美学及其价值 ………………………………… 冉小丽　张保宁（35）

法国文学研究

萨洛特多声部中的"自我"与"他者" …………………… 王晓侠（59）
时间之外的隐遁者
　　——纪德论普鲁斯特 …………………………………… 宋敏生（71）
图尔尼埃作品中的自然书写 ……………………………… 杜佳澍（88）

加拿大魁北克文学研究

论"一种小文学"
　　——魁北克土著人的法语文学 ………………………… 向　征（107）

日本文学研究

大谷探险队与日本近代西域文学
　　——论松冈让《敦煌物语》中的"虚"与"实" ……… 刘东波（125）

井上靖首篇佛教题材小说《僧人澄贤札记》
　　——读懂主人公澄贤的僧侣形象 …………………………… 李　钰（144）
井上靖"中日友好"形象的建构与解构 ………………………… 何志勇（162）

比较文学研究

《茫茫黑夜漫游》在文学领域与非文学领域的文本互动与
　　互文衍生 …………………………………………………… 段慧敏（177）
从索福克勒斯和卡夫卡看命运反讽的变迁 …………………… 赵　佳（192）
《安提戈涅》中性别伦理的阿尔莫多瓦式解读 ………………… 史烨婷（214）
距离商榷背后的道德叩问
　　——评迟子建的小说《群山之巅》 ……………………… 张　莹（228）
论《流浪地球》中的崇高感 ……………………………………… 文　缘（242）

访谈录

访谈疫情期间的作家应晨 ………………………… 应　晨　温　杨（257）

国家与地区研究

现实困境与前景展望：萨赫勒五国集团反恐
　　行动解析 …………………………………………… 齐赵园　侯宇琼（269）

哲学研究

试论问题学的哲学革命

中国社会科学院外文所
■史忠义

【摘　要】论文主要分为三部分，第一部分介绍问题学哲学的基本思路和重要概念。第二部分是第一部分的续篇，主要介绍历史性、叩问问题的历史性和变异性概念。第三部分在前两部分的基础上，论述问题学在哲学领域引起的学术革命。

【关键词】起点　问题域　问题内差异　问题学回答　解决性回答　问题学排斥　解决性排斥　历史性　实效性　变异性　判断范畴　命题主义　回答范畴

【Résumé】 Le présent article se divise en trois parties. La première présente le registre essentiel et les concepts importants de la problématologie. La seconde partie est une suite de la première, elle présente les notions telles historicité, celle de la question problématologique et altérité. La troisième développe, sur la base des deux premières, la révolution scientifique en pholosophie.

【Mots-clés】Point de départ, Questionnement, Différence Problématologique, Réponses Problématologiques, Réponses Apocritiques, Refoulement Problématologique, Refoulement Apocritique, Historicité, Effectivité, Altérité, Ordre Du Jugement, Propositionnalisme, Ordre Du réPondre

比利时布鲁塞尔自由大学当代哲学家兼修辞学家米歇尔·梅耶（Michel Meyer）1979年发表的第一部重要著作《科学上的发现和论证：康德主义、新实证主义和问题学》（*Découverte et justification en science : kantisme, néo-positivisme et problématologie*）即提出了问题学的概念，此后又发表了12部著作，2000年才发表了他的《问题域与历史性》（*Questionnement et Historicité*，PUF）一书。这是梅耶的代表作，长达580多页。几十页的导论综合论述了问题域和历史性的基本问题，第一部分论述问题学哲学，第二部分论述历史性概念。第二部分论述询问和回答流变过程中那些不计其数的顺序和程序引起的思想上的相应变化，使文字很艰涩。笔者第四遍阅读自己的译稿时仍然要对着法语原著，小心翼翼地改正哪怕一个字，为使译文好懂一点。虽然该著作部分章节的阅读前所未有地使我头痛，但此前已经翻译出版了梅耶的8部著作并浏览了他的大部分其他著作，我还是捕捉到了梅耶这部最重要的著作从学术角度引起的哲学革命。下面概要论之。

一　问题学哲学的基本思路

起点问题。起点问题涉及两种顺序，一种是实在（réalité，亦译为现实）中的顺序，另一种是人们心中、眼中、思想里的顺序，它们的对立构成了唯心主义与现实主义的最大对立。形成这种分裂的根源是现象的双重性，现象既可以与实在中的顺序相一致，也可以呈现为人们心中、眼中、思想里的顺序。思想与实在、现象双重性的这种分裂是可以消除的，那就是思想要认识到，自身第一（实在中的第一）必定彰显为能量，在出现的第一中显示出来。

根基问题是最根本的问题，是所有问题中最首要的问题，人们既不能从另外一个问题出发来"解决"它（这样它就不是"第一"了），甚至也不能在其下游援引一个外部问题（原因见后）。因此，必须由这个问题本身来提供回答。我们应该从问题本身出发而达到回答。回答应该处于问题之中。在起点问题"里"，有什么比问题本身更首要的呢？问题域（questionnement，广义上的问题、问题域、叩问）是唯一可能的回答。对起点的叩问就这样呈现为对问题的询问（interrogation, interroger）。

这里首先把问题确立为第一要素，它比回答更重要。西方自柏拉图以来的传统思想（理性思想和命题主义思想）都把答案视为第一要素，在解决的必要性中消除任何交替现象，把解决的必要性确立为任何可能的肯定行为的范式，并进而确立为任何回答的范式。于是对问题和叩问的根除则是唯一被允许的解读，也是解决的唯一准则，这种准则本质上阻止人们表述问题和替代现象。2013年11月，中国共产党第十八届中央委员会第三次全体会议通过的《中共中央关于全面深化改革若干重大问题的决定》里写上了"以问题为导向"的句子，这句话从问题学哲学中找到了理论支撑，但比问题学哲学的表述简明得多。

把问题确立为第一要素的做法以及对根基问题的论述，使我们更好地理解了问题学哲学对先验形而上学的批判：形而上学的建构（ses constructions）是任意的和无法验证的；严格地说，它可以在根基部分塞进它想要看到的东西。根基（le fondamental）作为论证的源泉本身，如何论证没有预设根基的立论并确定它的方法呢？人们可以把一切引为原理，因为没有任何东西能论证原理，因为原理是任何论证的源泉。

在问题学哲学的视野下，人们永远能见证到下述现象，即成为自身问题的人，仅仅向自己呈现出叩问者的角色；因而，只能在询问场（champ d'interrogation）的内部去思考他。因而他不能成为询问的条件。当我们这样先于一切地与叩问者关联时，我们就可能将叩问活动确立了一种结构，这种结构只能从对叩问活动的询问中并通过对叩问的询问找到它的基石。毋宁说，在这些条件下，某种突出人的解读不能被采纳。

问题内差异。如上所述，由于叩问成了问即是答，由此肯定了叩问内部的一种差异：这就是把问题与回答相区别的差异。由于我们总是这样回答叩问，差异就落入问题内部，甚至构成它。我们的提问在揭示为（呈现为）回答时，同时肯定叩问是由问与答的差异构成的；它就是这种差异。于是，对叩问提问就变成了对这样的差异进行思考。这就是从叩问开始回答的思维链接（articulation，衔接）。问题学作为彻底的叩问，乃是最彻底的哲学表达：问题学的调查研究是形而上学与哲理性以一种全新方式相融会的场域。事实上，以往的哲学从未对叩问进行过询问，即使它自以为是彻底的叩问。

这是截至目前任何根基理论都没有回答的东西，这也是它们失败的原因：它们从来都无法说明自己的方法论，自己的源头，自己的问题及原因，因为最终的分析说明，它们的做法实质在于排除所有造成问题的因素，因为那是一种负面性的标志。如果某种形而上学必须像"第一原理的科学"那样成为可能，或者更确切地说，像对终极问题的回答那样，那么它只能是问题学，因为在对这样一种问题的任何回答的此岸，无论哲学传统能够给出的回答是什么模样，都存在叩问。

设想为问题学的哲学为思想开辟了一种超越回答、超越科学钟爱之实证性的空间。思想不能仅局限于回答行为，在将回答行为作为主题讨论的同时，思想超越了回答。问题学的调查研究规划确定了一个特有的领域：哲学的目的在于确证自己是对问题域的回答。因此，对问题域的询问就是回答，更准确地说，就是回答我们自己的询问，界定这种询问的特征。自叩问以这样的方式引起某种回答，回答获得的客体是叩问和回答，亦即从一方向另一方的过渡，亦即它们在叩问内部的综合，叩问把它们耦合在一起并体现它们。这种综合的名称就是问题内差异：如果叩问（问题域）就是回答，差异不就被违背了吗？其实，差异在其语词的双重性中得到了肯定。语词"存在"（本体，本是，être）如果不表示叩问进程中的过渡和差异的话，那么它意味着什么呢？存在是问题内差异的操作者：它把问与答耦合在叩问中，或者耦合为叩问。

问题学回答（*Réponses Problématologiques*），**解决性回答**（*Réponses Apocritiques*）。问题学回答又称作**问题性回答**，即回答其实表述的是问题，解决性回答即解决问题的回答。**问题性排斥**（*Refoulement Problématologique*），**解决性排斥**（*Refoulement Apocritique*）。前者即对问题的排斥，这种排斥是多种多样的，它具化为从回答中区分出问题、区分出问题性，并仅放行回答。由此产生隐性与显性的区别（语句的多义性），以及把理性和逻各斯等同于唯一言语范畴的错误结果。从这种结果开始，明显地把问题与回答相区分的问题学就变得多余了，命题主义足矣，即使后者无法思考它所回答的问题，仅借助它自己的回答规范别样地思考自己，而且这些规范是命题主义从它自身出发循环地建立起来的。这是把必要性肯定为必然，把几何—数学的理想及其毋庸置疑的确实性自然而然地建立为必然的明证性。解决性排斥应该理解为排斥某些回答，排斥某些鱼龙混杂的回答。这样，历史性就成了这种双重排斥的游戏，双重排斥的目的在于确保问题内差异。当问题性排斥减少时，解决性排斥就增加，直至纯粹而简单地把差异思考为问题性回答和解决性回答。历史性是对大写历史的排斥：请把这种说法既理解为**客体属性**也理解为**主体属性**，理解为问题学昭明的一种排斥，但后者并没有消除它。历史性在自我反思和被反思时，确认了对历史的排斥，亦即确认了问题域的自律性，后者允许从问题域出发去思考它。

在梅耶的叩问程序中，既没有某种有待隐性地和迂回性地建立的确定性范式，也没有把叩问等同于某种任意怀疑甚至怀疑物的痕迹。前者与命题主义相区别，后者与笛卡儿和休谟的怀疑主义相对立。

事实上，他是从唯一可能的落脚点出发的：叩问问题是一种开创性问题，不质疑任何东西，也不想让任何理想范式处于优势地位。我们仅仅被投入某个问题（问题域）中，它是我们唯一的"方法论"资源，以推动它自身的解决。另外，哲学领域的"方法论"的本色具化为从问题本身推演回答。梅耶视其为一种问题学演绎（*Déduction Problématologique*）。这种演绎严谨地**借鉴**了亚里士多德、笛卡儿和康德对问题的演绎，但是问题学的演绎有其**独特性**。它明确地以从叩问问题本身开始的询问和回答的程序为主题。它的抱负与上面提到的其他演绎的抱负也不同，因为其他演绎并不把叩问的构成性差异即问题与回答的差异作为主题，这不是它们讨论的对象。我们甚至可以补充说，它们的动机是相反的，因为亚里士多德、笛卡儿或康德努力建立一种基于否定叩问并使叩问消失的回答的范畴，这种范畴有利于解决性、绝对确定性和完美无缺的必然性。这种必然性被具体界定为把交替项命题化为矛盾性判断。① "A 或非 A？"的交替性、它们的问题被排除，最好情况下，这种排除把问题性改变为等待其真理价值的简单命题，而在最坏情况下，改变为逻辑上的不可能性。唯有问题被解决和被排除时，这样一种阐释才有意义：如果人们拥有 A，就不拥有它的对立物（反之亦然），但是这仅在问题已经消失的情况下才可能。因而，根除问题，消除问题乃是所谓"真实"（真理）思想的目的和规范。在根除所有问题的基础上建立思想，是只想要思想中那些不造成问题的东西，似乎思想只是回答，一种不再可能反馈到问题的回答。这是一种排斥问题的回答观，它把某类解决的效果等同于普遍意义上的解决本身：如果不再有问题，这不正是它被解决的最好证明吗？而假如解决意味着消除问题，那就需要排斥一切询问性，那我们就必然且自动地进入解决方案的范畴，一种不再回应任何其他问题，仅回答拥有命题之必要性的问题，这些命题本身亦具有必然性。于是必然性成为唯一可能的理性规范，因为它从定义上排除任何替代项，视其为矛盾。当亚里士多德想把这种矛盾观规定为理性和任何言说性的最高准则时，正是这种理想范式激励着他；当笛卡儿寻找某种绝对必要的第一命题、这种命题以自己的形象产生其他命题，甚至当他以某种理性理想的名义，把他的研究（比所有其他研究都具有优先性）的问题性压缩为可疑的事物时，上述理想范式也激励着笛卡儿；这种理性范式的预设处于他的研究之外，很简单，因为它引导着后者；或者还激励着康德，他不像亚里士多德那样，脑中没有诡辩术，也不像笛卡儿那样，脑中没有经院主义，康德通过先验地赋予被直觉支撑的判断以必然性，努力回答经验主义者的怀疑主义，直觉这种综合本身也被他先验地颁布为任何必然性的排他性根源。

  这种事实的一个不可避免的结果就是这些演绎是循环性的。我们知道，循环性具化为把尚处于问题中的事情预设为已经解决的事情，当作答案，这样就消除了它们的差异（问题内差异）。因此，一种把旨在消除这种差异作为解、旨在通过排除其问题而解决它们、通过排斥叩问、

---

① 即二者必居其一的逻辑，这是必需的，相反的东西是不可能的：这是 A 或非 A。必然如此。

更有甚者把这种排斥规定为任何"回答"的定义，规定为任何"回答"的根本必然性的举措，还有什么比它更循环的呢？但是真的可能有某种没有恶性循环的必然性吗？试图把解决性证明为任何思想的规范本来首先就是探索，在获得真理之前，除了它所排除的事物，能有什么真理性的（真实性的）东西吗？概言之，必然性的必要性应该是自然而然的，或者不存在。

只有如此深思熟虑的问题学演绎才能避免出自问题与回答的无差异（in-différence）的循环性。问题不再是消除叩问，不再是演绎、论证这种无差异的有效性（这种论证把演绎变成一种命题性的论证，预设于它自己的演绎中），相反，却是通过询问方式从询问中捕捉自己，通过这次不再预设其他事情仅预设询问和知道自己做什么的事实，把询问性理论化。这个事实本身没有任何循环性的危险。

这样叩问的问题就变成实效性（实际性）的问题。那么什么是实效性呢？

实效性（effectivité，实际性）概念。对提出问题及叩问活动的实际了解这种事实只能导致对事实本身的询问，并通过它，询问普遍的事实性（factualité）。因为归根结底，处于问题中的是问题内差异，这个问题就变成：问题内差异是怎样事实化（se factualiser）的，它如何引起关于事实的问题？这个事实问题的问题学演绎似乎把叩问本身推向后台（arrière-plan），询问在某种程度上脱离自身而以其他事物为主题，自我排斥以便在以事实性为客体的解决中获得完成。那么，实效性就不是任何其他东西，**而是在对叩问的排斥中获得完成某种解决，它（实效性）甚至不再被感知为问题，因为关注其他事物**。梅耶认为，问题学的叩问以外的一般叩问的宗旨，恰恰就是参照某个其他事物，对它而言，重要的并不是把叩问作为主题而讨论，而是实践它，通过在每个具体的询问中排斥叩问而落实（Une Effectuation）叩问。叩问的这种具体化以隐含的方式界定它。他把这类界定叫作跨层面界定（surdétermination）。

二　历史性、叩问问题的历史性和变异性

历史性也是问题学哲学的基本概念和其基本思路中的重要问题，但因为这个问题占据了梅耶代表作的一半篇幅，有必要单独成节来论述。这样有利于更准确更深刻地理解多义的历史性概念。

历史性反映了叩问未被询问的事实，但也反映了造成人们提出叩问问题的因素。因而历史性使具有开创性质的问题变成开创性问题成为可能，或者当开创性问题本身没有被询问没有被这样思考时，使某种叩问事实上处于开创性形态。历史性表述了能够对叩问提问的自由，这种自由也蕴含着人们可以在接受一个未被询问的世界中，与后者的各种明证性和共性一起生存，与它的传统一起，且一般而言，在建构起来的世界的威信下生存。在历史性的作用下，原初（原创性）具有某种意义，而在大写历史的眼中，一切永远都已经开始了。叩问问题作为实在事实上也是通过起点问题被如此排斥的某种历史的效果。起点问题仅在有利于排斥先于它的事物的情况下才有意义，这种事物使它表现得不像对大写历史的某种回答，而像一种没有任何先前东西的问题，因为它是开创性的。于是，大写历史间接地、以衍生的方式、通过我们一点也不寻求感知的某种沉淀而自我显现，尽管它的意指效果在人们共同使用的语言中凝结。在最初的询问中，叩问问题所体现的回答，以及随后对这个问题的询问对它所体现的回答，作为答案被排斥，这种回答事实上关涉历史性。历史性没有出现在叩问问题中，恰恰因为后者呈现出了开创性。在我们向叩问提出的问题中，定义并构建独创性哲理的叩问是反历史的（Anhistorique），确立为自律的。历史性本身在被思考的原初中是被排斥的，然而，原初也是某种断裂的声音，这种声音覆盖了过去的噪音。人们同时观察到对历史性的某种排斥，而叩问因此被偏移。它只能以衍生的方式、从其他被视为原初的事物出发被发现。正是这种衍生现象反映了下述事实，即当人们开始的时候，他们并不叩问起点，事物可谓自我延伸，由于继续所必要的明证性和掌控得到了保证。

相反，人们作为专题予以讨论的叩问是问题学方法的历史性，是任何参与反思的询问性路径的历史性，同时，也是对它所回答的事物的排斥。梅耶用叩问的历史性这个概念再次阐述了叩问新解的独创性。自此，叩问在它构建与定义的某种层面上可以肯定为原初的和自律的。它不是回答但呼唤回答，并以这样的方式诉求问题内差异的落实，而在另一个层面上，大写历史的层面上，它是问题内差异的某种效果、某种产品。对叩问的询问最终使人们认识到问题内差异源自对所有历史东西的排斥，历史的东西引起我们的询问，作为对这种大写历史的回答。因此我们不妨说，被思考的问题内差异只能通过对任何先前的问题性的排斥才能在这种形式下实施。亲身经历的历史性，变成被思考成对问题学差异化这种时刻的构成性排斥，它作为主题被讨论就是这样的时刻。对叩问的否定，亦即对历史性的否定，这种否定曾经深刻影响前历史时期。这样，历史性就成为我们自己的研究对象。我们自身叩问活动的历史性与对它所回答事物的排斥相关，这是一种终于得到表述的排斥，因为它属于在某个时刻自身能够得到独立表述的这种历史性。排斥得以继续，但它变得有意识了。于是，仅仅在其效果中被体验的问题学差异，被作为题材得以讨论。在先前的时期中，对起点问题所回答事物的排斥自己也被排斥了。不能如此表述的历史性，问题学差异，即不能如此表述的叩问，自身都未能被独立思考。起点问题未能呈现这种问题的风貌，即没有呈现为叩问。由此，根基的实证性就成了所有范畴的本体、主题或实质。问题内差异的事实化已经发生了，但并没有从叩问出发被思考。对历史的排斥通过这种排斥而承担了历史，这种排斥在进行中，但没有必然在这种回答中被思考。现在与从前一样，起点问题作为原初问题而提出，因为它是最原初的问题，以至于历史性呈现为这样一种方法论内部对大写历史的持久排斥，恰恰为了使它能够记录为原初问题。

概言之，叩问问题涌现为思想与大写历史之差异的历史性，涌现为与大写历史协商关系的历史性。基于这种事实，它是作为被大写历史以这种或那种方式穿越的问题内差异。**因而叩问即历史性。叩问与历史性的差异是，以原初方式反思自己并思考原初的叩问，作为对大写历史的**

回答，它也因此而与大写历史相区别。当大写历史变得不可回避时，对它的排斥方式就是把历史性题材化（把历史性作为主题来讨论），后者就是这种排斥。区别于叩问的历史性，乃是融入其差异并作为差异的大写历史，在叩问问题中被如此思考的历史性专注于对大写历史的某种排斥，这种排斥此后仅是哲学与历史之差异的纯粹而简单的表述，是自我提出、但同时又深知自己在另一层面上乃是回答的问题化的纯粹而简单的表述。历史性是落入问题域内部的差异。

变异性（altérité）概念。变异性的本质是什么？问题所在的他者是谁？自我或他人，仍然保持自我之身的他者抑或一个真正的他者，既非自身亦非自身中的他者？倘若实效性就是在排斥自身、走向某外在事物中得以完成的历史性的话，那么历史性在问题域中并通过问题域所提出的问题就是这种变异性的问题，后者不可能通过一种转向外在性的实现先验地被解决。总之，在历史性的问题中，注意力转向回答大写历史的提问者身上，且提问者询问自身，作为在对其自身的询问中服从于历史性的提问者。变异性则是其他事物，是实效性中的具体事物，而在我们询问的历史性中，准确地讲，它是人们习惯上称作的他者，根据提起我们身份问题的时段，根据把我反馈到变异性物体上最直接意义的我之外的另一他人的空间，它既是自身又是他人。我身上的这个他者也是我，而我之外的这个他者也是我的定位，是正在询问的人们询问自我时所提出的真正问题。作为独立概念提出的变异性问题，使我们超越了对意识的意识，因为在我们置身的场合里，这首先是一种处于问题中的"我们"，他（"我们"）像一个问题一样展示给我们，在那里我们既不展现为物质，也不展现为主体，甚至也不展现为意识，而仅仅是提问者。这个形成问题、询问自我、排斥或不排斥问题域的"我们"，变得不同于吸收或充实意识并在意识的全部活动中（包括反思性活动中）维持与自身一致性的实效性。变异性是自身问题固有的问题学差异（问题内差异）。

如果历史性就是实效性和变异性，仍然需要把历史性问题与变异性问题相区别。它们界定思想和人类最根本的问题，它们就是叩问所变成的东西：自身或同一性，问题内差异透过历史使我们意识到它们乃是身份问题，透过它们所否定或者超越那些发生的变化明确与之相区别的大写历史，而达致这一点；上述变化发生在世界、物质、宇宙空间，最后还发生在他人那里。

这样问题域就引导我们直面形而上学最深奥的谜团：同一性问题或自身是谁的问题，物质、世界或宇宙的问题；最后还有变异性、他人或差异的问题。我们从中重新找到了哲学的古老划分：堪称同一性科学的逻辑学，有关世界科学的物理学，以及他人之科学的伦理学。或者还有休谟（Hume）《人性论》（*Traité de la nature humaine*）的三个部分①，或者康德（Kant）的三大《批判》（*les trois Critiques*）。②

历史性把实效性与变异性耦合于对问题域的询问中，作为这种询问的诸多时刻，询问落脚于形而上学以及任何一般思想的三大传统问题上。在直至现在一直占上风的对问题域的否定语境下，这些问题的承载独立于任何问题域，通过它们自身十分明确地确立。被实践但却没有被如此思考的彻底的叩问把这些问题强加给思想界，思想界在没有更好语词的情况下，把这些苛求定性为自然的要求。在缺少任何问题学耦合的情况下，人们一直面对它们的源头的谜团。它们过去并没有被感知为问题，而是感知为实体，甚至感知为种种视点，每种视点一定时候都以压缩其他两种视点为目的。

事实上，历史性就是作为历史常态、独立于大写历史的问题内差异，它取消大写历史的效果，把它们整合起来，以至问题域的真谛以这种或那种形式保持下来。同时，把问题与回答的纽带构成常量来鉴定问题域的历史性，在对问题域的询问中呈现为询问的耦合原则，更准确地说，呈现为询问的**同一性原理**。

至于把问题域建构成差异的实效性，差异一方的存在理由在于另一方中，回答的理由存在于问题中，实效性让我们获得了问题域的另一个

---

① 苏格兰哲学家大卫·休谟的《人性论》包括三卷，前两卷《论知性》和《论情感》1739年出版，第三卷《论道德》1740年出版。

② 指康德的三部重要著作《纯粹理性批判》（1781）、《实践理性批判》（1788）和《判断力批判》（1790）。

原理，即**理由原理（理由律）**，作为问题与回答的纽带。当人们就问题与回答间永远存在某种差异这件事做出回答时，等于陈述了这种回答的理由即问题，回答通过问题自视为效果。各种回答的理由位于问题当中：理由原理就这样活跃着一般的回答行为，犹如落实问题内的差异。

那么对问题域的提问就成了就回答的原理本身对回答范畴进行询问，这些原理来自问题内差异并旨在实践后者。它们体现了回答行为的基本耦合，并支配着作为从问题过渡到回答的回答行为。正是这些原理造成回答的某种理由和范畴，同样，对这些原理的某种命题主义的阐释乃是阻碍回答行为被别样审视、只能囿于判断范畴的原因。

三 问题学的哲学革命

上面的介绍中其实已经看到了问题学在不同学术阶段显现的独特性及提出的新的学术思想。这里需要进一步明确它们并评估它们的重要性。

接受哲学今后应该从问题本身开始反思问题，不啻于从传统上、从一般意义上问题的负面观念过渡到一种积极的问题观。对问题性的这种感知是历史的成果，它迫使人们超越自柏拉图以来所建立的各种形而上学思想及几何学理想，如柏拉图的理念论、康德的先验哲学、黑格尔的绝对精神、胡塞尔的纯粹意识等一切唯心主义的思想。几何学理想仅在自行成立的必然性范围内理解回答行为，人们将此称为判断范畴或命题主义。命题主义在与那些互相产生、实为没有具体问题的答案一起活动时，显示出不吞没问题或者将它们摒弃于自身之外就无法处理问题的窘状。从笛卡儿到维特根斯坦的运动（该运动在维特根斯坦以后更加突出），清楚地显示，面对已经泛化直至确立为不得不就其自身进行思考的问题化，人们不再可能以上述方式进行思维。但是压缩为仅考虑解决从而摧毁了询问性的思维，即使在科学领域，也变得过时了。量子力学和相对论构成了 20 世纪的伟大革命，然而当哲学重新思考空间、时间、类型、概念的实在时，错误地整合了它们。例如，对于量子力学而言，实在（la réalité）是由交替现象构成的一个整体，叩问者通过其观察和提问者的实际路径，将它们压缩为一种唯一的答案。问题学向这种传统的判断范畴和命题主义思维提出了挑战，它们的基本点就是根除问题。

问题学以最深刻的彻底性保持其哲学属性，在那里本原在不可回避中展开。对叩问的思考界定某种明确参照问题域的回答行为，且由于这种事实本身，问题与回答的差异落入回答行为内部，成为它真正的原理。各种类型的奥秘终将得到解决，这多亏了这些类型所付诸实践的询问性；同样，思想的终极原则将呈现为把问题与回答之差异落到实处，作为拥有思想的必不可少的常项。

梅耶在第一部分分别论述了以命题主义为特点的判断范畴和与之相对立的回答范畴。如上所述，判断范畴被建构为对根除问题性之问题的回答，对问题性的根除同时成为命题主义"回答"的准则。这是一种自我盲视和自我排除的回答。判断范畴、命题性范畴乃是不由自主的回答范畴。作为回答行为的概念，它们是自相矛盾的，产生悖论和循环性。然而，倘若判断范畴未能展现任何有效性，它就不可能穿越数十世纪的历史。悖论性的是，它以自己对问题的排斥维持着这种有效性，问题的排斥与落实实践即我们所称的实效性相吻合。判断范畴像实效性一样，在排斥叩问的基础上运行。排斥叩问的判断范畴享有数世纪之久的合情理性与作为其范式的实效性相关，在那里人们排斥叩问以解决提出的各种问题。

至于判断范畴的各种律则，它们显示为回答范畴的律则，但抽去了参照问题的精髓。因而它们是回答范畴的**一种特殊情况**。它们把一种既不能被如此思考又不能反馈到叩问的"回答行为"极端化，从而给出它们只能以一种所谓内在必然性的名义反馈到它们自身的幻觉。例如，理由律规定，任何回答皆有理由，后者归根结底是一种问题；然而，如果人们囿于一种缩减为自身的回答范畴而不反馈到问题，人们将重蹈一切皆有理由而不反馈到某种差异的经典格式。不矛盾律和同一律的道理相同；它们被本体论化，把言说范畴与物质范畴混淆在一起；它们宣称自身是成立的。其实，判断范畴的律则是实效性排除的一种思维性律则，这种思维性落脚于昭明某个随后变成悖论性的和循环性的范畴，其原因恰恰是对作为有待解决之**问题**的叩问的否定，唯有这种叩问可以赋予它们以意义；然而这种范畴建立在不可能反馈到询问性的基础之上。自此，人们并不很清楚，在命题主义中，这些律则从何而来，它们从数量和品质上**回答**什么。理由律、矛盾律和同一律之所以主导回答行为，那仅仅是因为它们回应了耦合回答行为即耦合各种问题即耦合它们之间的差异化的"必要性"而已。这就分别给出了不矛盾律、同一律和理由律。

这一切清楚地表明，判断范畴只有作为回答范畴的特殊情况才有意义：它是不反思自身的回答范畴，因为它们关注其他事物。但是如果人们相对于回答范畴把判断范畴自律起来，以便把它变成理性及其表达方式的真理，亦即将其上升为普遍真理甚至绝对真理，那么这种判断范畴就失去任何价值、任何有效性，这甚至会引起某种超感性物质的形而上学及其同样可能的（équipossibles）各种矛盾，引起无尽的幻觉。

问题学的革命从问题本身开始对它进行询问还有第三层面的意义。它既没有从确立古代及中世纪思想光辉岁月的本体（être，本是）出发，也没有从通过自我意识奠定现代思想根基的主体（如笛卡儿的思想体系）出发。"本体"对于奠定任何东西都是一个太模糊的概念，那是柏拉图发明的概念，恰恰是为了把人们引向不着边际的牛角尖，让他们脱离问题，脱离实际。对此，梅耶有着清醒的认识，1999年，他发表了《本体论史》（*Pour une histoire de l'ontologie*，PUF，Quadrige）一书，他是西方很少有的提醒人们警惕"本体论"概念的学者之一。自伽利略以来，正是科学承担了表述何谓"本体""本是"并解释其原因的任务，这样就确定了"本体""本是"的各种不同内容。至于主体性，远非某种任意本原，它被冲动与大写的历史贯穿；一言以蔽之，它与"本是"一样，在历史的发展进程中，始终与情感和历史内容捆绑在一起，现在比以往任何时候都更具问题性。没有抽象的主体和主体性，一定要把主体概念放进具体的思想和历史环境中来分析和认识。

2008年，当西方又一次遇到金融危机和经济危机时，人们不约而同地把目光转向了问题学哲学，越来越感到西方社会按照资本主义去发展这条路走不下去了，需要另觅新路。那几年，法国大学出版社的"问题学丛书"中，各种学科用问题学视野重新观照和总结本学科原理、动力和前景的著作多达60多部。后来社会、政治、经济领域的实际革新并不尽如人意，颇有好了伤疤忘了痛、经济危机已经时过境迁的感觉，但学术界的反思是深刻的，他们的反思必将在社会上产生广泛影响。

笔者认为，这几个层面足以说明，问题学哲学是一场革命。

【作者简介】

史忠义（1951—　），中国社会科学院外文所研究员，博士生导师，中国外国文学学会法语文学分会会长，法国 *Nouvelles Humanités. Chine et Occident*（《中西新人文》）杂志主编。主要研究方向：中西比较诗学和中西思想史的比较研究。

联系方式：电子邮箱：shizhongyi51@126.com　手机：15910934088
通信地址：北京建国门内大街5号中国社会科学院外文文学研究所
邮编：100732

诗学研究

布迪厄的"社会空间"理论

(浙江越秀外国语学院 西方语言学院,浙江 绍兴 312000)
■ 郭一帆

【摘　要】布迪厄的阶级理论建立在对马克思和韦伯阶级理论的批判性继承上。他根据资本总量、资本结构与阶级轨迹构建了三维的社会空间,并将"社会空间"这一概念作为社会分析的工具,将社会划分为统治阶级、小资产阶级和大众阶级。在此基础上他又以一种动态的视角研究了社会流动与再生产,描述社会阶级在社会空间中的位置变化。布迪厄的"社会空间"理论是阶级概念的基础,阶级在社会空间中的位置既通过资本的不平等分配来定义,又通过不同的再生产策略得到不同的阶级轨迹。

【关键词】社会空间　社会阶级　再生产　布迪厄

【Résumé】La théorie de classe de Pierre Bourdieu se fonde sur un héritage critique de celles de Karl Marx et de Max Weber. Il a construit un espace social tridimensionnel selon le volume du capital, la structure du capital et la trajectoire des classes et le sert comme un outil pour analyser la société. Pierre Bourdieu divise la société en trois couches: classe dominante, petite bourgeoisie et classe populaire. Sur cette base, Pierre Bourdieu a également étudié la mobilité sociale et la reproduction sociale dans une perspective dynamique et décrit le changement des positions des classes dans l'espace social. La théorie de l'espace social de Pierre Bourdieu est le fondement de son concept de classe sociale. Non seulement la position d'une classe dans l'espace social est définie par la distribution inégale du capital, mais aussi chaque classe a des trajectoires différentes dues aux stratégies de reproduction différentes.

【Mots-clés】Espace Social, Classe Sociale, Reproduction, Pierre Bourdieu

【项　目】浙江省哲学社会科学规划课题（19NDJC179YB）

一　引言

划分为神职人员、贵族和第三等级，他们各自享有既定的权力和义务。工业社会及以后的社会则缺少了法律界定的社会等级，如何对社会进行分层就成为众多社会学家关注的问题。19世纪，马克思提出了系统的社会阶级理论，按经济标准将社会划分为对立的资产阶级与无产阶级。另一位社会阶级理论的奠基人韦伯，从权力、声望、财富三种原则来划分社会等级。[①]

布迪厄是法国当代最为重要的社会学家之一，他批判性地继承了前人的观点，形成了自己的学说，为社会阶级的研究提供了一种独特的视角。布迪厄接受了马克思关于阶级斗争的观点，又和韦伯一样赋予象征统治非常重要的地位，但他又提出了社会空间的概念作为社会分析的工具。在1979年出版的《区分：判断力的社会批判》（*La Distinction, Critique sociale du jugement*）中，布迪厄深入探讨了社会空间这一概念，建立了生活方式的空间和社会空间，并同时展示了它们的同源关系。这使得他不仅能够分析社会群体的位置及其相互关系，还可以探究社会秩序再生产的趋势。布迪厄是一个成功的兼收并蓄者，在激烈的理论斗争中赢得了他学说的合法性。

---

① 参见 Bonnewitz, P., *Premières leçons sur la sociologie de Pierre Bourdieu*, Paris: Presses Universitaires de France, 1998, p. 41。

二 社会空间理论的主要内容

(一) 社会空间：资本不平等分配的等级产物

社会构成是一个"群体和阶级之间权力与意义的关系系统"①。因此有必要研究这些社会关系以理解行动者被划分为社会阶级的缘由。传统的社会分层是根据各个阶级存在的物质条件为他们分配位置的，这种方法只考虑了单一的分层原则，忽略了社会阶级不能被单独定义，而要与其他等级相联系这一事实。布迪厄提出"社会空间"这一概念，他先研究是什么促成了各阶级在社会空间中所维持的关系。

"社会空间可以被描述为一个位置的多维空间，在这个空间中任何当前位置都可以根据多维坐标系来定义，且该多维坐标系的值对应不同相关变量的值；因此在第一维度中行动者根据其所拥有的资本总量占据相应的位置，在第二维度中，根据其资本的构成，即根据他们所拥有资本总量中不同种类资本所占据的相对比重。"② 布迪厄认为，我们之所以可以用多维空间来表现社会世界，是因为社会学起初呈现为拓扑学的形式。多维空间建立在我们所研究的社会世界中所有行为属性构成的区分或分配原则的基础上，所有行动者和行动者群体都由他们在空间中的相对位置来定义。他们中的每一个都被限定在某个位置或者是相近位置的特定等级。

"谈论到一个社会空间，就不能忽视基本的差异，尤其是经济和文化上的差异，将无论任何人聚集在一起。"③ 我们观察到，在不同社会结构中占据对等位置的社会阶级之间有类似的属性。许多分析表明，有相

---

① Bourdieu, P., *La reproduction: Éléments d'une théorie du système d'enseignement*, Paris: Éditions de Minuit, coll, «Le sens commun», 1970, p. 20.

② Bourdieu, P., «Espace social et genèse des "classes"», *Actes de la recherche en sciences sociales*, 1984 (52-53), pp. 3-14.

③ Bourdieu, P., «Espace social et genèse des "classes"», *Actes de la recherche en sciences sociales*, 1984 (52-53), pp. 3-14.

似属性的社会阶层对应的是相同的阶级情境，虽然社会结构可能会有所不同。事实上，阶级位置或是阶级情境上的差异，都会转化成显著的标志，转化成象征性的区分。这些属性可用来区分和会聚尽可能相似的行动者（因此尽可能与其他阶级的成员不同）。如此分类的行动者，他们在空间中的位置越近，其共同点就越多，位置越远，其共同点就越少。那些在社会空间中靠近的人就构成了一个阶级。换句话说，一个阶级就是一群处于相同位置、相同条件，并且在社会空间中面临相似约束的行动者。

社会空间是由不同资本构建而成的。资本的概念首先隶属于经济范畴。即使阶级结构的形成以经济作为基础，也不应该把社会阶级之间的关系简化为经济这唯一一种关系。布迪厄认为，人在生产关系中所占的位置只是众多权力关系众多结构之一，社会空间实际上是多维的，不能把它缩减到经济唯一一个维度。不过我们可以用资本的属性作一个对比：资本通过投资行为来积累，通过继承来传递，通过持有人经营最能盈利的投资来获取收益。这些特征使资本成为一种启发式的概念，我们不仅仅可以将资本用于经济领域。① 布迪厄的研究增强了人们对资本分类的意识。尽管教育程度的不均衡和家庭之间经济不平等已经被证实，但用文化资本来说明会更具说服力。与此相关的分析反映了更多的事实，例如教师子女的教育程度一般会比较高，但他们很多并不是来自处于经济等级顶端的家庭。在关于生活方式和消费实践的研究中，基于资本分类和"社会空间"概念的模型使得分析更有说服力，比如在同等收入的情况下，为什么不同家庭会有不同的消费结构。

根据布迪厄的分析，我们可以区分出四种类型的资本。

经济资本：包括不同生产要素（土地、工厂、劳动）和所有的经济资产（例如珠宝、股票和债券等）。当然也包括收入，因为收入保障了一定的生活水平，也构成了财产的一部分。

文化资本：与所有的知识资质相对应，由学校系统产出或由家庭传

---

① 参见 Bonnewitz, P., *Premières leçons sur la sociologie de Pierre Bourdieu*, Paris: Presses Universitaires de France, 1998, p. 43。

播。这种资本可以有三种存在形式：整合状态，作为人体内的长期配置存在（包括知识、技能、言语形式等，例如在公共场合能够自如表达）；客体状态，作为文化财产存在（例如拥有名画或其他作品）；制度化状态，即一些机构的社会认可（例如学历、头衔等）。

社会资本：主要被定义为个人和群体所拥有的社会关系。一个特定行动者所拥有的社会资本总量取决于其可以有效动用的关系网络的范围，以及他与之关联的行动者所拥有的资本总量（经济资本、文化资本和象征资本）。拥有这项资本意味着需要有利于建立和维持关系的工作，也就是社交性活动，如相互邀请、共同娱乐等。

象征资本：在赋予行动者合法性上发挥着非常特殊和不可替代的作用。合法性即我们称之为权威、声誉、名望等无形却又具有决定性的性质。但是只有在其他人愿意承认行动者拥有这些性质的情况下，象征资本才得以存在。一旦被承认，象征资本就会帮助增强行动者的权力和统治，并增加其拥有的经济资本、文化资本和社会资本总量。因此，体现荣誉准则和良好行为准则的要求不仅是社会调控所必需的，而且形成了具有实际后果的社会利益。[①]

然而，资本并不是一成不变的。比如文化资本，可以随着时间的推移转化为经济资本。畅销书作家和先锋派作家，在特定时刻因各自拥有的资本结构而相互区分，那么从长远来看，两者有可能融为一体：先锋派作家一旦获得认可，就可以从创作活动中得到之前可能并无获利迹象的经济回报，尽管会有延迟。布迪厄也强调经济资本的重要性，认为特定资本的积累是以经济资本为前提，从某种意义上来说，非经济形式的资本只是被剥夺了经济形式的资本。经济资本能够转换成种类繁多的其他资本，它是资本主义社会中占主导地位的分层原则。

这样就提出了资本转换的问题，即从一种资本到另一种资本的可转换性问题。社会空间中的"横向"流动，即从左到右而不是由下而上的

---

① Bonnewitz, P., *Premières leçons sur la sociologie de Pierre Bourdieu*, Paris, Presses Universitaires de France, 1998, p. 43.

流动，就涉及将一种资本到另一种资本的转换。如果转换存在，那是因为不同资本其实是同一资本的不同种类。布迪厄将资本与能量进行对比：社会科学中的资本就像物理学中的能量，可以以不同的形式和状态存在。他甚至模仿能量守恒定律，提出了社会能量守恒定律。社会能量守恒定律应该全面考虑不同形式下的资本，而不只是经济资本。因此当考虑到象征利润时，慈善行为不再表现为亏本投资，此中并没有资本损失，只是出现了资本的转换，最终实现了资本的保存。

资本不是只有一种形式，其中经济资本和文化资本为构建社会空间提供了最直接相关的差异化标准。因此社会行动者按照一种双重逻辑、一种双重维度来分配自己的位置。首先，根据他们拥有的资本总量，从垂直维度上将社会群体划分为不同等级，那么拥有丰富的经济、文化资本的行动者与缺乏经济、文化资本的行动者就形成了对比。这种分级方式将老板、自由职业者和大学教授置于等级的最高层，他们可以发展面向稀有和独特商品的"奢侈趣味"，而拥有这些商品也以他们占有经济、文化资本为前提。拥有经济、文化资本最少的工人、农场工则处于社会阶梯的最底层，他们的生活方式围绕获取生活必需品展开。

然后是根据资本结构进行区分，也就是两种资本在资本总量中的比重。因此，经济资本优于文化资本的社会行动者，与具有相反特征的社会行动者形成了对比。根据这种区分方法，可以解释在社会空间垂直维度上占据相同位置的群体出现的内部分化。从这个角度来看，工商业老板与教授形成了对比：前者相对于文化资本拥有更丰富的经济资本，而后者与经济资本相比拥有更多的文化资本。

因此可以说，社会阶级的空间是三维建构的。第一个维度是行动者拥有的不同的资本总量；第二个维度是资本的结构，也就是说在资本总量中，经济资本、文化资本等所占的相对权重；第三个维度是社会轨迹，即资本总量和结构随时间的演变。

布迪厄将社会空间分为三个阶级。

首先是统治阶级，或称为优势阶级。统治阶级拥有较高的资本总量，且经常拥有不同类型的资本。这个阶级知道如何发挥区分作用来维护其正当身份,并通过使其合法化,将对社会的某种观点强加给所有人。统治阶级定义了何为合法文化。

其次是小资产阶级,该群体拥有提高自身社会地位的意愿。就文化而言,与资产阶级相比,小资产阶级很大程度上缺乏自主权。他们尊重既定的社会秩序,在道德问题上自律甚严。他们表现出一种基于模仿统治阶级文化的"良好文化意愿"。

最后,大众阶级的特点,是缺乏任何一种形式的资本。他们处于社会空间的底端,不得不倾向于"必然的选择"。他们的统一性表现为对统治的接受。[1]

通过切割社会空间区域来区分的等级,聚集了尽可能同质的行动者,这种同质性不仅表现在生活条件方面,而且表现在文化实践、消费、政治观点等方面。布迪厄所构想的社会空间是一个差异化系统,即一系列从结构上定义的属性按类别进行差异分布。社会空间是一个被构建为位置结构的空间,这些位置由它们在特定种类资本的分配中所占据的位置来定义。不同、差异、区别性的特征等属性只存在于与其他属性的关系对比中。布迪厄认为社会阶级本身并不存在。考虑到不同类型的资本分布结构,根据观察所建立的阶级,是一个可以说存在于虚拟状态中的差异空间。

(二) 场域:社会世界的缩影

场域的概念,与惯习和资本的概念一起,在布迪厄提出的阐释系统中起着核心作用。场域是社会空间所构成的宏观世界的一个缩影,社会是所有场域的集合。社会的演变使基于社会劳动分工所产生的各个领域逐渐出现,促使布迪厄提出了场域的概念。

"从分析的角度来看,一个场域可以被定义为在各种位置之间存在的客观关系的一个网络,或一个构型。正是在这些位置的存在和它们强加于占据特定位置的行动者或机构之上的决定性因素之中,这些位置得

---

[1] Bonnewitz, P., *Premières leçons sur la sociologie de Pierre Bourdieu*, Paris, Presses Universitaires de France, 1998, pp. 46 – 48.

到了客观的界定，其根据是这些位置在不同类型的权力（或资本）——占有这些权力就意味着把持了在这一场域中利害攸关的专门利润的得益权——的分配结构中实际的和潜在的处境，以及它们与其他位置之间的客观关系（支配关系、屈从关系、结构上的对应关系等）。在高度分化的社会里，社会世界是由具有相对自主性的社会小世界构成的，这些社会小世界就是具有自身逻辑和必然性的客观关系的空间，而这些小世界自身特有的逻辑和必然性也不可化约成支配其他场域运作的那些逻辑和必然性。"①

场域有许多类型，例如政治场域、经济场域、文化场域等。场域是一个位置结构化的"系统"或"空间"。这个空间是占据不同位置的不同行动者之间的斗争空间。斗争是以对该场域特定资本的占有（合法特定资本的垄断）和对该资本的重新定义为赌注。

为了解释社会行动者在场域中的行动，布迪厄又用游戏来进行类比。他认为玩家之间要竞争得到的东西和玩家对游戏的投入是我们需要关注的。只有当玩家们对游戏和赌注共同拥有一种信仰，一种没有被质疑的认可时他们才会处于对立状态。每位玩家都拥有王牌，也就是说他们拥有力量根据游戏而变化的主牌。正如牌的相对力量根据比赛而变化，不同种类的资本（经济、文化、社会、象征）的等级在不同场域中也会变化。资本在场域中分配不均，因此存在统治者和被统治者。统治阶级占主导地位的各个场域（经济、政治、科学等）或领域是相互关联的，但这并不妨碍它们拥有相对自主权，并受制于它们自己的逻辑。玩家的策略将取决于他们的资本总量和资本结构，游戏的目的是在尊重游戏规则的同时保存或积累尽量多的资本。处于统治位置的个人偏向于选择保存策略。但是玩家也可以寻求改变这些规则的办法，例如使对手的力量所依赖的那种资本失去影响力：这属于颠覆策略，被统治的个人较多实施这种策略。"资本的种类，就如游戏中的王牌，是在特定场域中定义了

---

① ［法］皮埃尔·布迪厄、［美］华康德：《实践与反思——反思社会学导引》，李猛、李康译，邓正来校，中央编译出版社1998年版，第133页。

获利机会的力量（事实上，每个场域和子场域都对应着特定类型的资本，在该场域中作为权力和关键）。例如文化资本的总量决定了在文化资本中起作用的所有游戏中获得利益的机会，从而确定了在社会空间中的位置（在一定程度上取决于在文化场域中的成功）。"①

特定行动者在社会空间中的位置可以通过行动者在不同场域中占据的位置，亦即在每个场域中起作用的权力分配来定义，权力分配则取决于对经济资本、文化资本、社会资本以及通常被称为声望、名誉、声誉等的象征资本的占有。它是这些不同类型资本被感知和认可为合法的形式。社会场域中不同种类资本（嵌入或物质化）的分配形式，作为社会劳动累积下来的客观化产品的占用工具，定义了权力关系的状态。这些权力关系在持续的社会地位中被制度化，被社会认可，受法律保障，影响着行动者，客观定义了行动者在关系中的位置。

除了一般特性，每个场域还被赋予了特定的重要性，并且与其他场域相比，拥有相对自主性。一个场域内发生的斗争有一个内部逻辑，但场域外部斗争（经济、社会、政治……）对内部权力关系有很大影响。由于社会行动者在一个场域中的位置取决于他们在社会空间中的位置，所以社会结构与社会场域之间存在同源性。

（三）社会流动与再生产

对阶级之间权力与意义关系的研究，必然包括权力与意义和时间融合的研究。科学方法不能给出一幅社会关系的静态图像，因为这会忽略权力与意义生产的基本问题，或者更准确地说，它们再生产的问题，这是阶级本身再生产的原则。此外，这种忽略与突出社会关系网络的要求相矛盾，因为统治阶级强加给其他阶级可以确保其统治再生产所需的结构，而且这种强加是阶级关系的组成部分。换句话说，统治阶级的统治与再生产是不可分割的，我们无法设想一种非动态的社会构成研究。

社会流动是指个体在社会阶层或阶级之间的流动。我们可以将它分

---

① Bourdieu, P., «Espace social et genèse des "classes"», *Actes de la recherche en sciences sociales*, 1984 (52 – 53), pp. 3 – 14.

为代内流动（也称职业流动）和代际流动。前者是个体在同一代中从一个阶层到另一个阶层的流动，后者是个体从其家庭所属的社会群体到另一个群体的流动。根据流动方向，我们可以将流动分为垂直向上流动（社会地位上升）和向下流动（社会地位下降或沿着社会等级衰退）。

阶级不是一个封闭的系统，阶级界限也不是不可跨越的。阶级结构一直在自我构建并自我复制。布迪厄提出了阶级轨迹的概念，这意味着资本的数量和结构会随着时间的演变而变化。它涉及社会阶级的运动，也涉及这个阶级成员的运动。"社会秩序的再生产可以通过社会行动者保存或占有不同资本的多种策略来解释"，此外，再生产过程受到所有要素关系的影响。"社会阶级既不是由一种属性（即便是资本总量和结构这样的最有决定性的属性），也不是由属性（性别、年龄、社会或种族出身的属性——比如黑人或白人、本地人和移民等的划分——收入、教育水平等的属性）的总和，或者是由一系列属性决定的（……），而是由所有相关属性之间关系的结构决定的，这个结构赋予每个属性和这个属性对实践发挥的作用以特有的价值。"[①]

作为社会再生产领域的社会学家，布迪厄赋予继承和传承以中心位置。其学说的独特性在于对遗产的重新定义，以及遗产如何影响个体的社会命运。在布迪厄的"词典"中，继承具有更广泛的意义：除经济财富外，我们还继承了姓氏、文化水平、关系网络……所有这些遗产，都被称为"资本"，布迪厄对家庭内传播的文化配置尤感兴趣。他的独创性在于强调文化遗产的重要性，而不是经济遗产在当代社会运转中的重要性。对社会阶级再生产的理解涉及对它们之间同时建立的所有关系进行的结构分析。

布迪厄将继承作为社会等级再生产的载体进行分析。在家庭层面，继承是维持和改善家庭成员社会地位的策略目标。这些策略的性质随着时间的推移而改变：在前资本主义社会中，婚姻策略占主导地位；在当

---

① ［法］皮埃尔·布尔迪厄：《区分：判断力的社会批判》，刘晖译，商务印书馆2017年版，第177页。

代社会中，学校策略占主导地位。学校已经成为社会地位分配的重要机构。这就是布迪厄对学校运作特别感兴趣的原因。他认为，学校远非结束继承赋予特权的地方，而是依靠继承的文化配置来确保社会地位的再生产。家庭在这种再生产机制中至关重要，因为它是文化配置传承的起源。

社会秩序的再生产可以通过社会行动者保存或占有不同种类资本的多种策略来解释。事实上根据布迪厄的观点，社会行动者总是寻求维持或增加其资本的数量，从而维持或改善他们的社会地位。由于再生产策略的重要性，社会秩序的维护机制占主导地位。社会阶级再生产与追逐并非毫不相似。重要的是无论遇到什么地形都要保持距离，而领先的跑步者显然具有选择地形的优势。一个阶级对其他阶级的统治在于使追逐者在一出发就被殴打的竞赛中接受规则的合法。统治阶级或多或少都要在所有生活领域强调其统治。经济权力伴随着对其他权力的控制，整体上是以被统治阶级把专制统治认知为合法统治为原则。被统治阶级就这样通过自己的再生产策略维持现有的结构。有必要考虑到，不仅需要将各种类型的资本（经济、社会、文化、象征）传递给继承人，还要有适合继承的继承人的生产，即能够在现有社会关系的背景下有能力使用这些资本的继承人。[①] 再生产的过程就是以不同统治的组合为前提。这就解释了为什么上面给出的社会构成的定义不仅涉及阶级之间的权力关系，还涉及意义关系和象征关系，没有这两种关系，权力关系的再生产就会受到威胁。

"很少有领导集团聚集了那么多不同的合法性原则，这些原则虽然看似互相矛盾，例如出生即贵族和以学术或经济成就来衡量身份，再例如公共服务的意识形态和对伪装成生产力提高的利润崇拜，但是它们都和谐地结合起来以确保一种完全的合法性。大资产阶级这一群体，几乎都是巴黎人，有银行家、工业家（……），在他们之间重新分配着经济和政治力量的所有位置，随职业和自行遴选而定，在继承的机制连锁中

---

① Bourdieu, P., «L'invention de la vie d'artiste», *Actes de la recherche en sciences sociales*, 1975 (2), pp. 67–93.

出现了明显的不连续性:银行家的儿子能成为法律学院的教授,医学教授的儿子可能成为国有企业的老板,而大资产阶级趋于在所有实践领域中行使相当于经济资本的权力,即调动金融资本的能力以确保其经济资本。公共部门和私营部门相互渗透,家庭再生产模式和被自行遴选的游戏所修改的、以学校为因素的再生产模式共存,这就共同将资产阶级生活方式中被广泛认为是人类卓越成就的文化和艺术,变成了获得经济权力的条件,所有这一切使因此实现的历史结合成为一种高度委婉的权力形式……"[1] 在一个发达的社会,统治阶级的再生产策略更能确保实现其目标,因为它们建立在制度遗产的基础上,其合理性包括了赌注的社会生产,这些制度以它们自身的运动来确保既定秩序的再生产,允许统治者支配的制度确保长期统治。

"社会世界最基本的问题之一,是了解世界为何以及如何存在、持续,社会秩序如何延续,也就是构成世界的整个秩序关系的问题。(……)我们可以建立一种在所有社会中都存在的再生产策略的大类图表(……),但是其权重不同(……),且根据所要传播的资本的性质和可行的再生产机制的状况,其形式也不同。"[2]

这些策略分为不同的类型:

——生物投资策略,其中生育策略和预防策略是最重要的。前者是一个长期策略,目的是控制后代的数量来影响家族群体的实力及遗产的潜在争夺者数量,以确保资本的传递。例如一些社会群体会自愿限制生育,保持晚婚或单身。后者维持生物学上的传承,通常是通过采用有助于保持健康和预防疾病的方法,更广泛地说就是通过确保身体资本的合理管理来维持生物意义上的遗产。管理者、高级知识分子和工人之间预期寿命的差异,反映了不同的工作条件,但也与身体和疾病有着不同的关系:两组之间的对比可以在食品消费,特别是吸收如烟草、酒精之类有害物质中观察到。

---

[1] Bourdieu, P., «Le patronat», *Actes de la recherche en sciences sociales*, 1978 (20–21), pp. 3–82.
[2] Bourdieu, P., «Stratégies de reproduction et modes de domination», *Actes de la recherche en sciences sociales*, 1994 (105), pp. 3–12.

——继承策略，是在惯例或法律规定的范围内将损失尽可能最小化的情况下确保物质遗产在几代人之间传播。继承策略要根据传递的资本类型来确定，也就是遗产的构成。经济资本在总资本量中占主导地位时，继承策略就越重要。农民之间农场的转交，商人之间店铺的继承，手工艺人之间工坊的传承，对这些文化资本稀少的个体经营户来说都是非常关键的。

——教育策略，旨在培养能够接收和传递群体遗产的社会行动者，家庭的教育策略就是其中一种形式。教育策略往往首先倾向于培养出值得并有能力接受群体遗产的社会行动者，然后再由他将遗产传递给群体。

——经济投资策略，从广义上来讲，其目标是增加或保存不同种类的资本，从狭义上讲还要加上社会投资策略。社会投资策略旨在建立或维持在短期或长期内可以直接使用或动用的社会关系，特别是通过金钱、工作、时间的交易将其转变为持久的义务。婚姻策略是其中的一个特例，通过与在社会关系中至少具有同等地位的群体结成联盟以维持社会资本。

——象征投资策略，是维持和增加认可资本的所有行动，目标是再生产最有利于其特性的感知和评价模式，并根据这些模式做出会被正面评价的行为。[①]

因此，再生产是通过分布在社会各个维度的策略组合来实现的。而在描述社会阶级在社会空间中的位置时，也必须考虑结构转变，引入一种动态的视角。

三 结论

布迪厄创立的"社会空间"学说是阶级概念的基础，他认为阶级是

---

① Bourdieu, P., «Stratégies de reproduction et modes de domination», *Actes de la recherche en sciences sociales*, 1994 (105), pp. 3 – 12.

一群在社会空间中处于相似位置的行动者的集合。在划分阶级时，布迪厄以资本总量、资本结构和资本随时间而变化的状况这三个维度在坐标上定位阶级。他提出的"社会空间"基于两个不可分割的方面。首先，整个社会都被划分为不同的社会阶级，这些阶级通过与资本的不平等分配有关的社会地位被定义，又通过不同的社会轨迹来定义。除此之外，社会由许多社会场域组成，其结构与社会空间的结构具有同源性。布迪厄建立了一个社会空间构成具有差异性的普遍模型，让我们能够据此了解阶级间的权力关系、资本种类的相关价值和社会结构的再生产机制。

【作者简介】

郭一帆（1994.9—），女，河南南阳人，浙江大学法语语言文学硕士，浙江越秀外国语学院法语系助教，主要从事法国文学和法国文艺学研究。

联系方式：电子邮箱：yifannie0909@163.com　手机：15637732088

通信地址：浙江省绍兴市越城区会稽路428号

荒野美学及其价值

(西安外国语大学中文学院 陕西西安 710128)
■冉小丽 张保宁

【摘 要】环境哲学、环境伦理学与环境美学的关键词是"荒野"。"荒野"的意义不只是地理学上特定的区域划分,而且代表了美学概念中的"荒野",其中浸透了荒野书写者们追寻荒野精神及在心灵上回归荒野的美学诉求。本文从荒野发展的不同历史阶段分析其不同的审美特征与审美价值,并结合奥尔多·利奥波德与罗尔斯顿对荒野价值的挖掘,思考现代环境美学的新出路。

【关键词】荒野美学 荒野价值 德性象征 精神启示 生存家园 审美价值

【Abstract】The key word of "environmental philosophy" and "environmental ethics" is "wildness". The meaning of "wildness" is not only the region division in geography, but also represents the "wildness" in aesthetic concept. The wildness is filled with the pursuit of wildness-writers and the aesthetic appeal of return to the wilderness spiritually. Through analyzing the differences in aesthetic value and aesthetic features among different historical stages, and combing the wildness-value dug by Aldo Leopoldo and Rolston, this article will consider the new trail of modern environmental aesthetics.

【Key Words】Wildness Aesthetics Wildness Value Moral Symbol Enlightenment of Spirit Survival Homeland Aesthetic Value

20世纪以来，随着科学技术的进步和社会生产力的发展，人类活动无论在广度上还是在深度上都得以突飞猛进地发展。人类在实现经济的高速增长、摆脱物质生存困境的同时又面临着新的生存挑战。当今，生态危机的种种现实表明，人类不合理的生产活动正在加剧荒野环境的退化，同时也把自身置于危险的生存困境当中，主要表现为人的物质和精神生存环境的双重毁灭。物质性生存环境的破坏，如水污染、大气污染、极端天气的出现等都使疾病的发生率大大增加，严重威胁着人类的身体健康。精神性生存环境的破坏，主要表现为对可以启示、洗涤人类心灵的荒野的破坏。荒野作为一种天然的生存环境、生态系统，纯粹而古老，是与人类生存最为相关的原始家园。如何恰当地处理人与荒野的关系则日益成为学术界各领域研讨的热点，美学家也基于当下人类的生存困境，将审美的焦点转向纯粹的荒野，试图通过建立人与荒野的审美关系，以情感为纽带，来转变人之于荒野的消极态度，进而改善人类的生存环境，实现人的全面发展。本文也是基于这一缘由，尝试通过对荒野价值的探讨来思考现代环境美学的新出路。

一 荒野的美学概念及其四种类型

（一）荒野美学：概念与历史

荒野（wilderness），由 wild 一词演变而来，而 wild 一词的本意为野生的、野蛮的，因此荒野给人最初的印象便是野蛮的。在《圣经》中，荒野与恶魔出现的不毛之地相联系。1755 年，塞缪尔·约翰逊（Samuel Johnson）在他的《英语辞典》（*English Dictionary*）中将"荒野"定义为一片荒漠：一块孤立和未开化之地。在此后的很长时间中，该定义都被美国英国视为标准[①]。而在美国，1964 年所提出的《荒野法案》（*Wild-*

---

① ［美］罗德里克·弗雷泽·纳什：《荒野与美国思想》，侯文蕙、侯均译，中国环境科学出版社 2014 年版，绪论。

ness Act）中，也对荒野有过定义："与那些已经由人和人造物占主要地位的区域相比，荒野通常被认为是这样一种区域，它所拥有的土地和生物群落没有受到人们所强加给它们的影响，在那里人们是访客而不能长久停留居住。"①

罗德里克·纳什（Roderick Nash）的《荒野与美国精神》（Wildness and the American Spirit）对美国"荒野观"的变化作了详细的说明：

> 在序言中，作者首先对荒野概念做了阐析，从词源学角度追溯了荒野概念的初始意义，即野兽出没的地方。最后，他引入光谱学原理来解释荒野。在第一章中，作者追溯了美国人之荒野观在旧大陆的历史文化根源，认为在人类社会早期，对自然的价值判断以是否能够利用和控制为依据，人类无法控制、不能利用的荒野是令人恐惧的，甚至在欧洲，许多民间传说和故事把荒野与超自然、邪恶、黑暗、恐怖和不道德等令人不愉快的事物联系起来。犹太、基督教构成欧洲人之荒野观的另一文化渊源，即认为荒野是被诅咒的贫瘠土地，也是纯净心灵、接近上帝的自由之地。②

大地伦理的代表人物利奥波德（Leopold）认为，荒野中孕育了人类文明，并且是文明不断产生的不竭动力，人类从荒野中提炼文明成果③。约翰·缪尔（John Muir）作为美国国家公园之父，一生致力于荒野保护，在这位虔诚的宗教徒看来，荒野是上帝在世间未被破坏的表象，也是人类在世间最后保留地，并不是野蛮的代名词，而是纯洁纯粹的代表，是世人们逃离喧嚣的伊甸园，也是人类文明最后的归属，缪尔认为只有真正的置身于荒野之中，才能与上帝有所心灵交会并且领悟

---

① 李秀艳：《罗尔斯顿与克里考特的荒野论争及其反思》，《哈尔滨工业大学学报》2013年第15卷第2期。
② 滕海键：《世界视野中的美国荒野史研究——从罗德里克·纳什及其〈荒野与美国思想〉说起》，《辽宁大学学报》2012年第40卷第4期。
③ ［美］奥尔多·利奥波德：《沙乡年鉴》，侯文蕙译，商务印书馆2016年版，第178页。

智慧真理①。

相比于西方学界，我国学界对"荒野"也有所探讨。叶平的《生态哲学视野下的荒野》一文认为："荒野（wildness）一词，狭义上是指荒野地；广义上是指生态规律起主导作用，没有人迹、或虽有人到过、干预过，但没有制约或影响自然规律起主导作用的非人工的陆地自然环境，如原始森林、湿地、草原和野生动物及其生存的迹地等。"② 王正平的《环境哲学》则认为，荒野是一种自我组织的生态系统，是那些有权为自己生存和繁荣的存在物的栖息地，人类应把它理解为需要尊重和敬畏的大自然的内在价值的表现；人类并没有创造荒野，而是荒野创造了人类；作为生命的温床，荒野拥有独立于人类的内在价值，并在人类的道德中占有一席之地。王惠在《论荒野的审美价值》一文中对荒野的概念从时间和空间不同维度进行界定，认为从时间角度来说，荒野是人类的根系和故园，而从空间角度来说，荒野是人类的邻居③。

从上述对荒野的各种定义可以看出，对荒野的规模和范围是很难界定的。就以1964年《荒野法案》对荒野的定义来说就备受争议，因为按此法案对荒野的规定，大概只有南极洲算得上荒野。所以学界目前对荒野并没有规范的定义。

（二）荒野美学的四种类型

价值是荒野美学思想建构的核心，而荒野价值的生成总是与人有关的。但是，这并不意味着荒野的价值总是低于人的。从人与荒野的关系演变史来看，以时间顺序为轴线，从古代到现代的荒野形象主要呈现为四个类型：一是作为敌对力量的荒野，它一方面是令人恐惧与厌恶的对象，是一种负价值的存在，另一方面又是被人征服与改造的对象，是一种低价值的存在；二是作为德性象征的荒野，它具有与人相等同的道德价值，具体是指荒野因具有与人相通的完美德性，是与人同一的存在；

---

① 夏承伯：《大自然拥有权利：自然保存主义的立论之基——约翰·缪尔生态伦理思想评介》，《南京林业大学学报》（人文社会科学版）2012年第3期。
② 叶平：《生态哲学视野下的荒野》，《哲学研究》2004年第10期。
③ 王惠：《论荒野的审美价值》，《江苏大学学报》2006年第4期。

三是作为人类精神启示者的荒野，它是困厄文明的避难所和苦厄心灵的净化所，对于人的精神有启示和引领作用，具有高于人的价值；四是作为生存家园的荒野。这种荒野也具有高于人的价值，但是与第三种类型的荒野有所不同，它不仅对于人的精神有启示价值，更是作为人类的生存家园，对人有原生性栖居价值。

1. 作为敌对力量的荒野

荒野作为一股敌对力量或一种负价值的存在，在西方文化中表现最为突出。古希腊罗马至中世纪时期，人作为文明世界的主体，只能判定文明世界中的价值，荒野则作为文明世界的异所，无论在物质层面上还是精神层面上，都被认定是具有负价值的，荒野本身作为一股与人相抗的敌对力量，无法进入人类的审美视域。

古希腊罗马至中世纪时期，"人"是审美的核心主题，美丽的人及其生活世界是被赞美的焦点。荒野则作为人物活动的背景场所，是衬托人之英雄主义形象的邪恶存在。在"荷马史诗"《奥德赛篇》中，荒野是主人公奥德修斯返乡之路的障碍，其中有吃人的独目巨人、女巫、女妖、怪物、人面兽身的神等，充斥着一股邪恶的力量，是毁灭、残酷、恶的象征，令人恐惧与厌恶。如此穷凶极恶的荒野，最终能够被主人公征服，则进一步凸显了英雄力量的伟大。

在古希腊神话中，人们也表达了对荒野的敌对情绪，将荒野视为罪恶的放逐之地，如俄狄浦斯王的自我放逐。此时，荒野作为文明的反面，被极度地忽视、排斥。到了中世纪，荒野同样作为与人相悖的敌对力量，继续被排斥。在"上帝驾驭人，人驾驭万物"法则的支配下，荒野是被人统治、屠宰的对象，更是中世纪文学惯用的邪恶象征，寓意着苦难、罪罚与残酷。

在《圣经》中具有"荒野"意义的词语出现过很多次，有学者统计是 265 次，都是圣洁自然的反面，象征着邪恶、罪罚之义。《圣经》中的伊甸园是供人欢乐的场所，那里供水充足，到处是可食用的植物，与人是和谐共生的。而荒野则作为伊甸园的反面，是恐怖的、贫瘠的、无生机的放逐之地。当亚当和夏娃经不住蛇的诱惑，偷吃了禁果，违背了上帝的禁令，遭受惩罚时，就是被流放到尘世的荒野，洗涤原罪。同样，犹太人因违背耶和华的意志，也是被流放到荒野，经历了长达40年的罪罚。

此外，当《旧约》里的上帝想要恐吓罪徒时，荒野通常也是最有力的武器。人们普遍认为只有在荒野中，人类的罪行才能得到彻底的洗涤。其实，我们一直沿用至今的"替罪羊"概念的来源与西方早期的这种荒野观念是密切相关的。在早期的赎罪仪式中，一只活羊被带到部落主祭者面前，群体的罪孽都加于其身。然后，这只活羊被带到耕地的边缘，赶入阿扎赛尔（阿扎赛尔，荒野的魔王，是赎罪仪式中的关键角色）的荒野，进行灵魂的洗礼。人们认为荒野与文明最重要的分歧在于文明是道德的圣地，荒野是不道德的魔所。到了但丁的《神曲》里，"黑森林"作为一种荒野环境，象征着中世纪的黑暗与苦难；"野兽狮""豹""狼"分别象征着教会与贵族的野心、肉欲、贪婪。可见，荒野作为敌对力量的象征，是与人相对立的低等存在。

作为敌对力量的荒野，在中国古代社会也有所体现。在中国古代社会的早期，荒野同样被视为一股敌对力量，这在《山海经》中有集中体现。在远古时代，荒野是混沌神秘、凶险艰难的生存环境，人们因无法认识荒野而恐惧荒野，进而发挥想象力将其进行神化，试图认识荒野。《山海经》就是在这种背景下，由古人创作出来的一部奇书。《山海经》主要是对于荒山及其周围环境的描写，荒野描写极尽险恶之象。这具体体现在以下两个方面：一是描写兽之多，《山海经·南山经》记载："又东三百八十里，曰猨翼之山，其中多怪兽，水多怪鱼，多白玉，多蝮虫，多怪蛇，多怪木，不可以上。"[1] 荒野之中有吃人的毒蛇、怪兽、怪鱼，充斥着一股敌对力量，是人不可以靠近的险恶之地。二是描写兽之怪，《山海经·南山经》记载："有鱼焉，其状如牛，陵居，蛇尾有翼，其羽在魼下，其音如留牛，其名曰鯥。"[2] 荒野中的野兽大多被人描绘成头身

---

[1] 郭璞注，袁珂点校：《山海经校注》，巴蜀书社1993年版，第3页。
[2] 郭璞注，袁珂点校：《山海经校注》，巴蜀书社1993年版，第4页。

异状，或为双身，或为双头，体积巨大、力量洪大的怪物形象，以此更添荒野的险恶。

可见，无论西方还是古代的中国，荒野作为敌对力量的象征，是不和谐的、恐怖的、幽暗的、邪恶的低等存在。此时，人类因厌恶荒野而无法赞美荒野。人类或生活在文明的温床中，拒绝严酷，厌恶荒野；或生活在荒野的环境中，渴望文明，逃离荒野。人们很少进入荒野，他们大多是通过意念想象来感知荒野，普遍认为荒野是一股邪恶的力量，是与人相对立的存在。荒野似乎是"一切坏的"代名词，具有负价值的，抑或低价值的，这无疑成为荒野审美的重大阻力，从而导致了荒野在地理和精神上双重审美内涵的缺失。

2. 作为德性象征的荒野

作为德性象征的荒野，具有与人平等的价值。具体是指荒野因具有与人相通的完美德性，是与人同一的存在，具有与人等同的价值。此时，人因荒野可以见出与自我心灵相通的完美德性而赞美荒野。

在西方文化中，其中特指清教徒文化，受传统宗教意识的影响，清教徒经常将荒野与上帝相连，荒野作为上帝的象征，是被赞美的。如乔纳森·爱德华兹（Jonathan Edwards）在其《神的影子与肖像》（*Images or Shadow of Divine*）中提到："为了在被创造的世界中正确的解释上帝的象征，就必须在神的启迪下净化心灵，而这种净化就来自于发现和沉思上帝在自然中的足迹的过程。"[①] 表明荒野自然作为上帝的象征，是人类通达神性、完善道德、获得幸福的唯一场域。荒野作为上帝的创造物，是圣洁的、纯净的，是完美道德的圣地。其实，上帝的存在终究是源于人类的想象。因此，荒野作为上帝德性的象征，实际上，也就是推崇上帝理念之人的德性象征。荒野作为德性的象征，因为神灵的庇佑，有宗教意识的熏染，是被人赞美与崇拜的，是完美道德见证之地。荒野是美丽的人间天堂，因其具有神性的光辉，是富饶的、圣洁的、道德的、美的存在。

与西方相比，作为德性象征的荒野在中国出现较早，且影响更为深

[①] [美] 乔纳森·爱德华兹：《神的影子与肖像》布道词，1729 年，第 2—3 页。

远。儒家学派创始人孔子是倡导荒野作为德性象征的重要人物，他主张万物合一，万物皆是美好德性的象征，提倡仁爱万物（包括荒野）。孔子在荒野中游历，所见之物皆可以见出与自我相通的德性。道家和释家则从哲学层面，也强调荒野的德性之美。"道"是道家思想中最为本质的东西，"德"则是"道"的具体表现，是"道"的精神在万物德性上的显现。由此可见，道家从道本源的角度出发强调人与万物（包括荒野）的同一性，即"以道观之，物无贵贱"，从德的方面强调荒野与人德性的共有性，荒野作为德性的象征，是完美道德的圣地。

作为德性象征的荒野审美观强调人与荒野的统一关系，我们将荒野与人的德性相连，有利于转变人类对荒野的敌对态度，更有利于规范人的行为，进而实现荒野的保存。

3. 作为人类精神启示者的荒野

作为人类精神启示者的荒野，具有高于人的价值。因为荒野对于人的精神具有启示和引领作用，荒野是治愈人类心灵疾病的良方，同时也是实践个人个性与自由的理想舞台，具有高于人的精神审美价值。

在西方文化中，人们对荒野精神性启示价值的突出强调是在18世纪末19世纪初，在欧洲浪漫主义的文学领域中得以集中体现。与残酷的近代文明相比，人们更加怀恋简单而纯粹的荒野。体验荒野，寻求自我精神的净化与提升，普遍成为人们获取幸福生活的重要途径。英国湖畔派代表诗人威廉·华兹华斯（William Wordsworth）写有《转折》（*Transition*）一诗："啃书本—无穷无尽的忧烦；/听红雀唱得多美！/到林间来吧，我敢断言：/这歌声饱含智慧。/唱的多畅快，/这小小的画眉！/听起来不同凡响；/来吧，来瞻仰万象的光辉，/让自然做你的师长。/自然的宝藏丰饶齐备，/能裨益心灵、脑力—/生命力散发出天然的智慧，/欢愉显示出真理。/春天树林的律动，胜过/一切圣贤的教导，/它能指引你识别善恶，/点拨你做人之道。"[①] 作者主张人们进入荒野，认为与其在

---

① ［英］华兹华斯、柯尔律治：《华兹华斯、柯尔律治诗选》，杨德豫译，人民文学出版社2001年版，第228页。

屋内闭门苦读不如去体验荒野。荒野的智慧可以提升人的脑力，荒野的自由可以净化人的心灵，从而使人获得精神的畅悦。荒野作为精神启示者，是净化灵魂、启迪心智的完美场域的象征，具有高于人之精神的审美价值。

受欧洲浪漫主义荒野审美观的影响，18世纪的美国也开始赞美荒野，特别是19世纪伴随着美国自然文学的出现，荒野审美思想更为盛行。同样，受欧洲浪漫主义荒野审美观的影响，此时期的荒野也凸显出高于人的精神价值，这在爱默生（Emerson）和梭罗（Thoreau）的文学思想中有集中的体现。爱默生在自己的第一部著作《论自然》（The Theory of Natural）中宣称："自然是精神的象征。"这里的"自然"主要指美国的荒野。爱默生以超前的目光，看到了荒野之于人的精神价值。梭罗则深受爱默生的影响，也肯定荒野的精神价值。他曾写道："我看、闻、尝、听、摸与我们密切相连的永久的事物……宇宙那真实的辉煌。"[1]"看""闻""尝""听""摸"，并非那种漫不经心的随意之举，而是其中渗透着精神性的沉思，是一种全身心的参与。只有这样，人们才能深入地体验荒野，与荒野融为一体，获得精神的净化与升华。可见，荒野作为人类精神的启示者，是美的存在。梭罗作为荒野野性价值的首提者，开启了荒野审美的哲学之路。

与西方相比，作为精神启示者的荒野审美观在中国出现的时间更早，且在文学领域中有集中的体现。如《诗经》中的情诗就是以荒野作为起兴的环境，来表达对美好爱情和自由的向往，如"野有死麕，白茅包之。有女怀春，吉士诱之"[2]，"野有蔓草，零露漙兮。有美一人，清扬婉转兮"[3]。这里所引两首诗中的前两句都是对自然环境即荒野的描写，为后两句的爱情表达起到了很好的比兴作用。唐代柳宗元的《永州八记》更是开创了中国文人借山水亦即荒野来寻求精神解放的先例。至宋代屡遭贬谪的文人如王禹偁、欧阳修、苏轼等写出大量以"亭台楼榭"为题的

---

[1] 程虹：《宁静无价——英美自然文学散论》，上海人民出版社2009年版，第24页。
[2] 《诗经》，陈节注译，花城出版社2002年版，第27页。
[3] 《诗经》，陈节注译，花城出版社2002年版，第120页。

山水散文，更是借"荒野"为自己塑造出了一座座心灵的"屋宇"，这些"屋宇"成为他们被逐出权力中心之后寻求精神解放的栖息地①。现代时期，人们也十分关注荒野作为精神启示者的引导价值。此时，体验荒野、赞美荒野普遍成为人们寻得精神解脱、获取精神自由的重要途径，这主要表现在现代诗歌、散文和小说中，如鲁迅的《野草》即有大量这方面的表现。

因此，荒野作为人类心灵的启示者，具有高于人的精神审美价值。而作为精神启示者的荒野审美观十分重视荒野之于人的精神启发和引领意义，强调荒野与心灵的关联性，这对荒野审美思想的进一步发展有积极的推动作用。

4. 作为生存家园的荒野

作为生存家园的荒野，同样也具有高于人的价值。这里，我们不仅强调荒野之于人的精神启示意义，更强调荒野之于人的原生性栖居意义。荒野作为人类最本源的生存家园，开启了人类的存在。与上述第三种类型的审美观相比，作为生存家园的荒野审美观主要强调人与荒野的原生性栖居关系。此时，人因荒野是建立家园、重获新生的希望而赞美荒野。

作为人类生存家园的荒野审美形象，这在美国的文学、电影领域中都有突出表现。如杰克·伦敦（Jack London）的小说向我们展示了一个辽阔、粗粝、充满野性和生机的荒野世界：苍茫无际的荒原，滴水成冰的北极，巨浪滔天的太平洋……渺小的人类游走其间，水手、淘金者、拓荒者及其他各色人等为了生存，爆发出惊人的力量。他们不惧荒野的险恶，坚定地重返荒野，只为寻得生的希望——物质希望抑或精神希望。荒野作为物质性生存之地，是人类家园建立的场域之基；而荒野作为精神性生存之地，则是人类家园存活的动力。

荒野开启了美国世界的存在，是美国人的希望之乡。杰克·伦敦的代表作《野性的呼唤》(*The Call of the Wild*)以巴克（一只狗）由文明

---

① 张保宁：《由社会主体到自然主体——试论宋代文人投身自然的几种表现形式》，《西北大学学报》2002年第2期。

社会重返荒野家园的故事发展为主线,并通过对巴克前后性格的细节刻画,于反差之处见出荒野之于人的生存意义。荒野是极为残酷的,文中借对巴克的观察视角描绘出荒野环境的险恶之态:

> 他仿佛从文明的中心被猛然抛进原始事物的中心。这里不再有一种悠闲惬意、充分享受阳光的生活,可以终日游来荡去、无所事事。这里既没有宁静,又没有停歇,也没有一个时辰的安全。一切是混乱,一切在活动,生命和肢体无时无刻不处在危险之中。存在着经常保持警惕的迫切需要;因为这里的狗和人不是城里的狗和人。他们是野蛮的,无一例外,他们除了知道棍棒和犬牙的法则之外,根本不懂任何戒律。①

在作者笔下,荒野作为文明的异所,意味着灾难、死亡与混乱,但同时也意味着安全、新生与自由。对荒野的物质需求是人一生的追求,对荒野的精神需求则是巴克一生的追求。这里,巴克要比人幸运许多,因为它最终回到了属于自己的灵魂家园——荒野。

杰克·伦敦的另一篇小说《白牙》(*White Fang*),作为《野性的呼唤》的姊妹篇,则以白牙(一只狼)由荒野家园进入文明社会的历程为主线,并通过对白牙前后性格的细节刻画,于反差之处表达出对荒野的家园情感。白牙逃离荒野世界的厮杀与冲突,进入文明世界,沦为人类物质欲望的工具,身体和精神受到了极度的摧残。其实,荒野世界的险恶要远远弱于文明世界的险恶,文明世界才是导致万物生存希望破灭的根源。荒野作为人类的生存家园,险恶之中孕育着生的希望。

荒野作为人类的生存家园更是美国的电影表现的重要主题。在美国电影的西部片中,经常以极具震撼力的荒野画面来凸显荒野的凶险、荒凉与残酷,诠释着荒野是险恶之地的主题;同时又通过塑造荒野主人公不畏艰辛、勇往直前,到最终战胜险恶、建立家园的英雄形象,诠释着

---

① [美]杰克·伦敦:《野性的呼唤》,林之鹤译,安徽文艺出版社2004年版,第66页。

荒野是建家、建国的希望之乡的主题。最具代表性的是卓别林的《淘金记》。该片主要通过讲述底层人物夏尔洛于荒野中奋斗，建立家园，到最终寻归自我的故事，来赞美荒野的家园建设力量。荒野是险恶之地，同时也是希望之乡。

作为生存家园的荒野不再是令人厌恶的、必须被征服和摧残的障碍，而是作为生存化的家园，一种美的源头和令人兴奋的冒险场所，是有价值的存在。人与荒野家园情感的建立，开启了人类生存的本真意义，同时对荒野审美思想的进一步深化有重要意义，是当代荒野生态审美思想到来的重要过渡阶段。

需要特别强调的是，不同时代的荒野有着不同的意义与价值，当我们现在来看它们的时候，即使那最危险的、充满敌对力量的荒野也成为我们的审美对象。原因可能在于，我们面对的是关于那种荒野的描述而不是荒野本身，这是审美距离的结果——时空距离影响下的心理距离的结果。

二 奥尔多·利奥波德荒野美学及其价值

荒野的发展经过了漫长的历史变迁，提出荒野哲学的生态伦理学家主要有亨利·戴维·梭罗、约翰·缪尔以及奥尔多·利奥波德，其中利奥波德赋予荒野崇高的地位，他认为："荒野是人类从中锤炼出那种被称为文明成品的原材料。荒野从来不是一种具有同样来源和构造的原材料。它是极其多样的，因而，由它产生的后成品也是多种多样的。这些后产品的不同被理解为文化。世界文化的丰富多样性反映出了产生它们的荒野的相应多样性。"[①]

利奥波德的思想主要涉及两个概念：大地伦理与荒野价值。大地伦理作为其思想的主要支架，他提倡扩展伦理道德的边界，建立一种新道德伦理评价范式。作为荒野美学的主要倡导者，他对荒野做出科学定义，

---

① [美]奥尔多·利奥波德：《沙乡年鉴》，侯文蕙译，商务印书馆2016年版，第213页。

并向人类证明荒野存在的价值。他认为荒野具有娱乐、科学、生态价值。利奥波德的荒野观对日益遭受破坏的荒野保护起到了重要的作用，从而引起美国人民对荒野问题的密切关注。

（一）荒野的娱乐价值

在利奥波德的伦理整体论中，他认为荒野不是我们创造的东西，而是我们发现的东西。他认为人类不可能创造出荒野，人类唯一能做的就是在自然状态下保护它们，他认为荒野是人类文化的基础，决定着每个民族的特性。利奥波德试图阐明的第一个价值是荒野的娱乐价值。

利奥波德认为荒野是万物的乐园，在他眼里，人类如果以本真的状态进入荒野，就能感受到万物的呼吸、心跳、心情，与它们达到了节奏的同步，感受原始的生命，寻找到人类生命的野性，摆脱疲惫的生活，告别现代社会带来的异化和麻木。还可以欣赏"植物和动物共同体的那种不可思议的纷繁复杂，那种被称作美利坚的有机体所固有的美"①。他说：

> 休闲娱乐的价值并不是一个阿拉伯数字问题。休闲在价值上，是与其经验的程度及其不同于和与工作生活相反的程度成正比的。按照这个标准，机械化的旅游充其量也只是一种像牛奶和水一样淡而无味的事情。机械化的休闲已经占据了十分之九的树林和高山，因为，为了对少数人表示公正的敬意，就应该把另外十分之一献给荒野。②

利奥波德认为机械器具，比如那些便利的交通工具、威力巨大的捕猎工具，会拉大人们和荒野的距离，剥夺了人们丰富的生命体验，冲淡了人们休闲的乐趣，所以他主张人们摆脱机械器具的干扰，以一种自然本真的状态进入荒野，与荒野进行亲密的接触。

---

① ［美］奥尔多·利奥波德：《沙乡年鉴》，侯文蕙译，商务印书馆2016年版，第196页。
② ［美］奥尔多·利奥波德：《沙乡年鉴》，侯文蕙译，商务印书馆2016年版，第220页。

利奥波德还主张人们怀着一种虔诚和尊敬的态度面对荒野，他强调："渴望春天，但眼睛总朝上望的人，是从来看不见葶苈这样小的东西的；而对春天感到沮丧，低垂着眼睛的人，已经踩到了它，也仍浑然不知。把膝盖趴在泥里寻求春天的人发现了它——真是多极了。"① 他认为只有对万物心怀敬意，才能感受到万物生命的精彩，与自然进行真正的平等的对话与交融，才能实现真正的荒野休闲娱乐价值。否则将永远发现不了那些美丽的事物，也无法体会与自然相处的乐趣。在《荒野是土地利用的一种形式》中，他指出："我们的荒野环境当然不能作为一个经济事实被大规模地保护起来。但是，就像许多其他正在衰退的经济事实一样，它可以被保留下来，用于体育的目的。"② 对他来说，体育代表了一种曾经只具有经济价值的东西的"社会生存"。在荒野中的打猎行为具有其休闲娱乐的价值，应该被保留。

利奥波德在他的文章《绿色的泻湖》中，与我们分享了他与荒野相处的快乐经历，他是这样写的：

> 永远不要重访荒野，这是智慧的一部分，因为百合花越金黄，就越肯定有人将它镀金。返回不仅破坏了一次旅行，而且玷污了一段记忆。只有在头脑中，闪光的冒险永远是光明的。③

随着原始荒野的迅速消失，人类很难看到一个全新的荒野，很难再享受荒野带给人的娱乐价值，利奥波德表现出他的悲伤。人类剥夺了与荒野和谐相处的机会，也辜负了对后代的责任。利奥波德通过这样的文字向我们清楚地表明，人类应该保护荒野，保护其独有的娱乐价值。

（二）荒野的科学价值

荒野的科学价值，简言之，所有现有的荒野地区，不论其大还是小。都可能具有作为土地科学研究根据的价值，娱乐并不是他们唯一的或者

---

① ［美］奥尔多·利奥波德：《沙乡年鉴》，侯文蕙译，商务印书馆2016年版，第28页。
② 王诺：《欧美生态批评》，学林出版社2008年版，第67页。
③ ［美］奥尔多·利奥波德：《绿色的泻湖》，载 *A Green Fierce Fire*，1919年版，第9页。

是最基本的用途。另外，荒野是为野生动物用的。野生动物往往是荒野区的另外一个名称，荒野及荒野中的动植物对于科学家和艺术家的工作都是很重要的，为了深入了解生物的依存关系和自然秩序的平衡作用，都需要研究他们。利奥波德为展示荒野的科学价值这样写道："就像医生研究健康人了解疾病，了解土地必须研究荒野。"① 荒野为人类学习和研究提供了原材料，有了荒野，人类可以解决大部分环境危机，与土地和自然和谐相处。

在利奥波德眼里，荒野是生命之源，是无数生物的母亲，是健康的土地，是完美的样本，所以能为研究并治愈当今生病土地提供精确的数据和好的引导。他质疑当今人类拯救生病土地（生态）的那些措施，比如用农药遏制害虫，用大坝解决洪水，认为这些措施很难触及病根，主张人类参照荒野去研究土地生病症状之后的病根，对其对症下药。利奥波德在《沙乡年鉴》里写道："一个有机体最重要的特征是其内部自我更新的能力，即所谓的健康。"② 土地是一种生物，所有的物种都生活在土地上，土地生物的成功与否对土壤、水，甚至人类都有很大的影响。对土地健康的研究需要大量的数据来显示什么样的土地是健康的，什么样的是不健康的；荒野为研究这片土地提供了极好的样本。

在荒野问题上，利奥波德花了大量的时间来阐明荒野对自然和人类的价值。他发表了许多关于荒野的文章，在美国引起了广泛的关注，他成为美国社会倡导保护荒野的代表，在美国引发了一场关于荒野价值的大讨论。通过实地考察，他指出美国荒野正在不断减少，他呼吁美国建立一个荒野地区。1924 年，利奥波德说服林务局保护新墨西哥州吉拉国家森林的 50 万英亩荒野，这是国家森林系统第一个官方指定的荒野地区。利奥波德认为，人类应该与自然保持接触，至少保护一些荒野的样本，让人们意识到什么是真正的自然，他强调人类对荒野的征服最终会导致荒野的消失。他认为"荒野是长周期的自然运动的产物，并保持完

---

① ［美］奥尔多·利奥波德：《沙乡年鉴》，侯文蕙译，商务印书馆 2016 年版，第 123 页。
② ［美］奥尔多·利奥波德：《沙乡年鉴》，侯文蕙译，商务印书馆 2016 年版，第 28 页。

美的年龄变化的土地,丰富的种类,是一种罕见的具有科学研究价值的土地"①。利奥波德认为荒野在土地健康研究中起着完美的作用,认为荒野是地球无数年创造的独一无二的杰作,人类不可复制、不可再创,他呼吁人类保护所剩不多的荒野。这种呼吁不是出于经济的目的,而是为了维持生态系统的多样性。

(三) 荒野的生态价值

在利奥波德的早期生活中,他是美国林学家、自然资源保护学家平肖 (Pinchot) 的忠实追随者,平肖于1898年受命出任农部林业局(后改为林务总局)第一任局长,他主张实行森林保护政策和控制使用森林资源。利奥波德也曾把荒野及其野生动物视为人类商品生产的自然资源。但随着大片荒野的毁灭,大型食肉动物的灭绝,利奥波德开始摆脱平肖的学说,开始从不同的角度看待荒野。在《沙乡年鉴》(*A Sand County Almanac*) 中,利奥波德暗示,直到今天,艺术和文学、伦理和宗教,甚至法律和民俗仍然把荒野和野生动物视为敌人,视为食物。为了改变野生动物的地位,他从伦理整体主义思想出发,呼吁人类有必要保持荒野和野生动物在陆地上的完整性。他说,"原始人的文化通常以野生动物为基础。因此,平原印第安人不仅不吃水牛,而且水牛在很大程度上决定了他们的建筑、服装、语言、艺术和宗教"②。利奥波德表示,在古代,人类往往能够成功地理解他们与土地或自然之间的关系。他以印第安人为例,指出在其的文化中,很长一段时间,印第安人一直是荒野的成功伙伴。荒野一直是印第安人文化的象征,是他们文化的源泉。无论他们走到哪里,荒野都是他们的"根"。

利奥波德通过这样的文字表现了某种文化的狂野根源:

> 首先,任何经验都有价值,它提醒我们自己独特的民族起源和演变,激发我们的历史意识。由于荒野的不同,每个民族都有其独

---

① [美] 奥尔多·利奥波德:《沙乡年鉴》,侯文蕙译,商务印书馆2016年版,第119页。
② [美] 奥尔多·利奥波德:《沙乡年鉴》,侯文蕙译,商务印书馆2016年版,第234页。

特的文化特征。荒野给人类灌输了一种特殊的历史感。几乎每个国家都有自己的图腾,这是荒野巨大影响的一个很好的例子。其次,任何提醒我们对土壤—动物—人类食物链的依赖和生物群落的基本结构的经验都是有价值的。①

荒野具有功能性价值,值得人类的尊重和爱护,它是人类与土地或自然之间的食物链的承载者,是整个生态群落的基本有机体。这意味着荒野应该被纳入人类的伦理共同体。扩大伦理共同体,使其他自然存在的生物能够找到自己的位置,使人类能够继续生存和发展,使整个生态共同体保持稳定、完整、美丽。稳定、完整、美丽是否可以作为评价一个健康生态社区的尺度,这是值得商榷的。但是如果从生态学的角度来讲,它可以这样理解,所有的物种都是生态共同体的成员,这意味着每个物种都应该值得尊重和爱。

利奥波德在《沙乡年鉴》中写道:"当一件事倾向于保持生物群落的完整、稳定和美丽时,它就是正确的,否则就是错误的。"② 利奥波德把他的优势放在了整个群落上,而不仅仅是某个物种,更不用说任何个体。如果荒野能够为整个生态群落的正常功能做出贡献,它们就应该继续生存下去。荒野是一个典型的被人类不正当活动忽视和破坏的地方,为了保护荒野不继续消失,利奥波德非常努力地唤起人们的注意,通过确认荒野有值得被爱和尊重的内在价值。

奥尔多·利奥波德是生态伦理学的理论家之一,也是系统地开创了伦理学整体论研究的哲学家。荒野是一种典型的在人类意识中迷失的其他自然存在。如今,随着科技的发展,人类已经摆脱了自然或土地的束缚;他们离陆地越来越远,而不是越来越近。为了改变这一现状,利奥波德成功地阐明了荒野的三种价值,对人类对荒野的认识产生了巨大的影响。

---

① [美]奥尔多·利奥波德:《沙乡年鉴》,侯文蕙译,商务印书馆2016年版,第221页。
② [美]奥尔多·利奥波德:《沙乡年鉴》,侯文蕙译,商务印书馆2016年版,第168页。

三 罗尔斯顿对荒野价值的挖掘

罗尔斯顿继承了利奥波德的荒野价值论,并对其进行了拓展。他认为荒野具有以下几种价值。

(一) 荒野的认知价值

利奥波德认为荒野是大的图书馆,他从一棵大果橡身上看到了草原和森林的战争史,从一小块荒野上找到了治愈生病土地的良方。罗尔斯顿继承了利奥波德的观点,他认为荒野是我们好的老师,它能教给我们很多知识,他指出:"毁灭物种就像从一本尚未读过的书中撕掉一些书页,而这是用一种人类很难读懂的语言写成的关于人类生存之地的书。"[①] 他阐明了荒野是一本大书,记载了无数生命的奥秘,特别是那些富有生命力的荒野成员,它们具有令人叹为观止的生存智慧。蜜蜂知道怎样建造稳固的房子,鸟儿知道怎样对抗地球引力,鱼儿知道怎样对抗水的阻力,猎豹知道怎样快速地奔跑。所以人类应该走进荒野,以一种求学的心态面对荒野,学习那些珍贵的知识。

(二) 荒野的工具价值

包括经济价值和消遣价值。首先是经济价值,罗尔斯顿认为"大自然拥有经济价值,因为它拥有一种工具性能——这一陈述向我们揭示了作为技术加工对象的物质的某些特征"[②]。罗尔斯顿承认荒野的资源价值,因为他知道荒野是人类自身生存和发展必需的条件,不可能完全禁止人类利用荒野,但是他强调人类在面对荒野时,不应该仅仅注意到荒野的经济价值,还应该看到荒野的生态价值。在他那里,一块肥沃的土地不仅仅是可以利用的资源,更是所有动植物的母亲,一片茂密的森林不仅仅是可以利用的木材,更是地球的呼吸器,它们都不是冰冷的死物,

---

① [美] 霍尔姆斯·罗尔斯顿:《哲学走向荒野》,刘耳、叶平译,吉林人民出版社2000年版,第377页。

② [美] 霍尔姆斯·罗尔斯顿:《哲学走向荒野》,刘耳、叶平译,吉林人民出版社2000年版,第7页。

而是有活力的荒野成员,共同维护着整个荒野的运转。

罗尔斯顿认为荒野的生态价值高于经济价值,他认为人类利用自然的前提是保证生态系统的良好运转。他的这个荒野利用方法遵循了利奥波德所强调的和谐、稳定、美丽的基本原则。

(三) 荒野的消遣价值

罗尔斯顿认为"荒野地在两种意义上有正面的消遣价值。一是我们可以在荒野地从事一些活动,二是我们可以对自然的表演进行沉思。荒野地对人们的体育活动很有价值,因为人们可以进行钓鱼、滑雪等活动,在荒野的挑战面前展示自己的技能"[①]。在罗尔斯顿眼里,人类在进行打猎、钓鱼、滑雪等活动时,实际上是在进行一场技能表演,荒野则是人类的表演搭档或表演场所,人类克服了荒野设置的重重困难,展示了自己的高超技能,而且充分体现自己的好品质,如勇气、智慧、毅力等。他强调的这种荒野消遣价值类似利奥波德阐释的自然战利品价值。利奥波德指出:"人们在自然中获得的各种战利品,都是一张张资格证书。它们表明,它们的拥有者到过什么地方和做过什么事——它曾在体现着克服困难、以智取胜和镇定自若的那种历史久远的技艺中,锻炼了本领、毅力和洞察力。"[②] 利奥波德所说的人类获取战利品的过程其实就属于罗尔斯顿所说的人类的表演。

人类能进行表演,自然也能进行表演。罗尔斯顿认为那些令人着迷的荒野风景和那些令人惊叹的生命奇观都是荒野华丽的表演。"当人们在观赏野生生物和自然景观时,他们主要是把大自然理解为一个在其中真理比虚构更令人不可思议的丰富的进化的生态系统。"[③] 罗尔斯顿认为当人们深思荒野表演时,他们能领略到生态系统的精妙和伟大。在他的这个论述中,我们依然看到了利奥波德的影子,利奥波德认为人们在户

---

① [美]霍尔姆斯·罗尔斯顿:《哲学走向荒野》,刘耳、叶平译,吉林人民出版社 2000 年版,第 333 页。
② [美]奥尔多·利奥波德:《沙乡年鉴》,侯文蕙译,商务印书馆 2016 年版,第 189 页。
③ [美]霍尔姆斯·罗尔斯顿:《环境伦理学》,杨通进译,中国社会科学出版社 2000 年版,第 9 页。

外休闲时,可以欣赏自然的进化戏剧。他指出:"一只鹰扑向其目标的动作,是一个人们感知到的一个变换着的戏剧性情节;但对另一个人来说,他只是对装满食物的煎锅的威胁。"① 利奥波德所说的进化戏剧就属于罗尔斯顿所说的大自然的表演。

(四)荒野的审美价值

利奥波德发现了荒野的生态之美,罗尔斯顿同样看到了荒野的生态之美。他说:"如果我们来到一片风景带,站在风景带的角度看问题,去感受它的完整性,那么我们就会发现,'野的'是一个褒义词。这种野性给我们带来一种美感——'荒凉而神奇的西弗吉尼亚'。"② 罗尔斯顿强调"野"之美,强调的"完整性"之美,其实就是利奥波德强调的整体之美。罗尔斯顿热衷探索荒野,在对荒野的凝视和深思中,他发现了荒野的美,获得了极大的审美愉悦。他和利奥波德都呼吁人类走出人类中心主义的桎梏,以一种平等的态度面对荒野,欣赏荒野的美,而不仅仅是从经济的角度打量荒野。

利奥波德和罗尔斯顿都介绍了荒野的多重价值,这些价值互有关联。当荒野良好地运转时,荒野的多重价值都能够得到实现,反过来说,荒野多重价值的并存才是良好的状态,因为这种状态证明了荒野的健康。依此类推,人类如果能建立与土地的良好关系,让土地健康地运转,就能收获土地所给予我们的多重价值,当然,也包括审美价值。

结　语

荒野美学的发展目标应该是人与荒野的深度融合,是人与荒野的共生共存,是荒野审美理论和荒野审美实践二者的相互推动。荒野美学的未来是人与荒野和谐共生的未来,没有与荒野共存的人,是不完整的人,

---

① [美]奥尔多·利奥波德:《沙乡年鉴》,侯文蕙译,商务印书馆2016年版,第194页。
② 赵红梅:《美学走向荒野:论罗尔斯顿环境美学思想》,中国社会科学出版社2009年版,第102页。

是畸形的人。同理，荒野的未来便是人的未来，荒野的存在，开启了人的存在；荒野的发展，决定了人的发展。荒野作为人之物质生命的孕育和支撑之所，是人类最本源的生存家园。荒野作为人之精神生命的滋养和净化之所，是人类最亲缘的精神伴侣。荒野孕育着人类的新生，完善着人类的德性，是人类获得自我同一性的场所，是人类的生存家园。

当然，作为人类，应该始终坚持人在荒野审美和实践中的绝对主体地位，这样，才能更好地实现人与荒野的共存。荒野不仅仅是作为精神的象征，亦是作为自生自在的生命体，是与人平等的存在。荒野审美的未来，一定是荒野与人共生的未来，是人性得以完善，环境得以净化，荒野得以保存的未来。

荒野美学思想发展到当代，所呈现的生态转向，对于显现荒野的本真美和解决当下的生态危机都有重大的意义，但同时其所呈现的内在矛盾也导致了荒野美学思想发展的当代困境。从整体上，重新反思当代的荒野美学及其价值，在实践中既坚持人的绝对主体地位，又寻求人与荒野的和谐共生，这可能是当代荒野审美的出路所在。人与荒野之间的张力关系决定了人的命运，也即荒野的命运，荒野美学的未来一定不能没有荒野，更不能没有人。荒野的未来就是人的未来，反之亦然。

【作者简介】

冉小丽（1996—），女，甘肃省陇南市人，西安外国语大学中国语言文学院在读硕士，比较文学与世界文学专业，研究方向：中外文学比较。

张保宁（1957—），陕西渭南人，西安外国语大学中国语言文学院教授，硕士生导师，研究方向：文学批评与中外文学。

张保宁联系方式：邮箱：baoning426@163.com　手机：13572945961

通信地址：陕西省西安市长安区文苑南路1号西安外国语大学中文学院

法国文学研究

萨洛特多声部中的"自我"与"他者"

外交学院外语系
■王晓侠

【摘　要】巴赫金的对话理论提出了多声部小说的概念，并阐述了对话中的"自我"与"他者"的关系。法国新小说派的主要代表人物之一萨洛特的作品可以说是声音的作品，一定程度上受到巴赫金理论的影响。在她最后的几部作品中，对话俨然发展成一种多声部的交响曲，这些群起而共鸣的声音勾勒了一个变动不居的自我的形象，自我的话语同他者的话语互动、融合，从而使自我的意识崩裂为无数个他者的意识，使"我"这个主体经由"你"和"他"衍变为一个普遍的主体"我们"。"自我"与"他者"，"个体"和"普遍"的碰撞与汇合通过语言声音的碰撞与汇合而完成。萨洛特独辟蹊径的"向性"语言，以多声部形式的内心独白或对话来揭示人类灵魂最深处的本质。

【关键词】对话　多声部　自我　他者　主体　意识

【Abstract】As one of the French New Novelists, Nathalie Sarraute's works could be regarded as "works of voices" enlighted by Bakhtin's dialogue theory. In her last novels, the dialogue is developed into a symphony in which a "self-image" eternally changing is outlined but at the same time is broken down into numerous consciousness of "the other". In this way, the particular subject "I" is changed into a universal subject "we", and this transformation from self to the other, from the particular to the universal is accomplished with an exceptional language characterized by a polyphony coming from the bottom of the heart of the human-beings.

【Key Words】 Dialogue　Polyphony　Self　Others　Subject　Consciousness

一　对话的理论与声音的效果

怎样讲述故事？这个人类自古有之的实践活动今天却有些令人茫然。叙事的概念经历了巨大的变化，以致人们在当代的小说艺术中深深地感受到，叙述者的位置变得很难确认。传统小说中他占据着一个可被认知的、经常被认为与作者等同的位置，而如今却似乎幻化为一个记录不同人物话语的机器：他的功能与其说是在讲述，不如说是在布局操纵；他似乎无处不在，又似乎不见踪影。他有时处于小说的中心但却哑然无声，有时形迹渺然却又到处游荡，他将一种看似支离破碎的声音玩弄于股掌之中。如果说传统的叙述声音是用来传递记忆，讲述故事，而今天的叙述声音则常常是借助其回响的力量，于不协调的音符中勾勒过去和现在，自我和他者，以及个人与集体的线条，并最终在流动的音律中建立某种和谐与真实。巴赫金的对话理论正是在对叙述话语"控制力"的探究中提出了"多声部"小说、又称复调小说的概念：他在评论陀思妥耶夫斯基的文章里这样写道："许多种独立的和不相混合的声音和意识，各种有完整价值的声音的复调是陀思妥耶夫斯基小说的基本特点。不是许多性格和命运根据作家的统一意识在他的作品中展开，而是许多价值相等的意识和它们各自的世界分别通过对话的声音融合于某个统一的事件中。"①

在巴赫金看来，陀思妥耶夫斯基的主人公们，在作家的创作构思中，不仅是作家所议论的客体，更是直抒己见的主体。主人公的言论完全不

---

① 钱中文：《复调小说：主人公与作者——巴赫金的叙述理论》，《外国文学评论》1987 年第 1 期。

局限于通常表示性格特征的和实际情节的含义，而且也并非作者本人思想立场的表现。主人公的意识是作为他人的、非作者自己的意识来表现的，因此主人公在思想上自成权威并具有独立性，他被看作一个通过"自我"与"他者"的言说创立了完整思想观念的主体，而不是通过陀思妥耶夫斯基的言说"被"创立的艺术客体。这个拥有独立意识的主体就这样在纵横交错的叙述时空里，在循环往复的复调声波中诞生，其身份的多元性和不确定性便体现在人物内心活动时"我"和"他者"言语的多元化中。①

陀思妥耶夫斯基是萨洛特崇拜的偶像，是萨式写作的先驱，但萨洛特写作中对声音的运用与之相较有过之而无不及。多声部在她的作品里不仅仅是将"他者"的言语融入内心活动的表达形式，而是成为所有思想的表达形式。萨洛特的所有作品可以说是声音的作品。她本人曾说自己对声音极度敏感："我更多地是'听'字，而非'看'字。"② 这种与声音游戏的快乐，萨洛特自孩童时代便有所体验，她的《童年》(Enfance)一书中有这样的记载：幼年时期的娜塔莎保存着一个小盒子，里面装满了纸折的小鸡，每个小鸡的身上写着一个名字，代表着她班里的一个同学，而她自己扮演老师，想象着各种各样的问题，跟她的学生们进行无休止的对话……③这个场景恰似作家后来写作的一个隐喻，她用言语操纵着自己的人物，让他们在声音中存在。萨洛特在《怀疑的时代》(L'Ère du soupçon)中谈到小说中的对话功能时引用英国小说家亨利·格林（Henry Green）的话说："小说的重心转移了，对话占据越来越重要的位置，如今成为向读者展示生命的最好的方式，它还会在很长一段时间内作为小说的主要支撑形式而存在。"④ 萨洛特本人自然不乏对言语功能的深刻认识："在没有行动的情况下，我们可以使用言语。言

---

① Mikhaïl Bakhtine, *La poétique de Dostoïevski*, traduit par Isabelle Kolitcheff, Paris, Éd. du Seuil, 1970, pp. 35–37.
② Simone Benmussa, *Nathalie Sarraute: Qui êtes-vous?* Lyon, La Manufacture, 1987, p. 118.
③ Nathalie Sarraute, *Enfance*, Paris, Gallimard, 1983, pp. 206–207.
④ Nathalie Sarraute, *L'Ère du soupçon*, Paris, Gallimard, 1956, p. 92.

语具备一切捕捉内在心理活动的必要素质，并可以将这种既急促焦躁又忐忑不安的情绪加以保护和外露。它们表达起来灵活自由，语义微妙丰富，既可透明，又可隐晦。"① 可以看到，萨洛特在她的最初几部小说中就将对话或潜对话推向极致，而在她最后的几部作品如《你不喜欢自己》(*Tu ne t'aimes pas*) 或《这里》(*Ici*) 中，对话已经发展成一种多声部的交响曲，这些群起而共鸣的声音来自内心的最深处，往往是被撷取的只言片语，但却常常如雷贯耳，振聋发聩。

可以说，萨洛特的人物是由对话构成的："在萨洛特那里，人物不是被描写出来的，而是通过内心的诉说被激发出来的。在具有面孔，衣着和态度之前，他首先是话语。"② 萨洛特本人也宣称说："我写作的时候，会听到我所用的字词，我阅读的时候，不仅仅是用眼睛去看，而是大声朗诵出词句，听到每一个字词。写作时，我先是听到一些音律，然后仔细聆听，重新阅读，最后加以修改。"③ 事实上，萨洛特最后几部小说中的人物就是通过话语的反复来加以确认的，话语的微妙变化意即人物情感的微妙变化。安托尼·纽曼（Anthony Newman）认为，在萨洛特的小说中定义人物是一件非常困难的事情："应该承认，为萨洛特的小说确定一个人物形象是很棘手的。……她的大部分文字越来越像是口头的言语交织成的布块，时而高声，时而低吟，原本无法表达的东西想要在一瞬间拥有形象。"④ 初读这类对话作品，有点摸不着头脑，纷杂的声音交相呼应，搞不清谁是发出者，谁是接收者。对话与潜对话错综交合，时而是独白，时而是对答，话语的闪烁其词常常使对话者本身不知所措。埃克托尔·比昂西奥提（Herctor Bianciotti）这样描述萨洛特作品中声音的重要性：

---

① Nathalie Sarraute, *L'Ère du soupçon*, Paris, Gallimard, 1956, p. 102.
② Bernard Pingaud, «Le personnage dans l'œuvre de Nathalie Sarraute», *Preuves*, n° 154, décembre 1963, p. 28; cité par Anthony Newman, *Une poésie des discours. Essai sur les romans de Nathalie Sarraute*, Genève, Librairie Droz, 1976, p. 15.
③ Sonia Rykiel, «Un entretien avec Nathalie Sarraute», *Les nouvelles littéraires*, 9 – 15 février 1984.
④ Anthony Newman, *Une poésie des discours*, op. cit., p. 22.

娜塔莉·萨洛特的作品就像是声音的记录，将人内心即时的意识状态的繁杂以最流动，最奇特的方式展现出来。没有什么作品能如此忠实于自己，如此和谐地、忠诚地将人的本质公之于众，打破传统的心理交流所上演的戏剧，建立一种与众不同的现实。①

二 多声部中的"自我"崩裂为"他者"

巴赫金认为，人们的生活意味着相互交往、进行对话和思想交流，人的一生都参与对话，人真实地存在于"我"和"他者"的形式中，人的存在就是为了别人，通过别人肯定自己，他体察自己的内心，同时也透视他人的内心，他用别人的目光来看待自己。"我"不能没有"他人"，不能成为没有"他人"的"自我"，我在"他人"身上找到"自我"……②

巴赫金的对话理论揭示了"自我"与"他者"通过相互映照而证实双方共同存在的哲理。而萨洛特作品中的"我"和"他者"不再像巴赫金对话中的"我"和"他者"那样界限分明，互成镜像，萨洛特的"我"和"他者"已经融于一体，你我不分："我"即"他者"。这种埃克托尔·比昂西奥提称之为"与众不同的现实"以声音为依托，使用不同的人称代词，制造出一场多声部的交响曲，烘托出一个多声的主体，其自我在声音中消弭，组合，分裂，重组……崩裂的意识将"我"和"他者"联系在一起。

《你不喜欢自己》(*Tu ne t'aimes pas*)这部小说中的多声部话语就是这样在声音中勾勒了一个"自我"的形象，却又在勾勒一个时刻自我反省的主体的同时，将自我的话语同"他者"的话语互动、融合，从而使自我的意识崩裂为无数个他者的意识，使"自我"这个主体演变为一个

---

① Herctor Bianciotti, «Nathalie Sarraute», *Digraphe*, «Aujourd'hui Nathalie Sarraute», n° 32, *Messidor/Temps Actuels*, s. 1., mars 1984, p. 66.
② 钱中文：《复调小说：主人公与作者——巴赫金的叙述理论》，《外国文学评论》1987年第1期。

普遍的主体"我们",通过内心的独白或对话来揭示人类灵魂最深处的本质。

文章一开始就将读者置于一场突如其来的对话中心。一句"你不喜欢自己"直指小说的主题,但旋即被随之而来的各个不确定的声音干扰,"谁不喜欢谁(法文是 Qui n'aime pas qui)?"这个前后映照的命题形象地表露了一种身份的分裂和统一,同一个身份分成了两个"谁",两个"谁"又可能指向同一个身份。"我"这个主体的根基在疑问的声音中渐渐动摇:

> 可他们对你说:"你不喜欢自己。"你……这个向他们自我展示了的你,这个自告奋勇要去服务的你……你向他们走去……似乎你不再仅仅是我们当中的一个可能的化身,不再仅仅是一个潜在的我们……你脱离了我们,走向前去,就像是我们唯一的代表……你说"我"怎么怎么……①

这里,说"我"不是一件轻而易举的事情。萨洛特在西蒙娜·本缪萨(Simone Benmussa)对她的一次访谈中讲:"人有好几个社会的'我'来代表自己,从内心来讲,我从来没有那种自我审视,自我欣赏的感觉……不再有'我',……'我'的身上总是有众多的身影……在呼吸。"② 这里,"我"只能成为一个"潜在",一个"可能的化身",或者说是"我们"这个巨大群体的体现,是一种外在的、无止境的公开"意识"。萨洛特的文本所强调的,就是"我"的这种分化功能,每个声音不过是"我"的一个碎片,同"他者"一样,是"我们"当中的一个,是大家在社会中称之为"我"的这个整体的一部分。萨洛特这样向本缪萨透露她的切身感受:

---

① Nathalie Sarraute, *Tu ne t'aimes pas*, Paris, Gallimard, 1989, in *Œuvre complète*, Paris, Gallimard, 1996, p. 1499.

② Simone Benmussa, *Entretiens avec Nathalie Sarraute*, Tournai, Éditions La Renaissance du Livre, 1999, pp. 85–86.

> 每个人都有某些外在的行为，某种人格的标志，但我想说的，是这种深刻的感受，我想很多人跟我一样都有这种感受——那就是感觉"我"什么也不是，什么什么都不是。当整个世界与"我"共存的时候，"我"就消失了。世界存在着，而且时时刻刻通过我的身体在变化着，消耗着。我自己的人格在这些时刻却不存在了，我甚至不知道我的人格到底是什么。我不过是那些通过我身体的东西：我所看到的，我所听到的……整个世界。①

"我"不存在了，似乎消融在一个他者的世界里，然而这个世界又没有完全外在于"自我"，而是"我所看到，我所听到"的世界。或者可以说，这是一个由"我"和"他者"共同组成的"我们"的世界。寻找"自我"，只有到这个"我们"的世界中去寻找了，而"我们"本身其实也不是一个统一的、完善的整体。《你不喜欢自己》中的多声部恰恰反映了这种统一的不可能性：

> 这个"我们"永远也不是指我们所有的人……我们永远不是一个完整体……我们之间总有一些人在睡觉，在犯懒，在走神，在开溜……现在就剩下我们了，我们需要从内心深处来重新审视一下"你"所展示给"他们"的那个形式，你强加到他们身上的那个形式……那个他们已经习惯了的形式。②

萨洛特的文本中，人称代词的使用总是这样随意却又深奥，这里的你、我们和他们随时可以融合和分离，这个你强加于别人、当然也是强加于自己的形式，或者说"我们"强加于我们自己的形象需要重新审视，在萨洛特看来，"你"所呈现给别人的"你自己"不过是一个像很多人那样做人唯唯诺诺、做事缩手缩脚的小丑，一个你为之叹息却又无

---

① Simone Benmussa, *Entretiens avec Nathalie Sarraute*, Tournai, Éditions La Renaissance du Livre, 1999, p. 175.
② Nathalie Sarraute, *Tu ne t'aimes pas*, *op. cit.*, p. 1150.

能为力的"他者"……①这种对"自我"的否定很好地阐释了小说的题目,"你不喜欢自己",因为你本身就没有什么值得炫耀的东西,可"又能怎么样呢?人本来就是这样"。萨洛特在跟玛丽亚娜·阿勒芳(Marianne Alphant)的一次谈话中建议应该这样来阅读她的文本:

> [你不喜欢自己]并不意味着"你憎恨自己",但你对自己确实没有感觉,没有好的感觉,也没有坏的感觉,因为"你"太繁杂了,除非你跳出自我的躯壳,用一双陌生的眼睛去审视自己,你无法在这种繁杂中看出什么是让人喜欢的,什么是不让人喜欢的。你所具有的这份繁杂,也正是我们所具有的这份繁杂。②

作者在她的作品中,通过使用不同人称代词制造多声部的效果,反复地诉说这种属于所有人的繁杂,"我"在无休止的言语声中不复存在,崩裂为一个个跟"我"相似的"他者":"你"和"他",最终会聚成一个普遍的主体存在——"我们"。

三 意识崩裂后"自我"与"他者"的矛盾和统一

多人称的使用将"自我"的意识幻化为意识的碎片,但参与内心对话的各种声音中,似乎又可以分辨出那么几种不同的声音,在相互的冲突和磨合中将一块块崩裂为"他者"的碎片黏合,重新勾勒出"我"和"我们"的轮廓。

在《你不喜欢自己》中统领全文的是一种疑问的声音。小说便是在一片质疑声中拉开序幕的:"怎么回事?怎么可能呢?您不喜欢您自己?谁不喜欢谁?"③"谁"(qui)这个人称代词将读者置于对人物身份的质疑

---

① Nathalie Sarraute, *Tu ne t'aimes pas*, op. cit., p. 1151.
② Marianne Alphant, «Intérieur Sarraute», *Libération*, 28 septembre 1989.
③ Nathalie Sarraute, *Tu ne t'aimes pas*, op. cit., p. 1149.

中，为后来意识的崩裂奠定了基调。当"你"从"我们"中分离，想对自己的形象作一探究时，"我们"向"你"发问了："……那些专心致志、沉默不语的人，他们不是跟我们一样吗？他们是不是也像我们？……宁愿停止此刻的存在？——他们也不喜欢自己？我们并不是一个例外？——你，我们的寻觅者，我们的侦探，你那么喜欢探究，努力看看……他们也不喜欢自己，是吗？"这里的他者"你"和"他们"面临着同一个问题，都不喜欢自己，因为他们看不到或看不真切自己存在的稳定性，对自我的寻求永远处于一种不确定和绝望之中，但各种声音似乎并不气馁，从头至尾充斥着文本，一步步推动读者艰难地找寻那个丢失了的"我"。终于可以从一种叙述的或描述的声音中看到"我"的灵魂状态，它似乎又和"他者"—"你们"一起成为"我们"所崩裂出来的一个个碎片：

> 但"我"不过是"我们"当中的一分子，一小块……被当作"我们"来看，这在你还是第一次……"我"不知为什么，"我"比平时更能感知到"你们"的存在，"你们"就在"我"的周遭……①

有时，"你们"从"我们"中脱离出来，冷观着自我的另一面，指出生命除了阳光、沙滩、棕榈树、高贵的面孔，也有阴影、冷漠、自私和衰老……②有时，"他"远远地走来，他的身后是无际的天地茫茫，又像是漫漫大海，将"他"面部清晰的线条渐渐消解，融化，最后重新融入"我们"这个动荡不安的群体中。"茫茫""漫漫""海洋"这些萨洛特式的形容词印证了"我"与"我们"的关系恰如萨洛特所说，是一滴水和大海的关系，"我"和"他者"不过是极其相似的两滴水，终将从分离走向融合，汇成"我们"这片茫茫的大海③。而我们内心的动荡不

---

① Nathalie Sarraute, *Tu ne t'aimes pas*, op. cit., p. 1150.
② Nathalie Sarraute, *Tu ne t'aimes pas*, op. cit., p. 1181.
③ Nathalie Sarraute/Lucette Finas, «Nathalie Sarraute："Mon théâtre continue mes romans"», *La Quinzaine littéraire*, n° 292, 16 – 31 déc. 1978, pp. 4 – 5.

安和不可捉摸时而又通过一个从中脱离而出的"她"得以揭示：

> 她对我们的人格满口称赞……她说她从未遇到过什么人如此地细腻，宽容，平和，智慧……总之，她的话让我们惊讶不已……①
> 看来，我们没有错，我们是那些最敏感、最多疑的人，这一下我们满足了……我们重又泰然自若了。这是再好不过的事情了……②

当我们不知自己是何物时，这个从我们当中走出去的她以一个外来者的身份，用一种总结性的声音客观地诉说着我们自己所不敢确定的自身的种种特点和能力。至此，可以看出，萨洛特小说中多变的人称代词实则是为了展现声音关系的繁杂，凸显多声部的语义功能，组建一个亨利·柏尔森（Henry Bergson）所描述的"基本心理状态的合唱团"③，使读者因循发散式的声波，一步步走向位于中心的主体，一个崩裂为"你""他""她""他们""你们"的"我们"，一个具有普遍意义的"我"。这是一个矛盾的主体，他身上存在人性的各种可能，时而是一个"谦虚"的"我"，时而是一个"高傲"的"我"，时而"乐观"，时而"焦虑"，时而"慷慨"，时而"自私"，时而"优柔寡断，缺乏自信"，时而又"脚踏实地，果断现实"。④ 总之，这是一个永远处于变动不居中的"我"，一个可以由"他者"感知和表现的普遍的"我"，一个矛盾中的统一体。

四　结语

萨洛特作品中主体身份的可换性是通过人称代词的互换在对话的多

---

① Nathalie Sarraute, *Tu ne t'aimes pas*, op. cit., p. 1197.
② Nathalie Sarraute, *Tu ne t'aimes pas*, op. cit., p. 1210.
③ Henri Bergson, *Essai sur les données immédiates de la conscience*, Paris, PUF, coll. «Quadrige», n° 31, 2001, p. 26.
④ Nathalie Sarraute, *Tu ne t'aimes pas*, op. cit., pp. 1167 – 1222.

声部中制造意识崩裂的效果而完成的,"自我"与"他者","个体"和"普遍"的碰撞与汇合通过声音的碰撞和汇合而完成。柏尔森曾说:"我们的感知和思想表现为两个方面:一方面是清晰的、准确的,但却是无人称的;另一方面则是含混不清,变动不居,无以表述的,因为语言只有固定其变动才能捕捉到它,只有将其普遍化才能还原它平常无奇的面貌。"① 萨洛特的作品却独辟蹊径,找到了一种"向性"②的语言,以多声部内心独白的形式邀请大家进入一个隐秘的、潜在的内部世界,进而勾勒出一种"在转化为合理思想之前"③的意识形态,让它崩裂为无以数计的碎片,这些碎片就像一道道闪亮的光点,时刻撞击着每一个心灵。萨洛特相信,她所感受到的,也一定是所有人能够感受到的,因此,她在作品中所描绘的那一个或者说那一些人物肖像如果说是"自我"的肖像,这则是一个人人都能从中认出自己的自我肖像,这个向所有人开放的普遍主体在繁多的、矛盾的声音中诞生,成为"自我"和"他者"相会的场所。

【作者简介】

王晓侠,女,外交学院外语系教授,北京大学、法国普罗旺斯大学联合培养的法语语言文学及比较文学双博士,主要研究领域:法语语言与文学。代表作:*L'Écriture du Nouveau Roman: entre l'objectivité et la subjectivité- suivie d'une étude de réception et d'influence en Chine*(《法国新小说写作:主客观之间——及其在中国的接受和影响》),法国巴黎友丰出版社(ÉDITIONS YOUFENG),2010 年 12 月。主要论文:《萨洛特〈你不喜欢自己〉的主体评析》,《外国文学评论》2011 年第 4 期;《萨洛特作品中

---

① Henri Bergson, *Essai sur les données immédiates de la conscience*, op. cit., p. 96.
② 萨洛特把她对内心世界隐秘活动的描写称为"向性"描写,因为她觉得那些不可见的内心活动就像是植物无意中向阳或背阴的活动,见 Nathalie Sarraute, «Roman et réalité», *Conférences et textes divers*, Gallimard, 1996, in *Œuvres complètes*, op. cit., p. 1651.
③ Micheline Tison-Braun, *Nathalie Sarraute ou la recherche de l'authenticité*, Paris, Gallimard, 1971, p. 12.

的语言学——一种向性真实的表达》,《外国语文》2011 年第 1 期;《从新小说到新自传——真实与虚构之间》,《国外文学》2010 年第 1 期;《试析法国新小说叙述话语的自反性》,北京师范大学文艺学研究中心《文化与诗学》2009 年第 7 辑等。

联系方式:电子邮箱:wxaurore@hotmail.com 或 wxaurore@cfau.edu.cn

手机:18500538595

通信地址:100037 北京市西城区百万庄大街 10 号院 1 号楼 1—111

时间之外的隐遁者
——纪德论普鲁斯特

西安外国语大学西语学院
■宋敏生

【摘　要】纪德和普鲁斯特是法国文学天空的双子星。认识到普鲁斯特《追忆似水年华》的文学价值，纪德为法兰西评论社早前的草率拒绝而愧疚。他评论普鲁斯特的文字，展示了他对文学本质的思考。他认为普鲁斯特的文学成就源于其作品的无动机性。普鲁斯特躲进疾患的"方舟"，以艺术为救赎，成为时间之外的隐遁者。

【关键词】纪德　普鲁斯特　《追忆似水年华》　风格　无动机性

【Abstract】André Gide et Marcel Proust sont les deux étoiles brillantes du monde littéraire français. Reconnaissant les exploits littéraires de *À la recherche du temps perdu*, Gide regrette le refus précipité de la NRF. Ses commentaires sur Proust reflètent sa réflexion sur la nature de la littérature. Il croit que le succès littéraire de Proust tient à *l'acte gratuit* de son œuvre：caché dans son *arc* de maladie, Proust se plonge dans la création artistique pour la rédemption, devenant un homme hors du temps.

André Gide and Marcel Proust are the two stars of the French literary world. Acknowledging the literary exploits of In Search of Lost Time, Gide regrets the NRF's hasty refusal. His comments on Proust reflect his thoughts on the nature of literature. He believes that Proust's literary success is due to the "acte gratuit" of his work. Hidden in his "arch" of disease, Proust immerses himself in artistic creation for redemption, becoming the man outside of time.

【Key Words】 André Gide Marcel Proust *In Search of Lost Time* Style Acte Gratuit

引　言

普鲁斯特《追忆似水年华》（*A la recherche du temps perdu*）（后文简称《追忆》）的出版一波三折，先后被卡尔曼 - 莱维出版社、法兰西水星出版社、《费加罗报》（*Le Figaro*）、法斯凯尔出版社、新法兰西评论 - 伽利玛出版社、奥伦多夫出版社拒绝。幸而，年轻的格拉塞出版社接受了他的书稿，最终以作家自费的形式，于1913年11月出版了第一卷《在斯万家那边》（*Du côté de chez Swann*）。读了普鲁斯特这部作品后，纪德认识到《追忆》超凡的文学价值，他给普鲁斯特发出了文坛最著名的致歉信。在信中，他表达了对作家的歉意和欣赏之情，随后向普鲁斯特发出邀请，请其转移到自家法兰西评论社出版《追忆》。二位文坛的巨人就此开启了书信往来及见面晤谈，并结下友谊，直至终老。纪德在其书信、日记、评论及纪念文章中，谈论普鲁斯特的生活、创作和成就。这些见证、评论和怀念的文字饱含纪德对普鲁斯特境遇的同情、创作的理解和风格的激赏。纪德评论普鲁斯特及其创作，寄予了他对艺术创作规律的认识。

一　青年普鲁斯特："公子哥"或"荣耀流芳"的作家

纪德1869年出生，普鲁斯特两年后才降生。两颗文学巨星出现在同一个时代，同一片天空，如同日月齐升，闪耀在20世纪法国文学的苍穹。

1891年5月1日，纪德和普鲁斯特第一次见面。地点在象征主义诗人、剧作家加布耶尔·塔里尤（Gabriel Trarieux）家里。① 文学沙龙是巴黎文人相识最好的机缘。这两位年轻人当时都是文学热血青年，在巴黎社交界各有声名。纪德前一年刚刚发表了他的文学处女作《安德烈·瓦尔特笔记》（Les cahiers d'André Walter），在几处文学沙龙颇受欢迎；普鲁斯特是年轻的法学专业学生，被引荐进入巴黎最流行的社交圈。这次见面，普鲁斯特给纪德留下了长久的负面印象，也为后来其作品《追忆》在纪德主持的《新法兰西评论》（La Nouvelle revue française）遭拒埋下了伏笔。纪德在1914年给普鲁斯特的信中写道：

> 将近20年前我们在"圈子里"有过数面之缘……对我而言，您还停留在过去经常出入X和Z夫人家，在《费加罗报》……上发表文字时的形象。我当时认定您——我要向您坦白吗？——就是"维尔杜兰夫人家那边"的公子哥。（普鲁斯特/纪德，2019：1）

纪德提到跟普鲁斯特20年前的"数面之缘"，除了初次见面，余下的相遇目前还没有发现明确的记载。最大的可能，就是他们在共同的师长或友人，如布朗什（Jacques-Émile Blanche）②、巴雷斯、马拉美、王尔德、弗莱尔（Robert de Flers）③ 的圈子里再次相见或在荷兰看伦勃朗的

---

① 纪德研究权威克洛德·马丹（Claude Martin）在其编订、注释的《纪德与母亲通信集》（Correspondance avec sa mère, 1880 – 1895）中，依纪德未发表的日程表（Agenda），确认纪德初次见普鲁斯特的时间为5月1日。1891年纪德多次前往加布耶尔·塔里尤家的沙龙（Gide, 1988：114，683）。纪德的传记作家，法兰西学院院士让·德莱（Jean Delay）医生在其著作《纪德的青年时代》（La jeunesse d'André Gide）中，也明确提到二位年轻人见面时间为1891年5月1日（Delay, 1957：128）。

② 雅克-埃米尔·布朗什，法国著名肖像画家，曾为纪德、普鲁斯特、马拉美、巴雷斯、德·诺阿伊（De Noailles）、哈代、伍尔芙、乔伊斯、王尔德、德彪西、斯特拉文斯基（Stravinsky）、德加、罗丹、施特劳斯夫人等70多位社会名流画像。他在其著作《我的模特们：文学回忆》中谈到巴雷斯、哈代、普鲁斯特、纪德等这些他早期肖像画的对象。在书中，他简述他们的生平、癖好，介绍他们的创作，表达他的敬仰之情，成为"美好时代"巴黎上流社会年轻作家最鲜活的记录。

③ 罗贝尔·德·弗莱尔，普鲁斯特孔多塞中学同学，他们曾一起编辑《宴饮》（Le Banquet）杂志，与普鲁斯特关系相当亲密，成为普鲁斯特的终生朋友。曾任《费加罗报》文学版主编。纪德也曾跟弗莱尔在巴黎的几处沙龙相见，并碰巧同住一家酒店，一起吃过早餐，相谈盛欢（Gide, 1988：652）。

画展上不期而遇（Harris，2002：11—40）。种种迹象显示，纪德在给普鲁斯特发出这封致歉信之前，他们在巴黎的文学圈中应该耳闻过彼此的名声。

这段长达 20 年的交往空白，只能由彼此地位变化及个人遭际来解释。写这封信时的纪德已发表《安德烈·瓦尔特笔记》（1891）、《乌里安游记》（*Le voyage d'Urien*，1893）、《帕吕德》（*Paludes*，1895）、《地粮》（*Les nourritures terrestres*，1897）、《背德者》（*L'immoraliste*，1902）、《浪子回头》（*Le retour de l'enfant prodigue*，1907）、《窄门》（*La porte étroite*，1909）、《伊萨贝尔》（*Isabelle*，1911）、《梵蒂冈地窖》（*Les caves du Vatican*，1914）等作品十几部，体裁涵盖小说、诗歌、戏剧、散文诗、傻剧，号召年轻人走出家门，脚踏大地，亲近自然，成为 19 世纪末 20 世纪初法国年轻人的精神导师。他跟朋友雅克·科波（Jacques Copeau）、让·施楞贝尔格（Jean Schlumberger）、亨利·热翁（Henri Ghéon）、雅克·里维埃（Jacques Rivière）一起于 1908 年创办了有影响力的文学杂志《新法兰西评论》，并成为实际控制人。在当时的法国文坛，纪德享有盟主的地位。反观普鲁斯特，除了《欢乐与时日》（*Les plaisirs et les jours*，1896）及《费加罗报》上的社交评论文章，没有创作发表。普鲁斯特在纪德的眼中，还是早年"附庸风雅、热衷社交的人"（普鲁斯特/纪德，2019：1）。加之，普鲁斯特自失去双亲，特别是 1905 年失去疼爱他的母亲后，深受刺激，哮喘病频繁发作。疾病让他害怕气味、粉尘、阳光、寒冷刺激，他逐渐减少外出，将自己幽闭在奥斯曼大街的公寓里，过着时序颠倒的日子，在暗夜里潜心构筑他的文学巨厦《追忆》。因此，如日中天的大作家纪德既无动机也无缘去见"文学爱好者"——"公子哥"普鲁斯特。

倘若不是普鲁斯特主动找上门来，寻求在《新法兰西评论》发表其作品，他跟纪德的关系仍将保持之前相忘于江湖的状态。尽管普鲁斯特的作品被纪德为首的编辑委员会否决，最终只能自费在年轻的格拉塞出版社出版《追忆》第一卷《在斯万家那边》但是金子总要发光的。《在斯万家那边》出版后，罗贝尔·德雷福斯（Robert Dreyfus）、吕西安·

都德（Lucien Doudet）、雅克 - 埃米尔·布朗什、莫里斯·罗斯唐（Maurice Rostand）、保罗·苏代（Paul Souday）等发表评论文章，表达对这部作品的认可和赞扬。最重要的是普鲁斯特的作品终于引起新法兰西评论社的注意，雅克·里维埃、伽利玛把书带回来，送给亨利·热翁，请其在《新法兰西评论》发表短评，并让纪德阅读全文（莫洛亚/André Maurois，2014：253，256）。纪德读后，立刻被征服，时隔20年后给普鲁斯特写了情真意切的第一封信，表达对这部作品的喜爱及当初拒绝作品的愧意："几天来，我没放下您的作品。我百读不厌，乐在其中而难以自拔。唉！这部作品我如此喜爱，不知内心却为何这般痛苦？拒绝这部作品是新法兰西评论社最严重的错误——（我深感羞愧因为我对此负有重大责任），这是一生中最刺痛我，令我感到遗憾、后悔的事之一。……此刻，对这部大作我仅说喜爱是不够的，觉得我对它、对您饱含一份深情，一份仰慕，一份独特的偏好。"（普鲁斯特/纪德，2019：2）

在紧随其后的1914年1月的另一封信中，他代表法兰西评论社向普鲁斯特伸出橄榄枝，邀请普鲁斯特转投自己的出版社。为促请普鲁斯特尽快离开格拉塞，纪德和他的编委会开出了诱人的条件：不仅承担出版费用，而且会出版全集。能够完整地出版，被完整地阅读，这是普鲁斯特对这部鸿篇巨制一直梦寐以求的设想。普鲁斯特在回信中反复表达对收到纪德来信的快乐和感激，"我时常觉得某些大的快乐需要先摒弃我们过去享受的无足轻重的快乐。但无此快乐，也享受不到别样的、极致的快乐。若不是新法兰西评论社的拒绝，再三的拒绝，我也收不到您的来信。……读过我的书，您不可能对我还不了解，不可能不知道我收到您来信的快乐远超在新法兰西评论社出版作品的快乐。……方才，我跟您说曾热望作品能在新法兰西评论社出版，以便让人在高贵的氛围里感受这部作品，因为在我看来，理应如此。……尽管当时拖着病体，去伽利玛先生那里无望地奔走，坚持。为的是，我记得很清楚：被您读到的快乐"。我跟自己讲："我的作品若在新法兰西评论社出版，他很可能会读到。……在您的信里，我'找回了逝去的时光'。"（普鲁斯特/纪德，2019：4—7）普鲁斯特对于跟纪德建立联系，作品被纪德读到时的喜悦之情溢于言表，似乎之前所有的付出、辛劳得到了慰藉。

自此，纪德和普鲁斯特书信往来频繁，甚至还相互拜访、晤谈。书信中，他们谈论彼此的作品，情感，生活，好友，文坛恩怨及《追忆》的出版事宜。得到新法兰西评论社，特别是纪德的垂青，普鲁斯特并没有立即换出版商。他谨小慎微、心地善良，担心改换门庭会伤害格拉塞。1914年第一次世界大战爆发，格拉塞被征兵入伍，这家年轻出版社出版活动基本陷入停滞。战时出版他这类有伤风化，"描绘一个已经消失的世界"（莫洛亚，2014：275）的作品也显得不合时宜。1916年，纪德在日记中记载跟普鲁斯特时隔多年再次见面，但交流的内容却没有留下只言片语。[①] 战争结束后的1919年，新法兰西评论社出版了普鲁斯特的《在少女们身旁》（À l'ombre des jeunes filles en fleurs）（也译作《在花季少女倩影下》），这部作品给普鲁斯特带来了殊荣：获得了当年的龚古尔文学奖。文学大奖让一个难懂的作家终于赢得了读者，获得快速而世界性的成功。

纪德对普鲁斯特自然愈加关注和喜爱。他在普鲁斯特逝世前即1921年3—4月间写了总结普鲁斯特文学成就的文章，题为《关于马塞尔·普鲁斯特——给安日尔的信笺》。他开篇就表达了对普鲁斯特最高的敬意，"我曾立誓只谈论逝去的作家，然而这样我会感到遗憾，在我的文字中没有留下任何我对一位当代作家所怀有的最高景仰——如果没有保尔·瓦莱里，我无疑会用单数'最高的'。承上所言，我认为我没有过分高估马塞尔·普鲁斯特的重要性，我觉得没有人会过分高估其重要性。我觉得，长久以来，没有任何一位作家能与其媲美，让我们变得如此丰富"（普鲁斯特/纪德，2019：77）。纪德对普鲁斯特的景仰不仅出自对其作品本身的丰富性的赞赏，更在于他知道作家是在怎样的条件下创造出这罕见巨著的。他在1921年6月的日记中谈到同普鲁斯特的另外两次会面。他在日记中告诉我们，普鲁斯特被疾病困在床上，"几个小时连头

---

① 纪德在其日记中记载："星期五，在马塞尔·普鲁斯特家呆了一整晚（自1892年我再没见过他）。我本打算多谈谈这次见面，但今早却没了心境。"（Gide，1996：932）

都动不了"。"整天卧床，持续多日。"整个身体，只有手能轻微活动，如同一个"活死人"（Gide，1996：1126）。普鲁斯特就是在身心俱疲、备受摧残的条件下，几乎与世隔绝，如春蚕将头脑中储存的记忆吐成文字的丝，慢慢增添、修整和编织文学的巨茧。若无生命的激情，文学的使命，很难想象普鲁斯特在身体如此糟糕的情形下，能完成这教堂般谨严、宏伟对称的杰作。他是用生命在写作，生命化为文字。当他落笔在全书末尾写上"完"字时，他的使命完成，生命也将随之结束。

普鲁斯特1922年11月8日逝世，1927年他的巨作《追忆》终于全部出版。这一年，纪德发表纪念普鲁斯特的文章《重读〈欢乐与时日〉》，揭示普鲁斯特的天才创作能力已经潜藏在他的第一部作品中。纪德再次在文首表达对普鲁斯特的敬仰，"我对同辈作家中有两位敬仰不已，在我看来期望他们荣耀流芳并非妄想——一位是诗人，另一位是散文家——两人几乎互不相识，彼此亦无法理解——但分别获得了异常独特而又如此相似的成功：他们是马塞尔·普鲁斯特和保尔·瓦莱里"（普鲁斯特/纪德，2019：89）。如果说法国文坛有最高峰，那便是双峰并峙的奇观，一峰为瓦莱里，另一峰为普鲁斯特。在文学的丰富性方面，普鲁斯特独领风骚，无人能及。

二 《追忆》："魔幻森林"与"极乐湖"

普鲁斯特如同大百科全书的独撰者，他的作品包罗万象，每个领域都细致深入。评论家莫洛亚指出，《追忆》的成就不仅在于作品本身的文采动人，篇帙浩繁，还在于跟已有作品相比，《追忆》"给我们发现'新大陆'或包罗万象的感觉"，"这些作家满足于挖掘早已为人所知的'矿脉'，而马塞尔·普鲁斯特则发现了新的'矿藏'"（普鲁斯特，1989序：9）。普鲁斯特掌握一整套关于艺术、戏剧、表演、音乐、绘画等的评论话语，关于爱情、疾病、失眠、花草、建筑等词语表达。纪德希望普鲁斯特的作品有一个类似词汇表的附录，方便读者查阅。纪德甚至预言，"等您答应我们的书全部问世的时候，我想就得把我们语言的几乎所有词汇都囊括其中了"（普鲁斯特/纪德，2019：83）。普鲁斯特就是活的百科全书，从他的头脑里，从他的无意识回忆里，冒出丰富的词汇，生出众多的人物。

普鲁斯特在作品中貌似只谈论自己，但他笔下塑造的人物形象却多如群星。《追忆》中的人物跟巴尔扎克巨幅作品《人间喜剧》的人物那般多。普鲁斯特的人物形形色色，随着时空变化而变化。他不控制人物的行为，而只是伴随，让人物自由地发展。纪德评价普鲁斯特的人物塑造自然随意，但让人印象深刻。"您只是随意附带着向我们介绍了您书中的人物，可是我们很快就熟识了他们，就像熟识邦斯舅舅、欧也妮·葛朗台或伏脱冷。似乎您的书并非是'创作'出来的，似乎您无意间显露了您的丰富性。"（普鲁斯特/纪德，2019：82）

普鲁斯特文学上的成功在于作品细节的丰富。美学家蒋勋指出，"好的文学其实就是生活细节。全是大事的文学绝对不好看，它只能讲一些空洞的东西"（蒋勋，2017：12）。小说要写得好看，有意思，它的作者一定要热爱生活，有一颗敏感而好奇的心灵，有一双洞察一切的慧眼。纪德认为普鲁斯特天生就具有超常的感受力和观察力。在第一部作品《欢乐与时日》中他就已经表现出这一能力。"我们所激赏的，正是这些细节描写和这种丰富性，一切在此充满希望、仅处于萌芽状态的东西得以大量繁衍、夸大和明显的扩张"，"这些新鲜的花蕾"最后在其《追忆》中得以"壮丽绽放"（普鲁斯特/纪德，2019：91）。纪德指出，"普鲁斯特是眼光比我们要敏锐得多、专注得多的人"。"借助他，我们生命中所有含糊不清的都脱离了混沌而渐渐清晰。纷繁多样的感觉在萌芽状态就悄然潜藏到每个人身上，有时只待一个范例抑或一个名称，我要说：一次揭示以彰显存在。多亏普鲁斯特，我们想象已经亲身体验过了这种细节，我们承认它，接受它，这纷繁的感觉丰富了我们的过去。"（普鲁斯特/纪德，2019：78）普鲁斯特借给了我们一双观察世界的慧眼，通过他，我们才开始注意到细节。没有普鲁斯特，我们看到的世界只是模糊一团。

普通人只能朦胧地感受，笼统地表达情感。他们误以为同质的一簇情感，普鲁斯特却能"细心地解开每一簇情感之束，除掉其中一切混杂的成分。他向我们展示花朵、茎秆，最后甚至连纤细的根毛也一同展示"（普鲁斯特/纪德，2019：81）。普鲁斯特唤醒我们身上潜藏的记忆，帮我们找回遗忘的某个微笑，某张面孔和某段情感。比如，普鲁斯特对欲望的描写就深刻入微。他笔下的欲望有两种倾向，第一种可以称之为"欲望之欲望"，即把自己置换为他者的欲望，成为欲望的客体。这种欲望的变体就是呈现想象中自己赋予他人的形象，被人艳羡，难以企及。盖尔芒特公爵夫人渴望成为无与伦比的女人，德·诺鲁瓦先生希望成为不可或缺的人，维尔杜兰夫人想要成为艺术的先锋。另一种倾向，欲望成为感受一切情感，品尝生活一切滋味，探索一切可能的途径。叙述者想要为送牛奶的姑娘、农家姑娘、年轻女工所爱。他希望借助爱情，发现不了解、不熟悉的世界和生活方式。

　　为了抓住内心易逝的情感，再现无意识世界心灵活动的痕迹，普鲁斯特创造了独特的语言风格。有人认为，"普鲁斯特的句子之长令人疲累"。纪德却对普鲁斯特的长句大加赞赏，"一切组合得何其迅速！框架搭建得何其完美！思想的图景多么深邃！"（普鲁斯特/纪德，2019：80）他的句子很长，结构十分复杂，运用大量的连词、分词或形容词，句子中间夹杂着括号、连字符。普鲁斯特喜欢用"soit que"（要么，或者），或"peut-être que"（也许，可能），将古典和谐的复合句断开、打碎、分解。其实，每一个断片表达的是意识中的一个细小部分，每一个"或者"或"也许"代表着一个欲望或心灵状态，这些断片、"或者"和"也许"的组合凝聚成大的意识。好几个印象或状态同时在一个句子中展开，起先互不影响，后来相互糅合、相互补充，每一个都从另一个获得新的意义。这如同化学反应，原子相互激发，组合，释放能量，生成新的物质。普鲁斯特的句子千变万化，令人惊叹。"时而简短轻捷，有如一座拱桥，时而绚丽而复杂，就像建筑在沉实的桩基之上。"（莱昂·皮埃尔-甘/Léon Pierre-Quint，2011：94）

　　普鲁斯特句子的核心不是动词，而是形容词。每当他描绘一朵花、一位少女、一处风景时，普鲁斯特就会使用大量的形容词。"在普鲁斯特笔下,形容词犹如印象派画家的笔触,笔触的积累旨在产生一个感觉的综合,通过一种散乱的迭化,去表达丰富的特殊印象,将印象分解为不同的方面,每个方面配上一个形容词,但通过光晕的协调,能将每个修饰词投射到相邻的修饰词上。"(张新木,2015:56—58)普鲁斯特将敏锐的直觉触须伸到无意识的深层,捕捉感觉中无数的细小意识,通过巧妙的组合、架构,让心灵的深邃图景,纤毫毕现地呈现给读者。"我向您保证……句子没有丝毫冗余之处,无需减一词来维持各框架间的距离,来确保句子虽繁杂却完全地舒展。"(普鲁斯特/纪德,2019:80)普鲁斯特的长句如同一棵大树,它主干挺拔,伸展出无数的枝蔓,枝蔓上又生出色彩各异、姿态摇曳的繁茂叶片。

纪德认为普鲁斯特的文字是最讲究艺术的。在普鲁斯特的文字里,笔触灵动而随性,没有拘束感。当他要表达无法描述的事物,找不到合适的词时,他就借助形象。"他拥有整套'类比'、'对等'、'比喻'的形象宝库,它们都那么精确而美妙,以至于有时人们会怀疑究竟是哪一方给了另一方更多的生命、更多的光彩和更多的趣味,进而怀疑究竟是情感借助于形象,抑或这飘忽的形象是否无须情感寄托。"(Proust/Gide,1988:104)普鲁斯特懂得形象在艺术作品中拥有至高无上的地位。他指出,"所谓形象,即是隐喻或象征,其作用是通过唤起永远真实的基本感觉,让人形成特殊的生命感受,从而从一个特殊的角度洞观世事人心的真相。形象相当于宗教仪式里的圣器,它作为物质性的象征,帮助人在自身和无形之物间建立联系"(刘波,2002:27)。

普鲁斯特的天才之处就是能从庸常的生活中发现美,以意外而时兴的隐喻、类比等手段,借助形象,表现真实。他借给我们一双初生的、敏锐的、好奇的双眼,跟随他的目光,我们发现隐藏在事物背后神奇的美。于是,在普鲁斯特的笔下,一张疲乏的脸会像变质的饮料那样变得模糊;太阳落山时,地平线上的红色霞带,犹如果冻;花季少女像一丛玫瑰;德·夏吕斯先生是工蜂;朱皮安变成兰花;山楂花是快活的姑娘,冒失、卖俏而虔诚;巴黎歌剧院活像一只海底水族缸……他还寻求神话形象,绘画、音乐作品来展示不熟悉的事物或难以描述的感情。在睡着的阿尔贝蒂娜后面，有大海的低语和世界的秘密；奥黛特的脸平凡无奇，因斯万在其中发现波提切利一幅画的影子而增添了无法取代的美；德·夏吕斯先生注视朱皮安的目光，犹如贝多芬断断续续的乐句。这些新颖的形象之花，普鲁斯特随手采撷而来，让寻常的事物，发出粲然的光彩。普鲁斯特用神奇的感觉来唤起永久的回忆，用文字的有形之物去承载感觉、印象、激情、思想等无形的现实。正如纪德所言，在写作的道路上，普鲁斯特找到了将表面散乱的回忆与准确而独到的思考相结合的途径，表现出独特的艺术风格。

艺术风格是作家人格、气质和才能的外化。伟大的作家必然有其特殊的艺术风格。这一风格在创作中表现为文体。"文体……这是才能本身，思想本身。文体是思想的浮雕性，可感性。……文体和个性、性格一样，永远是独创的。"（刘再复，2018：64）法国学者费泽尔（Émeric Fiser）提出："风格对作家来说就是针对精神化的现实的艺术视觉。……风格不是外部的辅助之物，它就是现实的本质，它就是我们对我们所观察并且生活在其中的这个世界的视觉，这个视觉对我们每个人来说都不一样，它由风格来表达，来限定，来确定。"普鲁斯特对此有类似的认知，"风格对作家和画家来说，它不是个技术问题，而是个视觉问题。风格就是揭示，而用直接或有意识的方法，是不能揭示现实世界中的数量差别的。如果没有艺术，这种差别将成为每个人的永久秘密"（张新木，2015：45—46）。艺术描写生活，就可以使最平凡的事物具有价值。普鲁斯特的艺术风格超越了文体、作家和文字的范围，他以自己渊博的知识，高雅的情趣，诗人的敏感，哲学家的眼光，给我们创造了一个迷人的世界。

纪德对普鲁斯特的艺术风格评价极高，声称找不到它的缺点或优点，认为"这种风格不是具有这种或那种的优点，而是集所有优点之大成……它并非轮流出现而是同时登场；他的风格灵动，无雕琢之痕。和他相比，任何其他文风都显得矫饰、平淡、含混、粗糙、毫无生气"（普鲁斯特/纪德，2019：79—80）。普鲁斯特的风格既在文字之中，又在文字之外。读者或批评家着意寻找，它又如羚羊挂角，无迹可寻。如同盐化在水里，无处可察，却味在其中。在普鲁斯特那里，内容和形式融为一体，风格与感觉、印象或思想不可分离。

普鲁斯特风格之妙还在于作品结构的精巧。他在致纪德的信中，委婉批评《梵蒂冈地窖》的结构过于匠气，透露自己写作的秘密，"我在着力完成作品布局后，会刻意抹去过于明显的构造痕迹，高明的鉴赏家在此只看到自在、随性、丰富"（普鲁斯特/纪德，2019：14）。《追忆》整部著作看似漫不经心，信笔写来，但它是"多么奇妙的书啊！进入其中就像是走进了一座魔幻森林。从头几页起，我们就迷失了，不过是愉悦地迷失其中。很快，我们就不知是从哪儿进来，也不知离林边有多远；时而，我们好像在踏步却没有前进，时而却似乎前进了而并未举步，我们边走边看，不知身处何处，将往何处"（普鲁斯特/纪德，2019：81）。纪德以普鲁斯特式的隐喻来描述这一结构，"您书中的一切要素会以潜隐的布局展开，就像一把扇子的扇骨，底部彼此叠加，上部以轻盈的织物连起，您缤纷多彩的作品在此展开"（普鲁斯特/纪德，2019：82）。看似庞杂浩繁的回忆，但始终围绕一个主题而展开，即叙述者学习如何成为一个作家，发现并施展自身的艺术天赋。扇骨是一个个散乱的回忆，轻盈而舒展，但底部，在意识的深层，它们相互叠加，由一根主轴串连，表现的是深层的自我。纪德声称《追忆》给他带来"巨大的震撼"，不相信除此之外"还能有更好的笔法"，称赞普鲁斯特的作品为"极乐湖"（普鲁斯特/纪德，2019：80）。

三 写作中的普鲁斯特：疾病"方舟"里的隐遁者

纪德最欣赏普鲁斯特作品的什么呢？纪德的回答直截了当："我认为就是它的无动机性（l'acte gratuit）。"[①] 他指出《追忆》整部作品的一

---

① 纪德在其作品《梵蒂冈地窖》中，其笔下人物拉夫卡迪奥为尝试绝对的自由，将素不相识、无冤无仇，只是碰巧在同一车厢的阿梅代·弗勒里苏瓦尔从火车上推下去摔死，实施无动机犯罪。无动机即行动的无目的性，不受任何理性、动机、诱惑的钳制，享有纯粹的自由。纪德借拉夫卡迪奥这个人物形象实验人摆脱外在束缚，抛却目的性，追求绝对自由的理念。

切要素皆极力显现，这是一部"无用"，也不"寻求证明"，但"书的每一页都呈现出完美的自足性"（普鲁斯特/纪德，2019：83）的作品。这是艺术作品的普遍追求，艺术品在美中体现出目的性。

在此，纪德提出了文学的美学追求这一大问题。文学到底为何而存在？文以载道？文以娱人？纪德主张文以自足，即"为艺术而艺术"。诗人戈蒂耶最早喊出这一口号[①]，随着波德莱尔、马拉美、瓦莱里等诗人的艺术实践，在法国掀起颓废主义、唯美主义、象征主义运动。他们一致强调艺术的超功利性，认为艺术不应受制于任何宗教、道德或功利目的，艺术的本质是美，艺术唯一的追求是美感。纪德在其美学宣言式的作品《那喀索斯解》（*Le traité du Narcisse*）中，提出"任何现象均是某个真理的象征。它唯一的职责就是呈现真理，它唯一的罪责在于偏爱自身。我们皆是为呈现而活。道德和美学的规则是一致的：无所呈现的作品是无用的，因此，甚至是糟糕的。无所呈现的人也是无用的，糟糕的。……艺术家，学者不应偏爱自身而轻视他要呈现的真理：这便是他的全部道德；词句亦然，不应偏爱自身而轻视它要呈现的理念：我甚至要说，这就是全部的美学"。在艺术家的眼中，他笔下的创造物无所谓尊卑贵贱，高低美丑，也不关乎道德或实用，他唯一关注的是作品有没有很好地呈现理念或真理，"因为一切都应被呈现，甚至最令人难堪的事情"（Gide，1912：21）。

纪德指出《追忆》诞生于"一个事件处处战胜观念的时代"。"在这个时代，时间隐去，故事嘲笑思想，沉思似乎是不可能、亦不被允许的"（普鲁斯特/纪德，2019：84）。更为特殊的是《追忆》问世的时代，法国还没有从战争的创伤中恢复，"大家只关注有用的、实用的东西"（普鲁斯特/纪德，2019：84）。尽管如此，1919年法国的龚古尔文学奖评委会没有支持战争英雄作家多热莱斯（Roland Dorgelès）的《木十字架》

---

① 戈蒂耶（Théophile Gautier）在其小说《莫班小姐》（*Mademoiselle de Maupin*）的长篇序言中，提出"只有毫无用处的东西才是真正美的，一切有用的东西都是丑的，因为它表现的是某种需要，而人的需要是龌龊和令人作呕的，如同他孱弱可怜的天性一样"。这篇序文在当时批评界、报界产生了巨大影响，被认为是"为艺术而艺术"的宣言（戈蒂耶，2006，译本序：22）。

(*Les croix de bois*),而选择了普鲁斯特的《在少女们身旁》。文学战胜了实用主义,龚古尔文学奖的这一选择,在文学史上留下了光辉的一页。纪德评价说,《追忆》"它毫无用处,毫无动机,却让我们觉得比那众多的以实用为唯一目标的作品更有益,更有大帮助"(普鲁斯特/纪德,2019:85)。普鲁斯特的成功源于他恪守艺术家的道德,只关注作品所要呈现的理念或真理,而不纠结这是否有用。

因此,当艺术家摆脱了附加在艺术上的社会规范、道德束缚等外在的钳制时,心灵便获得了绝对的创造自由。没有外在的道德或功利压迫,艺术家便拥有了难得的闲适心境。纪德认为,普鲁斯特的《追忆》可媲美蒙田的《随笔集》,作品看似漫不经心,"极度的慢条斯理","对于快的无欲无求",但读来有极大的愉悦感。纪德称"这两部作品皆是闲适之大作","创作这类作品,作者精神上必定完全摆脱了时光流逝的感觉"(普鲁斯特/纪德,2019:83—84)。纪德没错,普鲁斯特在创作《追忆》时,身患重病,经常把自己幽闭在铺满软木的房间里,窗子还得拉上厚重的窗帘,很少在家接待朋友或外出,他几乎处于与世隔绝的状态。他如同生活的隐遁者,似乎活在时间之外,"以俯临生活的姿态,他凝视生活,或更确切地说,他从自身凝视生活的倒影"(普鲁斯特/纪德,2019:84)。

普鲁斯特在《欢乐与时日》的序言里,即他写于1894年的卷首献词中写道:"在我孩提时代,我以为圣经里没有一个人物的命运像诺亚那样悲惨,因为洪水迫使他囚禁于方舟达四十天之久。后来,我经常患病,在漫长的时日里,我也不得不待在'方舟'上。于是,我懂得了挪亚唯有从方舟上才能如此看清世界,尽管方舟是封闭的,大地一片漆黑。"(普鲁斯特/纪德,2019:92—93)普鲁斯特这段预言式的文字宣告了他后来感受和创作的方式。对此,纪德评论说,长期以来,普鲁斯特被疾患囚禁于"方舟",这黑暗的存在对他来说可能是一种诱惑,也可能是一种无奈的选择,但最终普鲁斯特适应了这一存在状态。他神奇的回忆映着幽暗的背景,如同影像落入冷镜,画面会更细致入微,更明晰地呈现。"在他长期的闲暇生活中,唯有现时的喧哗偶尔搅扰了他的这一存在方式。在这如此神秘而拘囿的空间里，他已习惯生活其中。在他这里，冲动显著被加强，以致每一种感觉，尽管很微弱，在其他人身上可能早已被日常生活所冲淡，却转化为精巧、用心、敏感而痛苦的创作。"（普鲁斯特/纪德，2019：93）纪德揭示了普鲁斯特作品风格形成的内在机制：疾患。疾患没有让普鲁斯特怨天尤人，他安于这一存在，甚至将疾患转化为观察世界的优势：疾患让他能离群索居，远离喧嚣，能够冷静地旁观和独思，看清世界的真相和本原，即世界的荒诞性。

要给这荒诞的世界以意义和救赎，那就得进行艺术创造。"因为艺术品是一个结晶——一部分的乐园，那里，'观念'重新在高度的纯粹中开花，那里，就如同消失的伊甸园，正常而必要的秩序把一切形体安排成一种对称而相互的依存关系；那里，字的倨傲并不僭夺'思想'，——那里有节奏的，稳实的句子——仍是象征，纯粹的象征——那里言语变得透明而有意蕴。"（Gide，1912：24）创作时，普鲁斯特关注每一个瞬间，以时光的飞逝本身为对象。他目光专注地盯着如镜的过往，注视镜中自己的倒影。于是，镜中的影像纷至沓来，他不去纠结一词一句，不去关注现实世界的日月更替，只潜心将回忆凝结成笔底的文字，文字结晶成艺术品。

事实上，任何人都摆脱不了时间的刻蚀，我们无时不在时间的大潮裹挟中。人一生都在同时间抗争。时间的流逝让现实世界变得物是人非，我们永远无法回到爱过的地方或体验过的情感，因为时间永远向前，永不停歇。但时间并未真正消失，我们的肉体和精神是时间的存储器，记忆存储于内。"现实世界并不存在，是我们在创造现实世界。"（莫洛亚，2014：158）普鲁斯特重视的不是"现实"世界，他通过艺术创作，找回并重建"回忆"的世界。过去继续生活在一个物体、一种味道、一缕气味中。当非自主回忆被触发时，尘封的记忆闸门被打开，逝去的时光重新呈现在眼前。于是，一座钟楼，一处教堂，一幅油画，一丛山楂花，一杯椴花茶，一块小玛德莱娜点心，一首樊特伊的奏鸣曲……它们激起马塞尔对自我多重的非自主回忆。"自我的唯一恒定的形式是回忆。用回忆再现印象，然后加以深化、阐明，改造成智能当量，这就是艺术作品的实质。"（莫洛亚，2014：158）借助非自主回忆，运用嗅觉、味觉、听觉、触觉等感官，发掘无意识世界隐秘的宝藏，将过去、现在相融合，延宕时间的前行。随着心理时间的绵延，流逝的时光被重新激活。随着回忆的延展，愉悦的过去覆盖了痛苦的现时，过去同现在镶接、融合。艺术品结晶成回忆，贯通过去、现在及未来，超越物质时间的界限，生成永恒。

四 结语

普鲁斯特遗世独立，避开世事，避开时间，俯临世界，超乎熙熙攘攘的众生。尽管死亡的威胁如影随形，他躲进疾病的"方舟"，在过去、回忆的这片海上纵情飘游。回忆化为文字，知觉生成形象。在他身上，晶莹剔透的艺术之花缓缓绽放，这花开在时光之外，因为时间完全不能奈何它。"而正是写作本身，使普鲁斯特获得了时间的意识，或者说获得了被意识到的时间。一个天才的生命，就是如此这般地在时间里行走着，绵延着。既给自己创造出时间，又奉献给读者对时间的品味……"（李劼，2018）普鲁斯特给他的作品打上了时间的烙印，让他不再感到自己碌碌无为、可有可无、生命短促。他通过艺术创作，隐遁于时间之外，获得了永生。

【参考文献】

Delay, J., *La jeunesse d'André Gide*, Paris, Gallimard, 1957.

Gide, A., *Correspondance avec sa mère 1880 – 1895*, Édition établie, présentée et annotée par Claude Martin, Préface d'Henri Thomas, Paris, Gallimard, 1988.

Gide, A., *Journal I 1887 – 1925*, Édition établie, présentée et annotée par Éric Marty, Paris, Gallimard, 1996.

Gide, A., *Le retour de l'enfant prodigue*, Paris, Gallimard, 1912.

Harris, F – J. Friend and Foe, *Marcel Proust and André Gide*, Boston, University Press of

America, 2002.

Proust, M. /Gide, A., *Autour de la Recherche*, Paris, Complexe, 1988.

蒋勋：《蒋勋说〈红楼梦〉》（第三辑），中信出版集团 2012 年版。

[法] 莱昂·皮埃尔-甘：《普鲁斯特传》，蒋一民译，重庆大学出版社 2011 年版。

[法] 劳拉·马基等：《与普鲁斯特共度假日》，徐和谨译，译林出版社 2017 年版。

李劼：《方舟隐喻和时间牺牲品》，http://www.sohu.com/a/2331480 56_ 559401。

刘波：《普鲁斯特论波德莱尔》，《外国文学评论》2002 年第 3 期。

[法] 马塞尔·普鲁斯特：《追忆似水年华》（I），李恒基、徐继曾译，译林出版社 1989 年版。

[法] 马赛尔·普鲁斯特、安德烈·纪德：《追忆往还录》，宋敏生译，四川文艺出版社 2019 年版。

[法] 莫洛亚：《追寻普鲁斯特》，徐和瑾译，上海译文出版社 2014 年版。

[法] 泰奥菲尔·戈蒂耶：《莫班小姐》，艾珉译，人民文学出版社 2006 年版。

张新木：《普鲁斯特的美学》，南京大学出版社 2015 年版。

【作者简介】

宋敏生，西安外国语大学欧洲学院旅游文化多语种译介中心教授，博士，研究方向为法语文学、翻译理论与实践，在《当代外国文学》《外语教学》《法国研究》等刊物上发表论文十余篇，其中《析〈田园交响曲〉的失乐园原型》被人大报刊复印资料全文转载。出版专著《纪德的"那喀索斯情结"与自我追寻》，译著《追忆往还录》《安德烈·瓦尔特笔记》《从罗马到中国》等。

联系方式：710128 西安外国语大学 64 号信箱

电子邮箱：stcharlesly@hotmail.com

图尔尼埃作品中的自然书写

中南大学外国语学院
■杜佳澍

【摘　要】 米歇尔·图尔尼埃的自然书写不同于传统西方文学中人与自然共情、通感的写作形式，强烈的思辨被融入作家的自然书写里。通过对"主观"这一主体的深入探讨，作家开辟出一条人物物化成自然万物的新途径；同时，作家还通过赋予自然万物一种"主观"的灵性，使自然因此获得了与人物平等交流的主体地位。作家笔下的人与自然和谐相处，人与自然皆是独立、平等的主体，这一思辨性的探索颠覆了西方传统中人的主体性与自然的客体性的二元关系，是作家写作独特性的体现，反映了现代西方社会对自然的人文思考。

【关键词】 米歇尔·图尔尼埃　自然书写　人物物化　自然主体　人与自然融合

【Abstract】Michel Tournier's natural writing is different from the writing form in traditional Western literature, in which man and nature empathizes with each other and strong speculation is integrated into the natural writing of the writer. Through an in-depth discussion of the subject of "subjectivity", the writer opens a new way for characters to become all things in nature. At the same time, the writer also gives nature a kind of "subjective" spirituality, so that nature can get the dominant position to have equal communication with characters. The writer describes the harmonious coexistence between man and nature. Both characters and nature are independent and equal subjects. This speculative exploration subverts the dual relationship between the subjectivity of man and the objectivity of nature in the western tradition. It is unique to the writer's writing. The speculation reflects the humanistic thinking of nature in modern western society.

【Key Words】 Michel Tournier Natural Writing Characterization Natural Subject Fusion of Man and Nature

米歇尔·图尔尼埃（Michel Tournier）笔下的自然是值得关注的。作家作品中有大量奇幻的情节描写：人物自认幻化成自然中的万物，而自然中的动物、植物也颇富灵性，被描写成能与人物平等对话、交流的个体。当然，这一赋予自然灵性的描写在法国文学中并不是孤例。我们甚至可以说，法国文学在这方面的表现在世界文学范围内都是翘楚：从19世纪浪漫主义文学中与自然的通感，例如拉马丁《湖》（Lamartine, Le Lac），到20世纪像巴赞（Bazin）、让·吉奥诺（Jean Giono）这样的作家对自然、田园风光的执迷。但值得一提的是，图尔尼埃的自然书写与传统文学中寄情于自然，追求与自然共情的形式有所不同。图尔尼埃深厚的哲学思辨性为其自然写作开辟了一条新途径。

作家早年立志当一名哲学家。四年大学学习后，图尔尼埃前往德国哲学名校蒂宾根大学（Universität Tübingen）深造。对于此段留学经历，作家曾回忆"从此以后开始了自己的哲学之路——康德（Kant）、费希特（Fichte）、谢林（Schelling）、黑格尔（Hegel）、胡塞尔（Husserl）、海德格尔（Heidegger）"。[1] 作家陶醉在德国古典主义哲学的玄妙之中，形而上的德国哲学特点让图尔尼埃痴迷不已，"我当时沉醉于思考的力量"[2]。以康德本体论为代表的德国哲学在图尔尼埃的心中打上了深深的烙印。后来在作家的作品中深受德国哲学影响的印记数不胜数。其小说

---

[1] Michel Tournier, *Le Vent Paraclet*, Paris, Gallimard, 1977, p. 158.
[2] Michel Tournier, *Le Vent Paraclet*, Paris, Gallimard, 1977, p. 159.

人物往往从本体出发，借助思考的力量，探索人主观世界的无限可能性，从而达到思想上某种极致的境界。其作品所涉及的本体论、思辨性、重感受、重现象、对主观世界的探索以及对绝对概念的追求，都是德国哲学的精髓之处。而作家将它们巧妙地移植到文学中。

一　思辨性的自然观

在文学创作中，图尔尼埃从不避讳他的哲学背景，他甚至自诩为"文学界的哲学贩卖者"。作家早年立志从事哲学研究，大学期间潜心研读大量哲学书籍。在这一哲学背景下，逐渐形成了作家独树一帜的写作风格。

> 我从来没有忘记自己是个来自外部的人，一个文学界的局外人。我不能丢弃我形而上老师递交给我的神奇工具，我试图成为真正的小说家，写出充满木炭香味、秋天蘑菇味和潮湿动物皮毛味的故事，但这些故事一定要被主体论催熟。我要给我的读者提供热衷于体现伟大思辨思想的文学，如笛卡尔的"我思故我在"，斯宾诺莎的人类三种层次认知，莱布尼茨的单子论，康德的超验模式，胡塞尔的现象学，在此只列举这几个代表。①

作家首先坦言自己是一位小说家，而非哲学家。"写出充满木炭香味、秋天蘑菇味和湿湿动物皮毛味的故事"，反映了作家写作的根本目的，他致力于以具体的、形象的方式来反映社会人生。但这一切"一定要被主体论催熟"。何为主体论？笛卡儿（Descartes）的"我思故我在"，斯宾诺莎（Spinoza）的人类三种层次认知，莱布尼茨（Leibniz）的单子论，康德的超验模式，胡塞尔的现象学，上述哲学理论都致力

---

① 杨阳：《法国当代作家米歇尔·图尼埃文学思想溯源》，《湖南科技大学学报》（社会科学版）2014年第4期。

于从本体的感受和认知出发，来发现世界的本质。这强调了哲学的思辨性特点。而图尔尼埃给读者提供"热衷于体现伟大思辨思想的文学"，这是文学哲理化的体现。哲学与文学紧密联系、融为一体，于是出现了哲理化的小说。作为文学的一种表现形式，哲理化的小说从整体的角度把握小说背景，塑造思辨化的艺术形象。哲理寓意引起读者的思考，赋予了作品超越的艺术价值。作家系统地阐述了其写作的哲学渊源。

法国哲学家笛卡儿说："我思故我在。"这句名言是西方唯心论的体现。如何证明存在是西方哲学的重要命题。笛卡儿的创新之处在于通过理性思考的途径来证明存在。"我"作为思考的唯一执行者，强调的不是肉体的"我"，而是思考的"我"。"我思故我在"可精练地理解为：当我使用理性来思考的时候，我才真正获得了存在的价值。图尔尼埃在笛卡儿思想基础之上演绎出个人独特的理解：当思考成为证明存在的唯一途径时，"我"存在的本质就不必拘泥于外界的定义，理性思考的结晶即体现"我"存在的形式。在思考的过程中，"我"因此获得了更多样的存在方式。图尔尼埃将这一设想移植到作品中，从而形成了自我与自然融合形式存在的依据。

相较于身体形态的变化，图尔尼埃小说人物的变形更执着于"自我"这一主观意识发生的转变。"自我"冲破人存在的局限性，尝试与外物产生通感，进而使主观意识与客观存在相重合。"我"即他物或他人，不再局限于"我"的存在形式。图尔尼埃在首部小说《礼拜五——太平洋上的灵薄狱》中就提出了"自然本原一分子"的概念。这个表达的法语原文是 moi élémentaire，moi 是自我的意思，élémentaire 这个形容词来自元素 élément，因此，élémentaire 取"元素的""基本的"之意。moi élémentaire 是作家为了表述人物物化的形式而造出来的一个词。我国翻译家王道乾先生将这个表达翻译成"自然本原一分子"，译得准确传神。王道乾先生还将作家原著中对"自然本原一分子"的描述翻译得颇有诗意：

> 从今以后，总有那么一个我，飞来飞去，忽而落在人的身上，忽而落在岛上，并使我时而是彼，时而是此。①

简洁的文字为我们勾勒出一个自由的"自我"，游离于肉体之外，不禁让人联想到庄生梦蝶的飘然。这里强调的自我不是肉体形式的客观存在，而是作为主观意识的"我"的存在，是思考的产物，属于形而上的范畴。一个"飞"字更凸显了意识存在的轻盈与无所拘束。我"忽而落在人的身上""忽而落在岛上"，于是我"时而是彼""时而是此"，让人想到"栩栩然胡蝶也，蘧蘧然周也"的幻境。鲁滨孙的存在精炼成"我"这一主观意识。意识是自由的，不受人为定义的限制。主观存在的"我"与客观存在的希望岛融合为一体，自我与他物即"岛"之间就不存在任何差别了。从自然观的角度来看，人放弃了所谓人的优越性，与自然平等交流，是人与自然和谐的体现。

同样，图尔尼埃的作品中自然界的动物、植物都极富灵性，能与人平等对话、交流。这一写作现象贯穿其文学创作，频繁出现在多部作品中：《礼拜五——太平洋上的灵薄狱》中桀骜不逊的公山羊，被鲁滨孙视为女儿的曼德拉草，作为主人公母亲、爱人形象出现的希望岛；《桤木王》中通人性的军鸽，与迪弗热命运相通的麋鹿；《加斯帕、梅尔基奥尔和巴尔塔扎尔》中被尊为神明的大象亚斯敏娜；等等。

传统文学作家对自然的描写，多数建立在感知的基础之上。法国文学百花争艳，在小说、诗歌中，自然能与人物一起叹息伤感，颇有灵性。例如夏多布里昂笔下的自然、拉马丁诗歌中的景色皆能与人平等对话。而追求神秘主义的象征主义诗歌更是将此理念推向极致。但总而言之，它们都是人类在自然中寻求心灵映射的尝试。

图尔尼埃的独特之处在于他从哲学思辨的角度出发，使客体与主体身份发生转换。小说中的自然万物不再是被人为感受、认识的客体，

---

① ［法］米歇尔·图尔尼埃：《礼拜五——太平洋上的灵薄狱》，王道乾译，上海译文出版社1994年版，第78页。

而成了具有主观感知能力的独立主体。"不需要任何有意识地去认知的人，不需要任何有意识的人，又微妙又单纯的平衡，多么不稳定，多么脆弱，多么珍奇！"① 作家对主体与客体关系转换的表述非常具有诗意。

《圣灵风》中，作家多次谈到了荷兰哲学家斯宾诺莎。其中《神话空间》一文中，作家更是明确谈到斯宾诺莎哲学对其影响。斯宾诺莎生活在17世纪的欧洲，那时天主教思想仍占有社会主导地位，上帝创造人类的定论不可撼动。斯宾诺莎的哲学理论却颇具革命性。他立足唯物主义立场，提出"神就是自然，自然即是神"② 的理论，从而彻底否定了属于自然之外并创造自然的"上帝"这一超验形象。其理论对18世纪法国启蒙运动影响深远，是西方破除宗教迷信的思想基础。斯宾诺莎哲学的实质是唯物主义。在天主教为主导的社会背景下，他试图从理性的高度来解析"神"这一形而上思想的本质和内涵。其认为自然只有一个实体，这里的自然是客观存在的物质世界的总称，我们无时无刻不身处其中。

西方哲学家共同的困惑在于，从物质基础出发，最终如何回答对世界的本质认识这一形而上的问题。正如康德在研究纯粹实践理性批判的过程中，主张将一个至高无上、永恒不变、任何人都应该无条件遵守的道德原则定为"绝对命令"。这是形而上的认识作为理性认识的最高层次。斯宾诺莎对客观世界的认识，最终也遇到了对世界终极认识的瓶颈：什么是自然永恒不变的法则？是否存在上帝这一超验形象来主宰世界？最终斯宾诺莎认为自然界中的一切都是有神性的，自然就是掌控世界一切内在规律的上帝，自然就是实体，就是上帝，自然的神性因此代替了传统思想中上帝的神圣性，从而将虚无缥缈的形而上问题拉回了人类理性思考的范畴中来。通过理性来认识形而上的途径，与图尔尼埃的写作思路不谋而合，或者说作家正是在此熏陶下逐渐形成了

---

① Arlette Bouloumié, *Michel Tournier: Le roman mythologique*, Paris, José Corti, 1989, p. 192.
② Baruch Spinoza, *Ethique*, Paris, Le Livre de Poche, Collection classiques, 2011.

其写作风格。在哲学和文学的不同领域，斯宾诺莎和图尔尼埃都往返于理性与感性之间。

从进化论的角度，人类社会视自然为改造对象，对自然的控制显示了人类处于食物链顶端的优势。斯宾诺莎思想却视自然为独立的个体，并强调其本身就蕴含着形而上的思考。图尔尼埃深受启发：将自然视作独立、平等的个体，从自然本身出发，探索自然存在的精神。由此可见，图尔尼埃笔下的自然不再是屈居人类社会之下的被改造的对象，而是被人类平等对待的个体。

综上所述，图尔尼埃的自然观思辨性来源于两个方面，其一，图尔尼埃的自然书写追求从人物主观意识的转变，自我与自然产生通感，人物的内心与自然界中的万物，包括草木、动物甚至土、风等自然元素的交融，从而出现人物异化成自然中草木、山石的现象。其二，作家笔下的一草一木，抑或人或动物也不再局限于现代人类眼中某科某属的动植物概念或某个社会定义，摆脱了所谓人为的定义，也挣脱了人类文明对其的束缚。作家创意性地安排自然万物从本体论出发，在更广泛的超验世界中寻找存在的多样性。可见，图尔尼埃作品中对自然以及人与自然关系看似魔幻的描写，根本是对自然现状以及人与自然关系的新诠释，对自然的思辨性思考，更是对人与自然的关系的现代解读，这都很好地呼应了当今社会追求人与自然和谐相处的新自然生态观的诉求。

二 人物的物化现象

作家以本体论为基础，追求与自然和谐相处的意境，最终形成了其笔下人物物化的现象。于是，我们读到了鲁滨孙土元素（corps tellurique）的一面。鲁滨孙钻进岛上的狭窄洞穴中，他的主观意识认为自己是一个停留在希望岛这位母亲子宫里的婴儿：在洞中，"他蜷曲成一团，膝盖缩回抵着下颏，小腿交叉，两手放在两个脚上——正好把他嵌在穴内，身体一经纳入空穴，身体界限的限制使他立刻就忘其形而失其知了"①。暗示性的文字勾勒出蜷缩在洞穴深处犹如婴儿在母亲子宫中的主人公形象。自此，人与岛的界限被打破，鲁滨孙与希望岛如同母子。后来他又与希望岛结合，他将精液洒在希望岛的土地上，长出的曼德拉草被他视为与希望岛土地结合的爱情结晶，鲁滨孙感叹道："这种植物是人与大地杂交的产物。"② 这看似荒诞的描写，实质上反映了人与自然融合为一体的可能。以前的鲁滨孙是小岛的管理者、统治者，是自认凌驾于一切生命之上的人类统治者，而此时的他则异化成自然的土元素，土元素与小岛土地地位平等，于是才有了双方的结合。

小说还描写了鲁滨孙攀爬上一棵大杉树。作家运用模糊的写作技法，营造出通感的效果。主人公成为树的一部分，随着枝干在风中摇曳、呼吸。这一段人与树融合为一体的奇妙体验也体现了作者对"自然本原一分子"的理解。人的主观意识与自然相结合，人因此成为万物的一部分。这与中国老庄思想中返璞归真的自然观颇有几分相似。

> 他直接参与树木显然可见的机能活动，树伸出它千千万万手臂拥抱着空气，用它亿万只手指把空气紧紧搂抱在怀。随着他爬得越来越高，对这建筑结构肢体的摇曳摆动变得更加敏感，风从中吹过发出管风琴那样嗡嗡鸣声。他接近树巅，立刻就发现自己处于虚空的包围之中……在他的睫毛之间，一束发光金属物闪耀不停。一阵温煦的和风吹来，叶簇纷纷战栗。绿叶，是树的肺，就是树的肺腑，所以，风是它的呼吸，鲁滨孙这样想着。他想象他自己的肺，也在体外扩张开来，紫红色的肉的荆棘丛，活珊瑚的珊瑚骨，还长着绯红色的膜，分泌着黏液的海绵体……这一束肉质的鲜花，这样茂盛，又这样纤细敏感，在半空中不停地摇曳着，绯红色的欢乐从那鲜红

---

① [法]米歇尔·图尔尼埃：《礼拜五——太平洋上的灵薄狱》，王道乾译，上海译文出版社1994年版，第93页。
② [法]米歇尔·图尔尼埃：《礼拜五——太平洋上的灵薄狱》，王道乾译，上海译文出版社1994年版，第122页。

的血的主干的通道灌注进他的全身……①

鲁滨孙"直接参与树木显然可见的机能活动"。"参与"二字暗示了两者之间的无障碍的交流和融合，似乎鲁滨孙已超越了人与树的区别界限，进入了植物的范畴，从而能够直接进入树的活动中。树伸出千万"手臂""手指"去拥抱空气，"手臂""手指"都是人身体的某一部分，此处用拟人手法描述得生动形象。是鲁滨孙的身体变成了树的样子，还是树变成了鲁滨孙的身体？模糊的表达带来了一种交错的美感。随着鲁滨孙越爬越高，他对树"肢体的摇曳摆动变得更加敏感"。"敏感"二字仿佛让我们体会到鲁滨孙和树在意识上的沟通和交流。人物接近树巅时感觉处在"虚空的包围之中"，这种虚空感正是上文我们所印证的理论：人物只有抛弃外界的一切限定，进入纯粹的知觉感受中，才能有图尔尼埃式的异化历程。此段描写的高潮在于鲁滨孙爬到树顶后的经历。"想象"一词统筹此文段，化身为树是主人公主观意识的产物。"绿叶，是树的肺，就是树的肺腑，所以，风是它的呼吸"，鲁滨孙对树的认识，形成了人与树的通感。于是神奇的异化现象开始了，鲁滨孙感觉自己的肺也在体外扩张开来，"紫红色的肉的荆棘丛""活珊瑚的珊瑚骨""还长着绯红色的膜""分泌着黏液的海绵体"。最后在树冠的顶端，鲁滨孙成了树的一部分，鲁滨孙由树叶的摇曳、呼吸想到自己的呼吸。"紫红色的肉的荆棘丛""这一束肉质的鲜花""这样茂盛""在半空中不停地摇曳着"，这些和植物相关、带有暗示性的表达令人浮想联翩，让读者分不清这是对树的描写还是对人的描写。模糊化描写是有目的性的，文字带来的错觉感反而确定了人物化身成大树的情节。鲁滨孙最终成为树的一部分，在风中愉悦地"摇曳着"。值得注意的是，王道乾先生对原文出神入化的翻译，特别是对关键词语精准的诠释，才使我们有幸隔着中文感受到法语原文的细微精妙之处，体会到主人公在潜移默化中发生的

---

① ［法］米歇尔·图尔尼埃：《礼拜五——太平洋上的灵薄狱》，王道乾译，上海译文出版社1994年版，第184—185页。

物化现象。

　　人物物化的现象还扩展到人物与动物之间，这在作家多部小说中皆有体现。鲁滨孙在岛上遇到一只桀骜不驯的野山羊——昂多阿尔。"我就是昂多阿尔。孤独、固执的老公山羊，长着一把族长式的胡子，还有一身洋溢着淫荡气息的羊毛，四个叉蹄顽强地扎根在多石的山上的土地的牧神，这就是我。"① 鲁滨孙振臂高呼，他自许为那只公羊，和它一样与希望岛的土地保持着亲密的联系。他进入沼泽泥坑中或钻进岛上的洞穴中久久停留，主人公土元素的形象与野山羊"四个叉蹄顽强地扎根在多石的山上的土地"的形象如此吻合。野山羊的雄性气息也在鲁滨孙与希望岛亲密的恋人关系中得到了呼应：鲁滨孙是希望岛的丈夫，曼德拉草是他们爱情的结晶。而昂多阿尔的意外死亡也对应了鲁滨孙作为希望岛统治者角色的消亡。同样，《桤木王》中迪弗热与自然万物的亲密关系也反映了这一点。人物对动物百般呵护，特别是对森林中一头瞎了眼睛的麋鹿表现出通感。这头麋鹿身形高大、笨重，被鹿群排斥，形单影只地在森林里游荡。这都与主人公的人物特征极其相识：硕大的体形，社会边缘化的身份，高度的近视。迪弗热不禁感叹道："我就是那头麋鹿。"人与动物间物种的差别性被打破，在麋鹿的身上，人物找到了自我存在的定义。

三　自然的主体地位

　　图尔尼埃建立自然的主体地位，首先从自然万物自身的角度出发来表达其存在的形式。作家避免通过小说人物或作者的角度来描写自然，善于运用拟人、暗示等代入性较强的文字来描述自然中的植物、动物、岛屿，正如作家在小说中谈到的："对象就都在那里，在太阳下，闪闪发光，或者在暗影之中，隐没不见，它们是粗糙或滑软的，沉重或轻盈的。

---

① ［法］米歇尔·图尔尼埃：《礼拜五——太平洋上的灵薄狱》，王道乾译，上海译文出版社1994年版，第205页。

它们被认知,被品尝,被感到重量,甚至被烘烤,被刮平,被弯曲等,而不必非由那个认知、品尝、感受重量、烘烤等的我存在不可。"① 自然主体的自我认识和表达构建了小说中人物主体和自然主体共存的环境,从而赋予了作品一种多视角的自然观,人与自然平等对话的空间就此展开。

上文我们已对鲁滨孙钻入希望岛母亲体内的描写进行了相关的讨论。鲁滨孙在小岛的中心发现了一个山洞,"他总是隐隐约约忖度这山洞会不会是这个庞大肉体的嘴、眼睛,或别的什么天生的孔道"②。这段小说情节极具象征意义。山洞就是希望岛女性身躯上的一个开口,是"嘴"、"眼睛"或是"别的什么天生的孔道"。鲁滨孙于是钻进了希望岛的"庞大肉体"中。接下来对山洞内情节的种种描写奇幻并充满象征意义,为我们展示了一幅在希望岛母亲子宫内孕育婴儿鲁滨孙的场景。

> 在他四周,是一片岑寂幽静。在洞下,任何响声也传不进来。他知道这样的试验预期可以成功,因为他觉得他一步也没有离开希望岛。他反而极为强烈地感到他和她同生活共呼吸……他没有经过什么波折,就找到了他所寻找的目标:一个垂直的极狭的洞孔。③

从"他和她同生活共呼吸"开始,希望岛就以一个女人的形象出现在读者面前。主人公钻入希望岛母亲的体内,化身为其孕育的婴儿,他与希望岛"身体界限的限制"消失了,鲁滨孙立刻就"忘其形而失其知了"。作者随后写道:

> 在这样的深度之下,希望岛的女性的本性才具备母性的一切应

---

① [法]米歇尔·图尔尼埃:《礼拜五——太平洋上的灵薄狱》,王道乾译,上海译文出版社1994年版,第85页。
② [法]米歇尔·图尔尼埃:《礼拜五——太平洋上的灵薄狱》,王道乾译,上海译文出版社1994年版,第89页。
③ [法]米歇尔·图尔尼埃:《礼拜五——太平洋上的灵薄狱》,王道乾译,上海译文出版社1994年版,第92—93页。

有的特征。正因为时间和空间的界限几乎消失，鲁滨孙仿佛又返回到童年的已沉睡的世界，他只觉得他的母亲在他心神之中萦回不已。他觉得他真的又回到母亲的怀抱中，他的母亲，一个强有力的女人，有一颗非同一般的心，但不太与人亲近而且感情从不外露。①

作者指出了岛的"女性本性"以及"具备母性的一切应有的特征"，点明女性化的写作意图实质是对母性的向往。鲁滨孙对母亲的回忆"一个强有力的女人，有一颗非同一般的心，但不太与人亲近而且感情从不外露"，这更是人物对希望岛的评价。上述描写为读者展示了希望岛强大而坚毅的母亲形象。

而曼德拉草的描写更让鲁滨孙找到了家人的慰藉。上文谈到了鲁滨孙与希望岛爱情的结合，小说中，他们的爱情得以延续，紧接着对唱圣歌的情节之后便出现了曼德拉草的描写：

> 过了将近一年，鲁滨孙才发现他的爱情在绯色小溪谷里引出了变化，使植物发生了变化。起初他没有注意，这里的野草和禾草，凡是他曾经散布过肉体的精液的地方都消失不见了。让他惊奇的是，有一种新的植物大量增殖，而且是在岛上其他地方所看不到的。这是一种贴着土地茎很短的一簇簇叶缘是锯齿形的大片绿叶植物。它们开出很美丽的白花，披针形花瓣，发出野禽的肉香味，还结出一些比花萼大得多的肥大酱色浆果。②

曼德拉草根如人形，作家巧妙借用此特点。鲁滨孙深信长在希望岛土地中的曼德拉草是他与希望岛爱情的结晶："这种植物是人与大地杂交的产物。"

---

① ［法］米歇尔·图尔尼埃：《礼拜五——太平洋上的灵薄狱》，王道乾译，上海译文出版社1994年版，第94—95页。
② ［法］米歇尔·图尔尼埃：《礼拜五——太平洋上的灵薄狱》，王道乾译，上海译文出版社1994年版，第122页。

他急忙奔到绯色小溪谷去，跪在一株植物前面，他两只手从四周挖下去，轻轻地小心地拔出它的根来。果然，他和希望岛的爱情并不是不育的：多肉的白白的根，奇异地从中分叉为二，无可争议地象征着一个少女的体形。他把曼德拉草再放回根穴，把沙土堆拥在它的茎周围，好比把一个小孩抱到他的床上去，他一面这样做着，一面因为爱心和激动浑身战栗抖动。后来他踮着脚轻轻走开，起步非常小心，唯恐踩伤任何一株曼德拉草。①

　　曼德拉草根"多肉的""白白的""奇异地从中分叉为二"，宛如"少女的体形"，鲁滨孙轻柔的动作是"父亲"对"女儿"精心呵护的体现。他把曼德拉草的根埋回土中，宛如将婴儿放回希望岛母亲的怀中，"好比把一个小孩抱到他的床上去"。此段文字极具感染力，突破了简单拟人的手法，鲁滨孙将曼德拉草视为自己的女儿。因为"爱心和激动"而"浑身战栗抖动"，怕打扰孩子熟睡而"踮着脚轻轻走开"的动作，"唯恐踩伤任何一株曼德拉草"的小心翼翼，都生动地表现了一位父亲对待初生婴儿的精心呵护。极富感染力的文字将读者带入父女间温馨相处的情景中，不禁让人忘记了人与植物的差别。

四 人与自然融合的新途径

　　人与自然和谐相处，是现代社会生态自然观所倡导的。作家借鲁滨孙的日记谈道："对动物的怜悯甚至对人的怜悯，这是英国人心灵固有的特点。"② 值得一提的是，现代社会人们对自然万物的关爱甚至怜悯，其根本是从人类角度出发，是我们称之为"人性"的表现，但不可否认它是带着主观性强加于自然的。

---

① ［法］米歇尔·图尔尼埃：《礼拜五——太平洋上的灵薄狱》，王道乾译，上海译文出版社1994年版，第123页。
② ［法］米歇尔·图尔尼埃：《礼拜五——太平洋上的灵薄狱》，王道乾译，上海译文出版社1994年版，第165页。

作家笔下的礼拜五却是另类。他来自原始部落，没有受过任何文明社会的驯化，因此缺乏所谓的"人性"。起初，礼拜五与公山羊一较高下，残忍地取乌龟壳的情节都深深地刺激了鲁滨孙作为现代人的神经。鲁滨孙视其为未被开化，他眼中的礼拜五"同动物的关系本身是动物性的，不是人性的"。鲁滨孙非常反感礼拜五对动物的"任意而为，无动于衷，甚至残忍"。

> 但是在那些动物同他之间直接的本能的融洽关系——如与泰恩、山羊，甚或与老鼠和秃鹫的关系——缺乏我对我的低等动物兄弟们所有的那种热情关系。真实情况是：他同动物的关系本身是动物性的，不是人性的。他同它们处在同一水平之上。他从来不想为它们好，更加缺乏彼此钟爱之意。他对它们任意而为，无动于衷，甚至残忍，我非常反感，尽管如此，却也未必全不对它们施以爱宠。可以说，使它们互相接近的那种默契比之于他可能强加于它们最坏的虐待是更加深刻的。①

作家颠覆《鲁滨孙漂流记》中礼拜五的传统形象，就是试图纠正人对自然主观性的偏激。所谓现代人对自然的关爱实质是主观地对待自然万物，片面将动物认为是"低等"物种，而人在之上就如上帝般垂怜万物。图尔尼埃笔下的礼拜五为读者带来了新启示。出身原始部落，从未受人类文明的驯化，礼拜五对自然万物并没有所谓高低之分的认识。他的"动物性"促使他与自然真正地平等相处，如鲁滨孙最终所领悟到的，礼拜五与动物间"互相接近的那种默契"。

> 他第一次提出了这样的问题：他对于精致高雅不可或缺的要求，他的种种厌恶之感，他的这种欲呕的状态，总之白人的这种神经质，

---

① ［法］米歇尔·图尔尼埃：《礼拜五——太平洋上的灵薄狱》，王道乾译，上海译文出版社1994年版，第166页。

是否就是文化教养代价高昂的最后抵押品，反之，是一种无用的压舱物，总有一天，要由他下定决心把它全部丢开以便进入一种新的生活。①

最终鲁滨孙也意识到了这一点，所谓"白人的神经质"即是对现代西方文明认识局限性的评判，那些"对于精致高雅不可缺的要求"以及对原始文明的"厌恶之感"都是"一种无用的压舱物"。"总有一天，要由他下定决心把它全部丢开以便进入一种新的生活"，在礼拜五的感召下，主人公褪下所谓"文明人"的外衣，进入了新的生活阶段。

礼拜五抚养秃鹫幼鸟的描写凸显了这种人与自然和谐相处的状态。一只秃鹫幼鸟不知出于什么原因被逐出了鸟巢，礼拜五收留了它并精心照顾。小鸟因消化不良没法进食时，礼拜五就将活蛆嚼烂喂给它。

> 礼拜五借助一片贝壳，去刮那一摊腐烂发臭的羊内脏。然后从刮下来的蛆虫里抓起一把蛆塞到嘴里，摆出一副心不在焉的神态，细细地咀嚼那肮脏的食料。然后，弯下身去，对着他那个保护物，把他嘴里嚼过的蛆像一股浓浓的热热的奶浆对着小秃鹫像盲乞丐的讨饭碗似的张开的鸟嘴滴流下去，小秃鹫吞下那东西，屁股还哆嗦个不停。
>
> 礼拜五一头再抓起那腐烂内脏上生的蛆虫，一头解释说：
>
> "活蛆的味儿太鲜了。这鸟有病。所以非得把它嚼烂，嚼得烂烂的。小鸟向来吃嚼烂的……"②

"礼拜五借助一片贝壳，去刮那一摊腐烂发臭的羊内脏。然后从刮下来的蛆虫里抓起一把蛆塞到嘴里"，礼拜五"心不在焉"地嚼活蛆的神态与西方文明所传递的价值观形成鲜明的反差。但礼拜五对小秃鹫的关怀是切实的，他与小秃鹫之间没有所谓人与动物的高低之分，他们是

---

① ［法］米歇尔·图尔尼埃：《礼拜五——太平洋上的灵薄狱》，王道乾译，上海译文出版社1994年版，第168页。
② ［法］米歇尔·图尔尼埃：《礼拜五——太平洋上的灵薄狱》，王道乾译，上海译文出版社1994年版，第167—168页。

平等的关爱。礼拜五并没有站在所谓人的立场上,而是从幼鸟的角度出发:对于生病的小秃鹫而言,这"活蛆的味儿"鲜美,被"嚼得烂烂的",也容易消化,这些都是对它有好处的。可见,摆脱人认识的局限性,才能真正融入自然。无独有偶,相似的场景还出现在《桤木王》中,迪弗热将米嚼烂,喂给生病的鸽子吃:

> 开始一段时间,迪弗热有几次不得不用硫酸钠为它治便秘,可紧接着小鸽子又拉稀,他只得专给它米吃。后来,在某种隐隐约约但却相当可靠的本能力量的提醒下,他最终醒悟了。凡是没经过他细细咀嚼,并用舌头沾湿,慢慢研磨过的食料,决不能喂给他的小宠儿吃,除非经过这道口腔先消化的工序。这样,他不分白天黑夜,以令人惊叹的耐心,把一钵钵小蚕豆和野豌豆——后来还有碎肉团,研成绝对均匀的糊糊,带着他的体温,从他自己的嘴里一点点吐到小鸽子那张朝他大张着的嘴中。①

迪弗热属于社会边缘人物,他与礼拜五原始的出身有共同点,两者都缺乏所谓文明的驯化。"某种隐隐约约但却相当可靠的本能力量"是迪弗热对鸽子本能的爱护,如同母亲喂养孩子一样。人与动物的界限消失了,真正亲密的关系由此建立起来。

图尔尼埃的自然观表达了从人文思想的角度出发,试图处理人与自然如何相处这一社会问题的诉求。图尔尼埃对人与自然和谐相处的理解颇有新意。对自然而言,人与自然的真正平等在于自然获得和人一样的主体地位,自由地演绎存在的多种形式;对人而言,抛弃固化的西方理性思想中人的优越感,不再局限于人的主体性与自然的客体性的二元关系,才能真正融入自然。

---

① [法]米歇尔·图尔尼埃:《桤木王》,许钧译,安徽文艺出版社1994年版,第266页。

五　结语

不可否认，图尔尼埃从主观意识、现象感受出发的自然书写，反映了西方 20 世纪文学中非理性思想的必然趋势。总体而言，20 世纪西方兴起的非理性思潮选择反其道而行，它抛弃了传统西方文学文化中对客观真实、理性逻辑的刻意追求，转而重视对主观、感受的分析和挖掘，从而形成了西方文化"外转内"的趋势。这一转化与东方传统思想中关注内心世界的探索不谋而合，东西方思想由此交会。不妨试想，作家的自然书写正为我们开辟了一条探索中西方思想"美美与共，天下大同"[①]的会通之路。

【作者简介】

杜佳澍，中南大学外国语学院副教授，法国巴黎三大文学博士，主要从事 20 世纪法语文学研究，主持国家社科基金项目"米歇尔·图尔尼埃作品中对西方现代社会价值观的颠覆与重构研究"。

通信地址：中南大学外国语学院法语系

电子邮箱：chloedujiashu@hotmail.com

---

① 1990 年 12 月，在就"人的研究在中国——个人的经历"主题进行演讲时，著名社会学家费孝通先生总结出了"各美其美，美人之美，美美与共，天下大同"这一处理不同文化关系的十六字箴言。

加拿大魁北克文学研究

论"一种小文学"
——魁北克土著人的法语文学

西安外国语大学法语国家与地区研究中心
■ 向　征

【摘　要】加拿大魁北克土著人法语文学以其特殊的运行机制，既有别于法国文学，亦有别于北美文学，切实参与着世界当代文学的建构。在全球化语境下"文化中心主义"受到强烈质疑的时代，魁北克法语文学的重要构成部分——魁北克土著人法语文学登上舞台，为获取政治与文化上的自主生存空间而疾呼，为表现族群文化性格和精神特征而呐喊。魁北克土著人从书写对象到书写主体，从文化抵抗到文化自信，展现了所谓"小文学"的历史性与当代性的融合。

【关键词】魁北克土著人　法语文学　小文学　文化自信

【Abstract】The French literature of the Quebec Indigenous in Canada is different from French literature and North American literature because of its special operating mechanism. At a time when "cultural centralism" was strongly questioned in the context of globalization, the important component of Quebec's French literature —— Quebec's indigenous French literature on the stage, in order to obtain political and cultural independent living space, to express the cultural character and spiritual characteristics of the ethnic group. From the writing object to the writing subject, from cultural resistance to cultural self-confidence, the indigenous people of Quebec show the historical and contemporary fusion of the so-called "minor literature".

【Key Words】 Quebec Indigenous   French Literature   Minor Literature   Cultural Self-confidence

德勒兹（Deleuze）和加塔利（Guattari）在《卡夫卡：走向一种小文学》（*Kafka：Pour une Littérature Mineure*）中指出，"小文学"是"小部分人从事的大语种文学"。① 此处的"mineure"不无"少数"和"次要"之意，是指文学与语言、"中心"与"边缘"、文学与文化遗产之间被认为是次要的等级关系，这些支配关系在一定的文学领域中表现出来，客观地反映在文学合法性的主体中，主观地反映在文学主体的话语中。让-皮埃尔·贝特朗（Jean-Pierre Bertrand）和莉斯·高文（Lise Gauvin）在《大语种创作的小文学》（*Littératures mineures en langue majeure*）中探讨魁北克文学和其他法语文学中的语言和文学互动问题时指出，这是一个复杂的问题，因为它既涉及赋予文学权力、其产生的条件、在其中建立的作家与公共关系，也涉及语言或语言等级之间社会关系的模式。② 如果魁北克法语文学可被称为"地区文学"（littérature régionale）、"小文学"（littérature mineure），那么，魁北克土著人法语文学（littératures autochtones francophones du Québec）或可被看作"外围文学"（littérature périphérique）③、"边缘文学"（littérature marginale），其以其特殊的运行机制，既有别于法国文学，亦有别于北美文学，切实参与着世界当代文学的建构。在20世纪下半叶"文化中心主义"受到强烈质疑的时代，魁北克法语文学的

---

① Gilles Deleuze, Félix Guattari, Kafka, *Pour une littérature mineure*, Paris：Minuit, 1975, p. 29.
② Jean-Pierre Bertrand, Lise Gauvin, *Littératures mineures en langue majeure*, Presses de l'Université de Montréal, 2003, pp. 19 – 40.
③ "外围文学"（littérature périphérique），或称"边缘文学"（littérature marginale）原指生活在巴西大城市边缘的作家创作的文学作品，多为少数族裔作家所创作的文学。1997年巴西作家 Paolo Lins 的《上帝之城》（*La Cité de Dieu*）推动了"外围文学"走向世界，"外围文学"与其他艺术形式，如嘻哈音乐，表达着与大城市居于统治性地位文化所不同的自身特性。学术界对这一概念的关注与日俱增，如西布列塔尼大学布列塔尼和凯尔特研究中心于2013年5月30—31日举办的国际学术研讨会：《论外围文学》（*Des littératures périphériques*），探讨边缘文学作为社会文化实践的产物的主要特征，以及长期以来一直围绕着边缘文学的一系列问题，如体裁、主题、美学、修辞和具体的语言实践，以及这些文学作品与主要的文学作品之间的关系。参见 https：//calenda. org/250456, page consultée le 04 janvier 2021。

重要构成部分——魁北克土著人法语文学登上舞台，为获取政治与文化上的自主生存空间而疾呼，为表现族群文化性格和精神特征而呐喊。魁北克土著人法语文学亦为世界"后殖民文学""后—殖民文学"① 不可或缺的构成，以其时间、地域和空间的多元多重性，与普遍的反思性，展示其超个体性的人类学视野。

20 世纪 60 年代至今，美国印第安文学书写与批评话语体系已相当成熟。1969 年，纳瓦雷·斯科特·莫马迪（N. Scott Momaday）的《日诞之地》（*House Made of Dawn*）获得了普利策小说奖，堪称美国印第安文艺复兴之序幕，随后涌现出一批印第安作家，如维兹诺、厄德里克、西尔科、阿莱克西，并引发了批评界的前所未有的关注。② 相比之下，与美国印第安文学几乎同时崛起的魁北克土著人文学创作却未引起我国学界的关注。早在 1971 年，马克斯·格罗斯-路易斯（Max Gros-Louis，1931—）的《第一个休伦人》（*Le "premier" des Hurons*）被看作首部魁北克土著人自传。1976 年，伯纳德·安西尼韦（Bernard Assiniwi，1935—2000）的《断臂》（*Le bras coupé*）是第一部魁北克土著人小说。同年问世的安坦·卡佩施（An Antane Kapesh，1926—2004）的《我是个该死的野人》（*Je suis une maudite sauvagesse*），揭开了魁北克土著人"去殖民化"（décolonisation）的书写序幕。在魁北克土著人文学批评领域，狄安娜·布德罗（Diane Boudreau）的《魁北克美洲印第安文学史》（*Histoire de la littérature amérindienne au Québec*，1993）是有关魁北克土著人法语文学的第一部评著。

中国学者对于加拿大文学的关注自 20 世纪 80 年代以来与日俱增，

---

① 源自英语文本的"postcolonial"与"post-colonial"两个概念须在翻译和使用中分辨清楚。两词可分别直译为"后殖民"和"后—殖民"。中国比较文学研究、外国文学研究学界未区分这两个概念。从文学研究角度而言，"后殖民文学"是殖民地作家对外来宗主国的殖民侵略所进行的抵抗性书写，其当然在本土文化、本土资源及本土身份的维护中呈现为一种"民族主义文学"的姿态与立场。而"后—殖民文学"应为后—二战时代抵制文化殖民现象的书写。"后—殖民"是"后殖民"之后的另外一种反对文化侵略形态。参阅 Elleke Boehmer, *Colonial and Postcolonial Literature*, Oxford University Press, 2006；杨乃乔《关于殖民、后殖民、后—殖民诸种相关概念的翻译与清理》，《中华读书报》2013 年 4 月 3 日第 19 版。

② 参见生安锋、翟月、孙千文《抵制、存活与文化身份的商讨：美国印第安文学研究》，南京大学出版社 2018 年版。

加拿大英语文学译介与研究是其重点，如黄仲文《加拿大文学作品选读》（1986）、王彤福的《加拿大文学词典——作家专册》（1995）、逢珍的《加拿大英语文学发展史》（2010）等。这一时期加拿大法语文学未受到重视。1993年，《外国文学》第4期译介了一批介绍魁北克法语文学的文章，如雅克·阿拉尔的《一个被称作法国文学加拿大文学以及魁北克文学的文学》、马塞尔·福丁的《魁北克戏剧的现代和后现代特色》等，为魁北克法语文学在中国的译介与研究奠定了一定的基础。孙桂荣的《魁北克文学》（2000），是我国目前仅有的加拿大法语文学史著作，梳理了从1534年至1980年间魁北克文学的发展脉络，以及各个时期的代表性作家及作品介绍。傅俊、严志军、严又萍的《加拿大文学简史》（2010）为我国第一部包括了加拿大英语文学和法语文学的著作。作者以加拿大文学发展史为轴线，分别梳理每个时期的法语文学与英语文学，并介绍了代表作家及其作品。对中国现有的魁北克文学研究成果进行一番梳理之后，我们发现，魁北克土著人法语文学几乎从未引发关注。本文主要探讨魁北克土著人如何从书写对象到书写主体，从文化抵抗到文化自信的变化，展现所谓"小文学"的历史性与当代性的融合。

一 相关概念的厘清

当我们探讨魁北克土著人法语文学时，应当厘清如下概念：殖民地时期法语文学、魁北克法语文学、魁北克土著人法语文学。有学者认为，"魁北克文学犹如一个三棱体，它既是魁北克文学，又是加拿大文学，还是法国文学"[①]。虽然这一描述不尽恰当，但却道出了魁北克文学的丰富意涵。称之为"法国文学"是因为它的法兰西特质，然而这是"已带有某种新的地域和文化特征，是一种变化了的适应新文化环境的法兰西特质"[②]。在

[①] 雅克·阿拉尔、江竞：《一个被称作法国文学加拿大文学以及魁北克文学的文学》，《外国文学》1993年第4期。

[②] 雅克·阿拉尔、江竞：《一个被称作法国文学加拿大文学以及魁北克文学的文学》，《外国文学》1993年第4期。

这个"被称作法国文学,加拿大文学以及魁北克文学的文学"① 中,殖民地时期法语文学、魁北克法语文学、魁北克土著人法语文学等概念相互交织,却在不同历史发展时期有着不同的意涵。

最早出现在北美洲大陆的法语文学可追溯至 16 世纪 30—40 年代雅克·卡蒂埃(Jacques Cartier)的探险日志。通过对北美大陆自然景色及风土人情的细致描写,卡蒂埃为其后的殖民者描绘了加拿大原始风貌,激发了欧洲人对北美的好奇心。1608 年,尚普兰(Samuel de Champlain)建立魁北克城,标志着永久性法国殖民地的建立。法国殖民地时期的法语文学主要为日志、编年纪事、信件等,其内容涉及地理发现、贸易经商、政治斗争、传教士、土著部落等。在此后的近四百年间,我们发现,不论是耶稣会教士的传教报告,如布雷伯夫(Jean de Brébeuf)刊载于《耶稣会士报告》(*Relations*)的记述,玛丽·莫兰(Marie Morin)的《蒙特利尔主宫医院史》(*Histoire simple et véritable de l'établissement des Religieuses hospitalières de Saint-Joseph en l'isle de Montréal*),还是风俗叙事与书信体叙事,如马克·莱卡博(Marc Lescarbot)的《新法兰西历史》(*Histoire de la Nouvelle-France*),皮埃尔·布歇(Pierre Boucher)的《新法兰西习俗和生产之真实与自然的历史》(*Histoire Véritable et Naturelle des moeurs et productions du Pays de la Nouvelle-France vulgairement dite le Canada*),抑或是报纸文学,如在《魁北克杂志》(*Le Magasin de Quebec*)、《蒙特利尔报》(*La Gazette de Montréal*)、《文学报》(*La Gazette littéraire de Montréal*)等报纸杂志上刊载的文学作品和评论文章,都以不同形式记述了新法兰西创业者的垦殖和贸易历程,以及法裔加拿大人与土著人的文化碰撞。

1867 年 7 月,依据英国上、下两院已经通过的《英属北美法案——加拿大宪法》,由魁北克省、安大略省、新斯科舍省和新不伦瑞克省共同组成了统一的联邦国家,定名"加拿大自治领"。在英国殖民统治时

---

① 雅克·阿拉尔、江竞:《一个被称作法国文学加拿大文学以及魁北克文学的文学》,载《外国文学》1993 年第 4 期。

期崛起的魁北克民族斗争，引发了对于法裔加拿大的民族情感，民族身份问题的严肃思考。有学者认为，魁北克法语文学源于18世纪后期开创的报纸文学，另有学者则认为魁北克文学的历史并不长，约有一个半世纪，源起于19世纪60年代加拿大自治领成立之后。更有学者认为"魁北克文学"这一表述方式在20世纪60年代中期才得以确立[1]，并与"平静革命"有着千丝万缕的关联。

  其次，我们需要厘清"土著人"和"原住民"两个概念，即法语的"autochtons"和"Premières Nations"。我们先来考察汉语如何对译法语"autochtons"和"Premières Nations"。在《现代法汉汉法词典》中，"autochtone"被译为"土著的，或土著人"；在《拉鲁斯法汉双解词典》中，该词译为"本地的，当地人"；在《新世纪法汉大词典》中，该词未被收录。上述三部工具书中，均无"Premières Nations"的对应汉译，我们可将之译为"原始民族"，或学界更常使用的另一个词"原住民"。在我国，"土著"一词最早见于《汉书·张骞传》，"身毒国在大夏东南，其俗土著"，随后注释，【师古注】"土著，谓有城郭常居，不随牧畜移徙"。[2]"原住民"一词始见于20世纪80年代，涉及中国台湾民族运动。[3] 如今学术界"土著"与"原住民"两个术语近乎混用，但有区别，我们不在此展开，可参见姜德顺的文章《略辨"土著"与"原住民"》。[4]

  在加拿大，"autochtones"指包括印第安人（Indiens）、因纽特人（Inuits）和梅蒂人（Métis）在内的所有土著人，而"Premières Nations"则指不包括因纽特人和梅蒂人的土著人，即"印第安人"，因此，在加拿大，

---

 [1] M. Biron, F. Dumont, E. Nardout-Lafarge, *Histoire de la littérature québécoise*, Montréal: Boréal, 2007, p. 277.
 [2] 姜德顺：《略辨"土著"与"原住民"》，《世界民族》2012年第6期。
 [3] 参见苏珊《台湾原住民文学研究综述》，《大连民族学院学报》2015年第4期；吴鸥《如何"语言"，怎样"文化"——论台湾原住民文学中的混语现象》，《世界华文文学论坛》2015年第2期等论文。
 [4] 姜德顺：《略辨"土著"与"原住民"》，《世界民族》2012年第6期。

"土著人"的概念大于"原住民"概念。① 此外，需要注意的是，直到 1980 年，数百名民族首领聚集渥太华，达成《原住民宣言》（Déclaration des Premières Nations），才第一次使用"原住民"（Premières Nations）一词。成立于 1970 年的"加拿大印第安兄弟会"（Fraternité nationale des Indiens du Canada）在 1982 年更名为"原住民联合会"（Assemblée des Premières Nations）。2016 年，加拿大土著民人数约为 1600 万，占全国人口的 4.9%。魁北克省除因纽特人（Inuits）之外，还有十个族群，共占全省人口的 1% 左右。他们属于三个语系，代表三种不同文化体系，即阿尔贡金语（langue algonquienne）、易洛魁语（langue iroquoïenne）和爱斯基摩—阿留申语（langue Eskimo-aléoutes）。② 因此，本文讨论的魁北克土著人法语文学，更准确的说是 "littératures autochtones francophones"。

二 作为书写对象的魁北克土著人

美国印第安文学研究专家吉瑞·霍布斯在论述印第安文化时曾举出了四个关键词：记忆（remembering）、力量（strength）、延续（continuance）和复兴（renewal），"正是在对（印第安传统）遗产的记忆中，才会有力量、持续和复兴"。③ 对于魁北克土著人而言，继传统的口口相传的口头文学之后，书写成为他们记忆的载体，化为一种文化疗伤的力量，从而延续遭受殖民压迫和现代性颠覆的土著人文化传统，使之最终走向

---

① 参见 https：//www.thecanadianencyclopedia.ca/fr/article/premieres-nations，page consultée le 15 octobre 2020。
② 阿贝纳基人、阿尔贡金人、阿提卡梅克人、克里人、马利塞特人、米克马克人，因努人和纳斯卡皮人（Les Abénaquis, les Algonquins, les Attikameks, les Cris, les Malécites, les Micmacs, les Innus et les Naskapis）来自阿尔贡金文化，休伦-温达特人和莫霍克人（les Hurons-Wendats et les Mohawks）来自易洛魁文化。参见 http：//www.autochtones.gouv.qc.ca/recherche/recherche.asp，page consultée le 15 octobre 2020。
③ Geary Hobson, *The Remembered Earth*: *An Anthology of Contemporary Native American Literature*, Albuquerque: University of New Mexico Press, 1981, p. 10.

复兴，并赋予精神无所归依的当代人以归属感。纵观魁北克土著人法语文学的变化，上述过程经历了从以土著人为对象的书写到土著人为主体的书写。

从卡蒂埃到 19 世纪末，在法国殖民时期的文献资料中，作为被描写对象的土著人被称为"sauvage"，即"野蛮的，原始的，未开化的人"。虽然有一些历史学家，人类学家，作家，如拉洪坦男爵（Lahontan, 1666—1716），尝试致力于"善良野蛮人"（la figure du bon sauvage）的塑造，但 19 世纪魁北克文学仍对土著人形象采取"缩减原则"[1]。正如让-雅克·西马尔（Jean-Jacques Simard）在《缩减，被创造的土著民和今天的印第安人》（*La Réduction : l'Autochtone inventé et les Amérindiens d'aujourd'hui*）一书中所指出的那样，封闭的土著人的世界既是一个物理的空间，也是一个想象的空间，这不仅在领土层面，而且在政治和象征层面上也是如此。土著人或印第安人形象被简化，是其世界的再现与现实的混合物。他们是匿名群体，与死亡和动物联系在一起，而且常常是叙事作品中引发骚乱的人群，他们被缩减为"他者"，甚至是为了凸显殖民者或者传教士的英雄主义而设立，总是带有神秘色彩，与超自然能力或妖术有关。[2] 如 19 世纪的卡斯格兰神父（l'abbé Henri-Raymond Casgrain, 1831—1904），作为传记作家、诗人、评论家和历史学家，创作了大约 30 部文学和历史作品描述法属加拿大生活，不乏当地的色彩。其中最著名的当属《加拿大传奇》（*Légendes canadiennes*, 1861）一书中对生性凶残的印第安人的可怕叙述。

该时期对魁北克土著人的记述中，塔舍（Joseph-Charles Taché, 1820—1894）也起到了重要作用。他出生于魁北克省，在塞米内尔大学学习医学，后于 1847 年当选为加拿大立法议会保守党议员。其著作《我

---

[1] 参见 Jean-Jacques Simard, *La Réduction : l'Autochtone inventé et les Amérindiens d'aujourd'hui*, Sillery, Éditions du Septentrion, 2003, p. 430。

[2] Hélène Destrempes, «Mise en discours et parcours de l'effacement : une étude de la figure de l'Indien dans la littérature canadienne-française au XIXe siècle», in Hélène Destrempes, Hans-Jürgen Lüsebrink (dir.), *Tangence n°85 : Images de l'Amérindien au Canada francophone : littérature et image*, Automne 2007, pp. 40 – 42.

家乡的三个传奇》(*Trois légendes de mon pays*, 1871) 中的 "每一个故事都描绘了加拿大土著民族在宗教和社会历史上的一个时代"。① 作者在前言中写道："有时我走在伟大的河岸上，和渔民在海滩上相遇；有时我跳进古老的森林，晚上和猎人们一起野营。现在，我要去讲故事的人家里，在我们美丽的农业教区里；我记得这些人对我说的话。"在塔舍的故事中，原始部落的土著人形象仍然是"凶残"，正如第一个故事《屠杀中的伊莱》(*L'Histoire de l'Ilet au Massacre*)，"向我们展示了在传教士到来之前，北美土著人陷入了极端的凶残的野蛮状态"。② 在上述两本著作中，"土著人"与"文明人"的冲突背后隐藏着更为深刻的种族中心主义，"文明人"打着人文主义旗号，行排斥其他文化之实的欧洲中心主义。他们没有认识到人的共同点不是某种文化特征，而是"拒绝成见的能力"，如托多罗夫所言，这种能力是摆脱所属文化环境的能力，意识到面对文化冲突时"我们同属于人类"的能力。进入 20 世纪，值得我们注意的几部描写魁北克土著民的小说，如路易斯·赫蒙 (Louis Hémon) 的《玛丽亚·查普德莱恩》(*Maria Chapdelaine*, 1916)，讲述了发生在"文明世界与野蛮自然的交汇点"上的故事，被称作"野蛮人"的印第安人"蹲在一棵干燥的柏树点燃的火把旁，注视着一个充满神秘力量的世界"。③ 在艾伯特·热尔韦 (Albert Gervais) 的《棕发女神》(*La déesse brune*, 1948) 中，印第安人的形象与魔法和咒语联系在一起。安德烈·朗格文 (André Langevin) 的《美洲冲动》(*L'élan d'Amérique*, 1972)，以及让-伊夫·苏西 (Jean-Yves Soucy) 的《狩猎神》(*Un dieu chasseur*, 1976) 对土著人的描写即是白人固有的失真的偏念，也是对土著人的想象。这些被想象出的土著人只有被当作"他者"思考时才存

---

① Joseph-Charles Taché, *Trois légendes de mon pays*, Montréal: C. O. Beauchemin et Valois, Librairies-Imprimeurs, 1871, p. 4. Bibliothèque et Archives nationales du Québec, https://numerique.banq.qc.ca/patrimoine/details/52327/2021896, page consultée le 3 décembre 2020.

② Joseph-Charles Taché, *Trois légendes de mon pays*, Montréal: C. O. Beauchemin et Valois, Librairies-Imprimeurs, 1871, p. 3.

③ Louis Hémon, *Maria Chapdelaine*, Montréal: Fides, 1975, p. 79.

在，借助"他者"，白人满足自身的变形欲望，本体上的变化的欲望。①我们认为，魁北克土著人文化与白人主流文化是一个你中有我、我中有你的互补关系，而不是主宰与臣服的关系。正如塞托（Certeau）指出，应识别"他者"——也就是局外人、陌生人、异乡人、彻底相异者——在权力体系和思想体系中的存在及所带来的兼具创造性和颠覆性的力量，提出"异质多元性"（hétérologies）的概念，强调不同文化的差异性共存有利于认识到不同文化族群表面差异下同属于人类的深刻同一性。此外，于连（François Jullien）主张"从他到你"，将对话的"不在场者"变为"在场者"的思路，指出土著民与非土著民进行"对话"的可能性与平行发展的多样性。

三 作为书写主体的魁北克土著民

狄安娜·布德罗认为，在欧洲人到达美洲之前，土著人就有一种"前书写"（préécriture）形式的文学②，如"les wampums"③，是指在珍珠或贝壳项链上记事，类似甲骨文，也是一种早期土著人的货币形式。随着殖民探险者和传教士的到来，土著人对入侵者使用的文字既感到新奇又不信任，将之看作邪恶力量，因为文字表现为各种条文契约，是借以钳制他们身体与精神的工具。此外，因为传教士到来总是和瘟疫暴发联系在一起。书写成为死亡的象征，拒绝书写意味着拒绝被传教士的妖术奴役。直至20世纪70年代，真正意义上的魁北克土著人法语文学方才出现。1971年，阿尔贡金族作家伯纳德·安西尼韦与伊莎贝尔·迈尔（Isabelle Myre）合著出版了《阿尔贡金成人童话故事》（*Anish-nah-be*,

---

① Morency Jean, «Images de l'Amérindien dans le roman québécois depuis 1945», dans DESTREMPES Hélène, LÜSEBRINK, Hans-Jürgen (dir.), *Tangence* n°85: *Images de l'Amérindien au Canada francophone: littérature et image*, Automne 2007, p. 90.

② Diane Boudreau, *Histoire de la littérature amérindienne au Québec*, Montréal: L'Hexagone, 1993, pp. 75–77.

③ http://www.cultureautochtone.ning.com/profiles/blogs/les-wampumv, page consultée le 13 décembre 2020.

contes adultes du pays algonkin)。次年，二人再次合作，出版了《萨加纳：阿尔贡金奇幻故事》（Sagana, contes fantastiques du pays algonkin）。1971年，休伦族作家马克斯·格罗斯-路易斯（Max Gros-Louis）与马塞尔·贝利耶（Marcel Bellier）合作的传记《第一个休伦人》（Le "premier" des Hurons）问世。1976年伊努族作家安坦·卡佩施（An Antane Kapesh）先后用伊努语和法语出版了《我是个该死的野蛮人》（Eukuan nin mats himanitu innu-iskueu. Je suis une maudite Sauvagesse），该书一经问世，引起了重大反响。卡佩施意欲通过该书让子孙后代知道他们从何而来，他们的族谱，他们的存在方式和风俗习惯，乃至他们的领地中最隐秘之处。借助伊努语和法语两种语言出版，作者强烈表达丢失母语之痛，这种丢失意味着死亡。另一种语言，只是殖民的枷锁。在她的作品中抒发语言与属地之分离带给土著民的内心创伤，而两者都被剥夺。她认为，"白人教会了我们他们的生活方式，摧毁了我们的生活，我们对我们的文化感到遗憾。这就是为什么我们印第安也应考虑像白人一样写作。我认为，既然我们开始写作，我们才是最有发言权的人，因为我们今天是这两种文化的见证人"。[1] 正如另一位少数族裔作家纳奥米·方丹（Naomi Fontaine）所言，"我有意描写保护地的日常，描绘那里的生物与我们共存，我们伊努人。我希望我的世界被认识，它强有力的一面，它衰弱的一面。我要让伊努保护地的日常生活为人所知，不论是好的一面，还是不好的一面"[2]。

此外，1976年，伯纳德·安西尼韦出版了小说《断臂》（Le bras coupé）。故事发生在1873年，在加蒂诺河北侧的一个村庄里，六个醉酒的白人男子袭击了一个名叫"记忆持久的男人"（Minji-mendam, celui qui se souvient longtemps），并在一场混战中意外地切断了他的右手。受害者躲在森林里，伺机报复滥用权力的殖民者。与这一时期其他魁北克少数族裔作家相同，他们的创作主要涉及土地、掠夺、族群矛盾、社会问

---

[1] An Antane Kapesh, *Eukuan nin mats himanitu innu-iskueu. Je suis une maudite Sauvagesse*, Montréal：Mémoire d'encrier, 2019, p. 12.

[2] Naomi Fontanie, *Kuessipan. À toi*, Montréal：Mémoire d'encrier, 2011, p. 113.

题、文化混合等方面，是反抗的文学，书写是其生存意愿的体现，是为获取话语权而坚持的不懈斗争，是身份诉求的路径，是改变世界的工具，如休伦族作家路易斯-卡尔·皮卡德-苏伊（Louis-Karl Picard-Sioui）所指出的那样："书写有改变世界的能力。每个词语承载着意义。每部作品承载着情感。每段文字都是一部作品，代表了一种世界观。"① 他们通过文学创作，从身份的蜷缩走向对"他者"的敞开。②

莫里齐奥·加蒂（Maurizio Gatti）在《身为魁北克的美洲印第安作家：印第安性与文学创作》（Être écrivain amérindien au Québec. Indianité et création littéraire）中认为，如果身份来自主体的意识，他意识到自身与他者的不同，而且身份处于永恒的变动中，一个美洲印第安人作家是一个将自己定义为这样一个作家的人③，那么作为书写主体魁北克土著人在自我定义时，并不避讳用"sauvage"一词，并赋予该词褒义，意在重拾"野性"，或"扮野"，正如庞德所谓的"扮黑"（Playing Black）。这不是沿袭早期白人扮演黑人的滑稽演唱的种族主义传统，在模仿黑人文化的同时对它加以揶揄、嘲讽，而是对"野性"文明给予赞美和接纳，对其文化同样保持尊重和开放的态度。一如当代黑人诗人如塞泽尔（Césaire）、桑戈尔（Senghor）使用"négritude"即"黑人性"表达对非洲黑人文化艺术传统的自豪感，为黑人文化艺术传统之特色唱赞歌，我们也看到用于描述种族群体面貌的词语出现，如"indianité"一词，即"印第安人性"指全体印第安人的特征，指印第安群体的存在方式，或者广义上的美洲印第安文化，其共有风俗，宗教，哲学，司法和艺术，以及与非美洲印第安人的融入。

---

① Louis-Karl Picard-Sioui, «Sur le sentier», in Cercle d'écriture de Wendake, *Emergence, débâcle et mots de givre*, cité in Maurizio Gatti, *Être écrivain amérindien au Québec. Indianité et création littéraire*, Montréal: Hurtubise HMH, 2006, p. 93.

② David Laporte, «Voyage au pays des "vrais hommes", L'utopie transculturelle dans *La saga des Béothuks* de Bernard Assiniwi», in *temps zéro*, Québec: Université Laval, 2014, n° 7. Disponible sur le web: http://tempszero.contemporain.info/document1074, page consultée le 31 juillet 2019.

③ Maurizio Gatti, *Être écrivain amérindien au Québec. Indianité et création littéraire*, Montréal: Hurtubise HMH, 2006, p. 125.

有学者指出，被殖民者的行为听命于自卑情结（complexe d'infériorité），源于"首先是经济发展上的落后造成的自卑感，而后通过这种自卑感的内化，或更准确地说再生的更为复杂的自卑情结"。① 罗伯特·拉隆德（Robert Lalonde）则认为，土著人书写不是为了揭开伤疤，而是要合上伤疤。② 他认为，如果说 20 世纪 90 年代土著作家是以一种强烈的文化抵抗和文化守卫的立场，急切地去告诉人们土著人拥有怎样的民族文化，那么 21 世纪以来的原土著作家则以文化自信的姿态去展示民族文化，注重对民族文化的历史意义和当代意义的挖掘。

　　21 世纪土著人文艺创作者的态度相对温和，他们融入时代，有足够的身份自信。年轻艺术家们不再向他们的父辈那样，唯一的创作动机就是身份诉求，保护属地，文化对抗，而是文化共建，试图用一切能够让土著人和非土著人对话的表达形式。魁北克十个土著民族中，相对于阿尔贡金人和休伦人，伊努人中讲法语的人数最多，更擅长用文学表达。如果说英语印第安文学偏重叙事作品，魁北克法语印第安文学则倚重诗歌。法语作为"泛美"（langue panamérindienne）语言，在魁北克各个民族间起到凝聚作用，很多艺术家直接使用法语创作，有些用双语出版，如伊努族女诗人丽塔·梅斯托科绍（Rita Mestokosho），她认为，"很有必要用法语创作，因为法语这种诗歌语言可以让我们的思考有更多的读者"。③ 在 Parti Pris 杂志周围，会聚了一批诗人，如加斯顿·米伦（Gaston Miron），雅克·布劳特（Jacques Brault），保罗·张伯伦（Paul Chamberland），路易斯－卡尔·皮卡德－苏伊（Louis-Karl Picard-Sioui）。他们不仅创作叙事文学作品，更对诗歌情有独钟。《在我骄傲的脚下》（Au pied de mon orgueil，2011）、《荒废的和平》（De la paix en jachère，2012）、《伟大的缺席》（Les grandes absences，2013）等诗歌作品表现了当代土著

---

① Frantz Fanon, *Peau noire, masques blancs*, Paris: Seuil, 1968, p. 28.
② Robert Lalonde, «La vengeance est douce», in *littérature amérindienne du Québec: écrits de langue française*, p. 9.
③ Rita Mestokosho, *Hur jag ser på livet mormor. Eshi Uapataman Nukum. Comment je perçois la vie grand-mère*（en suédois, innu et français）, Göte-borg, Beijboom Books AB, 2009, p. 90.

艺术家所共有的思考：他们不否认身份诉求一直以来都是创作的动力。在以上苍，土地，祖先，民族的名义创作前，应该找到自己的历史，那里有最激烈的斗争，我们本身的特性的斗争。①

这一时期较有影响的是 Menuentakuan 团队。该创作团队始于 2013 年，诞生于土著民和魁北克年轻艺术家的"Puamun（Rêver）"计划，该计划旨在讨论保留地或周边的土著民或非土著民在现实中遇到的敏感话题，如种族主义、语言、身份等。最初的创始者是查尔斯·巴克尔（Charles Buckell，伊努人，演员）、马尔科·科林（Marco Collin，伊努人，演员，作家）等人。Menuentakuan② 是伊努语，意思是："围坐喝茶，开心聊天"，不禁令人想起孟浩然《过故人庄》中的"开轩面场圃，把酒话桑麻"的意境。这个创作团队集合土著民和非土著民，在德尼塞－佩尔蒂埃（Denise-Pelletier）剧场上演了 Muliats（伊努语，意为"Montréal"），大获成功。在谈及 Menuentakuan 团队的戏剧创作时，诗歌表演家，戏剧演员，视觉艺术家娜塔莎·卡纳帕·方丹（Natasha Kanapé Fontaine）指出，"戏剧正是这样一座桥梁，是和解的工具"。此外，阿尔贡金艺术家萨米安（Samian）被选举为"2015 年和平艺术家"。作为连接土著民与白人之间的桥梁，这位跨界艺术家、演员、歌手、说唱艺术家、作家、摄影家正是多元文化融合的体现。21 世纪的魁北克是独特的，也是多元的，文化的多元性、多色性被形容为"一只在四壁是镜子的房间中的变色龙，颜色变化意味着多样性的存在"。③

四　结语

魁北克土著民法语文学的当代性与它所展示的历史性症结相关的问题融合在一起，与其构成的语言、文化、政治、文学的巨大组合承载着

---

① Louis-Karl Picard Sioui, *Au pied de mon orgueil*, Montréal: Mémoire d'encrier, 2011, pp. 8 – 9.
② http：//menuentakuan.ca/，page consultée le 19 novembre 2020.
③ Jean Lafontant, "Les 'je' dans la chambre aux miroirs", in *Francophonies d'Amériques*, n°10, 2000, pp. 53 – 68.

各种问题。我们以 2018 年 9 月在加拿大滑铁卢大学瑞纳森学院召开的"后多元文化主义时代的文化身份与文化自信"为主旨议题的国际学术研讨会结束本篇论文的思考。据主办方，会议缘起于一个文化事件：2017 年 5 月，加拿大作家协会（The Writers' Union of Canada）会刊《写作杂志》（*Write*）时任主编哈尔·尼兹维奇（Hal Niedzviecki）在春季刊的"编者按"中提到对于"文化挪用"的不信任："在我看来，任何地方的任何人都应该被鼓励去想象他人、他者的文化、他人的身份"，建议作家走出自己的文化樊篱，去书写关于他人和他文化的故事，"将你的眼光放在宏大的目标上：赢得文化挪用奖（Cultural Appropriation Prize）①"。这样的文化挪用正如米歇尔·杜维维耶·皮埃尔－路易斯（Michèle Duvivier Pierre-Louis）就 2008 年出版的魁北克作家与土著民作家书信集 *Aimititau! Parlons-nous!* 所说，这意味着"互相再次认识，如同要与过去连接，在漫漫寒冬夜里的友谊和互助更加深厚，对某些人来说是流放，对另一些来说是回归"②。

【作者简介】

向征，西安外国语大学欧洲学院副教授，法语国家与地区研究中心成员，主要研究方向为法国文学。

联系方式：电子邮箱：909535110@qq.com　手机：15809213454

通信地址：西安郭杜教育产业园文苑南路西安外国语大学 65 号信箱

---

① Deborah Dundas, "Editor quits amid outrage after call for 'Ap-propriation Prize' in writers' magazine", https：//www.thestar.com/entertainment/books/2017/05/10/editor-quits-amid-outrage-after-call-for-appropriation-prize-in-writers-magazine.html, page consultée le 31 novembre 2020.

② Michèle Duvivier Pierre-Louis, «Connivences (liminaire)», in *Bonjour Voisine*, Montréal：Mémoire d'encrier, 2013, p. 7.

日本文学研究

大谷探险队与日本近代西域文学
——论松冈让《敦煌物语》中的"虚"与"实"

南京大学外国语学院
■刘东波

【摘　要】日本近代社会中西域文学的诞生与发展，与敦煌学有重要的关联。虽然井上靖的西域文学备受关注，但井上的文学创作也受到了松冈让的影响。本文从梳理日本近代西域文学的发展历程出发，重点考察松冈让创作《敦煌物语》的背景与其作品构造，从而探析日本敦煌学的诞生对松冈让文学产生的意义和影响。

【关键词】日本文学　敦煌学　西域文学　松冈让

【Abstract】The birth and development of Western literature in modern Japanese society has an important relationship with Dunhuang Studies. Although Inoue Yasushi's western literature has attracted much attention, Inoue's literary creation has also been influenced by Matsuoka Yuzuru. This paper starts from combing the development process of Japanese modern western literature, focusing on the background of Matsuoka Yuzuru's creation of "Dunhuang Tale" and the structure of his works, so as to explore the significance and influence of the birth of Japanese Dunhuang Studies on Matsuoka's literature.

【Key Words】Japanese Literature　Dunhuang Studies　Western Litera-

---

① 本文为2020年度江苏省高校哲学社会科学研究项目"《大唐西域记》与日本西域文学关系研究"（项目批准号：2020SJA0007）的阶段性研究成果。

ture　Matsuoka Yuzuru

引　言

1900年，在敦煌莫高窟16号石窟的甬道墙壁中，发现了举世闻名的藏经洞（后称17号窟）。随后，英国探险家斯坦因（Marc Aurel Stein）、法国探险家伯希和（Paul Pelliot）、日本大谷探险队橘瑞超（同中文）等人相继到访敦煌，并使用各种手段从道士王圆箓手中获取了数万件珍贵文献资料。

这些国外探险家，在结束探险旅行之后陆续将其探险实录整理出版成书。其中，斯坦因《移动的湖泊》（『彷徨へる湖』，筑摩书房，1943年4月）、大谷探险队的探险实录《新西域记》（『新西域记』，有光社，1937年4月）等书籍，不仅在历史、考古等专业领域受到重视，在日本全社会也引起了极大反响。对日本近代文学影响颇大。

松冈让的长篇历史小说《敦煌物语》（『敦煌物語』，初出：《改造》1938年10月号）、井上靖的长篇历史小说《敦煌》（『敦煌』，初出：《群像》1959年1月至5月）等西域小说的诞生，就与上述历史背景有着极其紧密的联系。松冈的小说，描绘了在敦煌莫高窟藏经洞发现古文献之后的一系列故事。而井上的小说，讲述的则是古文献在被封存在藏经洞之前的历史故事。两部作品在创作过程中，都参考了当时敦煌学研究的最新成果和相关资料，因此，通过考察作品的创作过程以及仔细考证作品与出典的关系，便可知敦煌学与西域小说诞生之间存在的关联。

井上靖创作了《敦煌》《楼兰》（『楼蘭』，《文艺春秋》1958年7月号）等一系列西域小说，是日本近代文学中西域小说的代表性作家。但在井上靖之前，松冈让已经创作了《敦煌物语》《壁画异闻》等西域小说。而且，松冈的作品对井上产生了非常大的影响。关于这一点，井上在以下两份资料中，如此说道：

我也写了一部名为《敦煌》的小说，我对敦煌产生兴趣，很大程度上是得益于学者们的研究和论文，此外还有这部《敦煌物语》的影响。当然，对我而言，敦煌是一个只可远观而无法涉足的圣地。正因如此，我才能进行文学创作。①
　　松冈让《敦煌物语》正式结册出版是在昭和18年年初。在那之前，虽然已经读了一些敦煌研究和游记译本，但让我真正想踏足敦煌这片土地的，也许是因为《敦煌物语》。②

　　因此为探究日本近代文学中西域小说诞生的根源，除了对井上靖的作品进行解读、分析，也有必要对松冈让《敦煌物语》的诞生与影响作进一步研究。
　　但经笔者调查发现，截至目前，关于松冈让的先行研究，基本以传记研究为主。真正详细论述松冈文学作品的论文基本没有。在先行研究中，只有以关口安义为主的几篇书评③。其中，最为详细论述本作品的是关口安义的论述。关口在其著作《评传 松冈让》④ 中，引用《敦煌物语》昭和十八年版本的"后记"（以下简称为"十八年版后记"），概括性地指出了松冈所参照的一些出典资料，评价《敦煌物语》"堪称丝绸之路入门书"。此外上原和在《敦煌物语》文库版"解说"⑤ 中如此说道：

　　（前略）对笃信佛教的松冈让而言，不仅有对丝绸之路的浪漫憧憬，也有对19世纪初列强的西域探险产生的浓厚兴趣。斯坦因、

---

① 井上靖：《对无法涉足之圣地的热情》，《朝日新闻》1979年3月4日。
② 井上靖：《站立于小说〈敦煌〉的舞台之上》，《每日新闻》1978年7月25日。
③ 截至目前，提及松冈让《敦煌物语》的文章，除了上述井上靖的发言，共有以下五点：仁井田升《松冈让著〈敦煌物语〉》，《朝日新闻》1943年7月4日；秋山光和《解说》，《世界教养全集》，平凡社1961年版；上原和《解说》，《敦煌物语》，讲谈社1981年版；关口安义《〈敦煌物语〉的刊行》，《评传　松冈让》，小泽书店1991年版；大桥章一《解说》，《敦煌物语》，平凡社2003年版。
④ 关口安义：《评传　松冈让》，小泽书店1991年版。此书内容最初连载于 Penac 杂志，后在此基础之上经过修改和整理出版成册。
⑤ 上原和：《解说》，《敦煌物语》，讲谈社1981年版，第251页。

伯希和等人发现大量古代遗迹和文书，随后诞生了敦煌学。松冈不仅对此十分关注，更对那些不畏艰险、身入流沙边塞求法的僧人，对远赴印度的法显三藏、玄奘三藏以及义净三藏等弘法高僧们心怀敬畏之情。对那些佛法东渐浪潮中在印度与西域各地流转奔波、熠熠生辉的僧人们也充满了追慕之情。正因松冈对西域有着这样的情感，才笔耕不辍创作了长篇西域物语。我最关注的，是他的这种情感。

上原在其论述中，阐述了松冈对丝绸之路的憧憬以及对西域探险的兴趣。然而却没有言及憧憬、兴趣的来源。因此，从本作品创作前的时代背景（近代中亚探险、敦煌学的诞生和发展）这一视角出发，考察本作品的创作过程就变得十分重要。此外，本作品中"大谷传道团"的原型应该是著名的大谷探险队，但是松冈特地使用了"传道团"一词。这个词语中包含的思想和理念，也是本文考察的重点。

本文首先以近代的中亚探险为切入点，分析考察《敦煌物语》的成立背景。其次，梳理出典资料，并与作品文本做对照研究，着重分析作品的创作手法。最后，通过比较作品中关于日本传道团和其他两国（英、法）探险队的描写，以期探究本作品表达的主题。

一 被遗忘的作家——松冈让研究之现状

松冈让（1891—1969）是新潟县长冈市的作家。作为夏目漱石的女婿和芥川龙之介的挚友，他的名字广为人知。但是，由于他的文学作品并没有为世人所熟知，因此很少有人提及他作家的身份。

长年从事松冈让传记研究的关口安义评价其是一位"不得志的作家"[①]。此外，松冈让的女儿半藤茉利子（随笔家、新宿区立漱石山房纪

---

① 关口安义：《评传 松冈让》，小泽书店1991年版，第25页。

念馆名誉馆长）说"父亲是一位被社会抹杀了的作家"①。经笔者调查，不得不说松冈让研究还停留在传记研究的层面，未见全面深入论述其文学作品的论文。因此，在此首先将现有的松冈让研究进行梳理和总结。

松冈让的本名为善让。父亲曾是净土真宗大谷派松冈山本觉寺的住持。松冈让作为家中长子，本应继承父亲衣钵，成为寺庙住持。但他本人对当时佛门中的腐败极其厌恶，因而断然拒绝继承寺庙。在旧制长冈中学时代，与堀口大学（法国文学研究者、诗人）为同窗好友。经第一高等学校的学习，1917年毕业于东京大学哲学系。从高中时代开始，就和芥川龙之介、久米正雄、菊池宽、山本有三等人建立了深厚的友情。东京大学就读期间，与芥川等人创办发行了第三次、第四次《新思潮》杂志。松冈也是夏目漱石的关门弟子，曾被漱石称赞为"越后哲人"。夏目漱石去世后，与漱石长女笔子结婚并长年照顾漱石遗孀镜子夫人。

作为一名作家，松冈创作了不少的文学作品。如长篇小说《守护法城的人们》（『法城を護る人々』，第一书房，1923—1926年）、长篇自传小说《忧郁的爱人》（『憂鬱な愛人』，第一书房，1927—1931年）、长篇历史小说《敦煌物语》等。作为夏目漱石家的成员，也创作了《漱石先生》（『漱石先生』，岩波书店，1934年11月）、《漱石的汉诗》（『漱石の漢詩』，十字屋书店，1946年9月）等作品。

关于近年来松冈让的先行研究，日本国立情报研究所建立的论文检索数据库CiNii中只收录了1篇文章（刘东波：《松冈让研究的现状及长冈市乡土资料馆所藏资料的介绍》，《新潟县文人研究》第21号，2018年11月）。此外"国文学论文目录数据库"（国文学资料馆）收录了50篇，但其中大部分为关口安义所著的传记研究，以及关于夏目漱石资料的介绍。

书籍和杂志方面，有两本著作和一种期刊与松冈让有关。第一本著

---

① 2018年7月20日，笔者在东京都世田谷区半藤茉利子家中，以"松冈让的作家生涯"为题，采访了半藤茉利子。此处引用的半藤的发言，源于当日采访内容。具体采访实录参见刘东波《松冈让逝世50周年纪念 半藤茉利之访谈实录 父亲松冈让的作家生涯》，载《新潟县文人研究》2019年第22号。

作是关口安义的《评传 松冈让》（小泽书店、1991年1月）。此书是先行研究中最详细也是唯一一本记述松冈让生涯及文学活动的评传类著作。对于松冈让研究来讲，此书是入门必读书籍，也为今后的相关研究指明了方向。另一本是中野信吉的《走近作家·松冈让之旅》（『作家·松岡讓への旅』林道舎、2004年5月）。中野曾为了探寻松冈让生前的足迹，亲自走访了松冈的家乡长冈，也到访了很多与松冈相关的地方。书中记录了其旅途见闻以及松冈生前好友、邻居等的松冈印象。此书记录了很多有价值的信息，在松冈的传记研究方面也占有一席之地。

此外为了纪念松冈，经松冈好友羽贺善藏倡议，1976年成立了长冈笔会并由羽贺做首任会长。长冈笔会主办的期刊名为 *Penac*，名称源于诗人（poet），随笔家、评论家（essayist），小说家（novelist），艺术家（artist），市民（civilian）五个词的英文首字母，是由松冈的生前挚友堀口大学（诗人）构思命名的。一些松冈生前的友人和研究者通过 *Penac* 发表了很多关于松冈的文章。比如上面提到的关口安义，自创刊号始长年在此刊物发表关于松冈让创作生涯的文章。此外松冈生前好友之子星野浩二，通过研读其父与松冈的往来书信，在此刊发了很多关于文学作品内容的评论文章。还有笔会会员松永章子，收集与松冈相关的出版物信息，将其汇总并前后分十一次发表了题为《资料 松冈让》的系列文章。

如上所述，现有的先行研究中，大部分为松冈让的传记研究。此外还有一些关于松冈和漱石、芥川关系的研究成果。但是，目前还没有严谨论述松冈让文学作品的论文。因此可以说，松冈让研究才刚刚起步，也值得期待。

二　近代中亚探险与西域文学

松冈让所处的时代，正好是近代中亚探险盛行的时代。与此同时，随着各国探险队在中亚（西域）的新发现，诞生了崭新的学科门类——

敦煌学。日本近代社会兴起的"敦煌热"可分为三个阶段[①]。松冈让《敦煌物语》的诞生和第一次"敦煌热"有着密切的联系。

敦煌莫高窟的藏经洞是于1900年被发现的。最初进入此地的探险者是英国探险队的斯坦因（1907年）。翌年法国探险队的伯希和也到访了此地，并带走了大量珍贵文献和其他资料。松冈在其作品中记录了二人到访敦煌的故事，并将二人从王道士手中骗取敦煌文献的过程细致地描绘了下来。从"十八年版后记"中的内容可知，松冈在创作过程中参照了斯坦因和伯希和的探险纪行。当时二人纪行的日译版还未面世，由此可推断松冈应该参照了外文原版资料。

敦煌文献被发现后，长期没有受到重视，这一消息真正传入日本是在藏经洞被发现九年后（1909年）。使藏经洞被发现的消息真正迅速流传开来的契机，是伯希和在北京举办的一场敦煌文献展览会[②]。随后，1909年11月12日内藤湖南在《朝日新闻》刊登了一篇名为《敦煌石室中的发现》的文章。翌年受罗振玉之邀，京都大学派出以内藤湖南为首的五名教员组成调查团赴北京调查研究敦煌文献。正因如此，高田时雄评价内藤为"日本敦煌学研究第一人"。

京都大学调查团归国后多次召开演讲会，不断向日本国内介绍敦煌文献并开始了相关研究。与此同时，大谷探险队也结束西域探险，将一批敦煌文献带回了日本（1912年）。探险队的主要成员橘瑞超在归国之后举办了演讲会，向民众介绍了敦煌文献的相关情况。关于橘瑞超的演讲会，松冈在"十八年版后记"中如此记述：

[①] 经笔者调查，日本近代兴起的"敦煌热"可以分为三个阶段。一敦煌文献被世界各国探险队发现并散落各国的时期（1912年前后）；二敦煌艺术，以及相关文学作品风靡日本的时期（1958年前后）；三日本放送协会NHK"丝绸之路"系列纪录片的播放以及大批日本游客涌入敦煌的时期（1980年前后）。

[②] 高田时雄在《内藤湖南的敦煌学》（《东亚文化交涉研究》别册3，2008年12月）一文中详细介绍了敦煌文献被发现的经过，以及日本敦煌学研究的起步等。此外，还有石滨纯太郎《东洋学的故事》（创元社，1943年3月）和神田喜一郎《敦煌学五十年》（二玄社，1960年5月）也有介绍。

依稀记得，明治44年（1911）或者大正元年（1912）时，听说在神田的基督教青年会馆还是什么地方要举行橘瑞超的演讲会。我当时还只是个高中一年级的学生，对这个只比我大一两岁却完成世界探险的青年美僧十分崇拜。看到报纸上的介绍后激动不已，本打算去听的，但后来因故未能参加，这件事让我一直懊悔不已。①

正因受到如此影响，让本就对西域有浓厚兴趣的松冈更加关注敦煌。此外始自大正初期的日本敦煌学研究不断发展，陆续出版了很多研究成果。如堀谦德的《解说西域记》（『解説西域記』，前川文荣阁，1912年11月）、橘瑞超的《中亚探险》（『中亜探検』，博文馆，1912年12月）、羽田亨的《西域文明史概论》（『西域文明史概論』，弘文堂，1931年4月）等。以这些著作为代表的敦煌学研究成果，作为《敦煌物语》的出典资料，对作品的诞生发挥了重要作用。

除了上述学术研究成果，日本皇室收藏宝物的仓库——正仓院的御物展览和本作品的创作也颇有渊源。关于正仓院，小说中如此描绘：

（前略）比如像套在骆驼背上，一对名为漆胡樽的储水器具等物件，无不散发着源于沙漠的香气。

说起来，在君士坦丁堡（现名为伊斯坦布尔）的博物馆里，好像有一面不论是器形还是图纹都和正仓院藏二尺有余的大唐镜一模一样的物件。这批器物应该是从中国本土分两路分别流传到了日本和土耳其。当然，土耳其的那面唐镜应该是通过了敦煌这个边塞关卡吧。②

不仅如此，松冈在作品的第二章里对"波斯绒毯""漆胡樽""大唐镜"等众多正仓院御物做了详细的介绍。这部分内容，应该与松冈自己

---

① 松冈让：《敦煌物語》，日下部书店1943年版，第229页。
② 松冈让：《敦煌物語》，收入《世界教養全集》，平凡社1961年版，第258页。

的亲身经历有着密切的联系，关于这段经历，松冈在"十八年版后记"中如此记述：

> 昭和初年，我第一次参观正仓院，深感荣幸的同时也被藏品惊异到了。通过那次参观，过去一直抱有的狭窄视野突然被打开。从小小的日本开始可望到璀璨的东方文明，顿时觉得日本的历史必须要从更宽广的视角去读解。①

据关口安义的研究，松冈在1927年11月9日初次到访正仓院并参观了御物。从关口编著的"松冈让年谱"可知，松冈在结婚七年之后，终于从夏目家独立出来，于1924年移居到了京都。正因如此，得益于地缘优势，松冈接触到了更多关于西域的信息。通过一件件从古代西域传入日本的器物，松冈对西域的向往和憧憬跨过日本列岛，沿着丝绸之路从长安一直延伸到遥远的印度，甚至是西欧。经过不断积累和调查，松冈在1938年创作出了《敦煌物语》。

上述内容，简单概述了作品成立的背景。松冈作为一名小说家，虽然拥有对西域独特而敏感的嗅觉，但在其家庭环境的影响、从敦煌学研究成果中汲取的知识、参观西域器物的经历，在众多因素共同作用下，才诞生了以《敦煌物语》为首的一系列西域题材的作品。

三　出典资料与创作手法

关于该作的出典，松冈让在"十八年版后记"和"文献略记"中做出了说明。笔者以上述资料为基础，再结合作品内容整理出了《敦煌物语》出典资料一览表（以下简称"一览表"）。

---

① 松冈让：《敦煌物语》，日下部书店1943年版，第230页。

《敦煌物语》出典资料一览①

编者、著者	作品名	出版信息	出版日期	其他
石田干之助	《中亚探险的经过与成果》	雄山阁	1930 年	《东洋史讲座》第 14 卷收录
石田干之助	《长安之春》	創元社	1941 年 4 月	
石滨纯太郎	《敦煌石室的遗书》	演讲	1925 年 8 月	
羽田亨	《西域文明史概论》	弘文堂	1931 年 4 月	
羽田亨	《中亚的文化》	岩波书店	1935 年 12 月	
羽田亨	《中亚的遗迹与传说》		1921 年 11 月 24 日	《朝日新闻》
斯坦因	《赛林底亚》5vols	Oxford	1921 年	
伯希和	《敦煌石窟写真帖》	Paris	1920 年	
上原芳太郎编	《新西域记》	有光社	1937 年 4 月	
香川默识编	《西域考古图谱》	国华社	1915 年 6 月	
松本荣一	《敦煌画的研究》	东方文化学院东京研究所	1937 年 12 月	
原田淑人	《西域发现的绘画中相关服饰的研究》	东洋文库	1925 年 8 月	
矢吹庆辉	《鸣沙余韵解说》	岩波书店	1933 年 4 月	
中村不折	《禹域出土墨宝书法源流考》	西东书房	1927 年 3 月	
羽溪了谛	《西域之佛教》	法林馆	1914 年 2 月	
渡边海旭	《欧美的佛教》	壶月全集刊行会	1933 年 5 月	《渡边海旭遗文集》上卷
白鸟库吉	《西域史研究》	岩波书店	1941 年	
桑原隲蔵	《东西交通史论丛》	弘文堂	1933 年 10 月	
堀谦德	《解说西域记》	前川文荣阁	1912 年 11 月	
足立喜六	《考证法显传》	三省堂	1936 年 1 月	

---

① 此表根据《敦煌物语》（日下部书店 1943 年版）卷末收录"后记"以及"文献略记"等资料由笔者整理而成。顺序遵循"文献略记"的内容。书名等由笔者翻译，并对出版信息等做了一定补充和修正。

续表

编者、著者	作品名	出版信息	出版日期	其他
足立喜六	《大唐西域求法高僧传》	岩波书店	1942年5月	
深泽正策译	《马可·波罗纪行》	改造社	1936年10月	
斯文赫定著，岩村忍译	《中亚探险记》	富山房	1938年11月	
斯文赫定著，高山洋吉译	《红色线路踏破记》	育生社	1939年2月	
日野强	《伊犁纪行》	博文馆	1909年5月	
荣赫鹏著，筧太郎译	《从戈壁走向喜马拉雅》	朝日新闻社	1939年12月	
台克满著，神近市子译	《土耳其斯坦之旅》	岩波书店	1940年3月	
刘曼卿著，松枝茂夫、冈崎俊夫译	《西康西藏踏查记》	改造社	1939年12月	
入江启四郎	《中国边疆英俄的角逐》	NAUKA社	1935年8月	
寺本婉雅	《于阗国史》	丁子屋	1921年6月	
徐松	《西域水道记》			
	《敦煌录》			
	《西游记》			
	《唐诗选》			

文学作品的卷尾附"文献略记"并不多见。关于这一点，松冈如此说道[1]：

> 以上列举的书目，是在我创作过程中参照过的重要书籍。对于身为外行的我来说，肯定还有很多著作未得一窥。希望在本书再版

---

[1] 松冈让：《文献略记》，《敦煌物语》，日下部书店1943年版，第241页。

的时候再补足一些。除此之外，我还读过许多关于西域或者敦煌的资料，请恕未能一一将题目和所载刊物悉数列出，在此仅聊表谢意。

通过松冈的记述可知，除去"一览表"所列 34 部出典资料之外，松冈在创作过程中，还参照了大量其他相关资料。虽然松冈说"希望在本书再版的时候再补足"，实际上最终未能实现。本作在 1961 年被收录于《世界教养全集》，连"文献略记"也未能刊载。因此，初次成书出版时的"文献略记"无疑成为研究本作品的重要资料和出典依据。通过作品文本和出典资料的比较，在数目众多的出典资料中，作品最主要的出典资料可归纳为以下四种。

◇堀谦德：《解说西域记》，前川文荣阁，1912 年 11 月。
◇斯坦因：《赛林底亚》（*Serindia*），Stein, M. Aurel, 5 vols. Oxford, 1921 年。
◇伯希和：《敦煌石窟写真帖》（*Les Grottes de Touen-Houang*），Pelliot, Paul, Paris, 1920 年。
◇上原芳太郎编：《新西域记》，有光社，1937 年 4 月。

本作由英、法、日三国探险队的西域探险故事构成。松冈虽在作品的细节描写方面添加了很多内容，但基本还是遵照各探险队的纪行进行创作。此外，本作中没有直接涉及玄奘三藏西域探险的内容，但堀谦德的《解说西域记》中记载的西域风土人情、艺术文化以及玄奘舍身求法的冒险精神贯穿于本作始终。接下来，用一个具体例子来说明作品内容和出典资料的关联。

《敦煌物语》原文

（前略）昆仑山之南、喜马拉雅以北，即西藏中部地区附近，有一被称为无热恼池的大池。池周皆用金银琉璃所饰，水清如镜，八方菩萨幻化龙形皆栖于此。池畔东面银牛口，流出恒河，入东南孟加拉湾。南面金象口，流出印度河，入西南阿拉伯海。西面琉璃马口，流出阿穆尔河，入西北咸海。北面狮子口，流出塔里木河，入东北菖蒲海。入楼兰海之后，再次从地下潜流出，至积石山下现黄河源。(后略)①

《大唐西域记》原文　《卷一·迦毕试国》(引自《解说西域记》)

阿那婆答多池也在香山之南、大雪山之北。周八百余里。金银琉璃、颇胝饰其岸焉。金沙弥漫。清波皎镜。八地菩萨以愿力故化为龙王。于中潜宅。出清冷水。给赡部洲。是以池东面银牛口、流出殑伽河、绕池一匝入东南海。池南面金象口、流出信度河、绕池一匝入西南海。池西面琉璃马口、流出缚刍河、绕池一匝入西北海。池北面颇胝狮子口、流出徙多河、绕池一匝入东北海。或曰、潜流地下、出积石山。即徙多河之流。为中国之河源云。②

通过此例的比较，可知《解说西域记》在本作品出典资料中的重要性。除此之外，作品中斯坦因、伯希和、立花三人皆用玄奘三藏的故事为各自旅行的目的辩解。比如，本作中有一段斯坦因为获得旅行许可，造访知县和守备军司令的内容。斯坦因说道："为拿到向往已久的这一带地区的土地测量许可，凭借着玄奘取经和古代遗迹发掘的故事，竟连续两次都顺利得到印信许可。"斯坦因对王道士也采取了同样手段。

斯坦因的纪行《中亚踏查记》(『中央アジア踏査記』，白水社 1966 年版)中，记载了斯坦因和王道士就敦煌文献买卖交易的细节。全程都通过名为"蒋四爷"的一名秘书(向导兼翻译)与对方交涉，也确实在交涉过程中提及了玄奘三藏的故事来争取对方的好感。但是经过与小说内容的对比发现，小说中明显夸大了玄奘三藏故事在交涉过程中所占的

---

① 本文中《敦煌物语》原文的引用，采用 1961 年版本，此版本是松冈生前最后修订的版本，收入《世界教养全集》，平凡社 1961 年版，第 249—376 页。此外，本文中引用的小说原文，以及其他引用文献的中文翻译均为笔者拙译。

② 堀谦德：《解说西域记》，前川文荣阁 1912 年版，第 34 页。

分量。

　　小说中关于伯希和部分的内容，也采取了相同的描绘手法。本作品中，对斯坦因和伯希和都使用了"白人三藏""红毛三藏"等称呼。与此相对，主要登场人物立花却被称为"年轻三藏""三藏大人"。虽然松冈在描述三个探险队的时候，都使用了"玄奘三藏"之名，但实际上将斯坦因和伯希和二人描绘成"假三藏"的形象，对立花却另眼相看，仿佛极力在描绘一位与西方二人截然不同的"真三藏"。

　　小说中，用"西方列强"一词形容斯坦因和伯希和二人，利用极具讽刺意味的描写猛烈抨击了二人骗取敦煌文献的过程。然而立花这一人物形象，却被塑造得比较光鲜亮丽，俨然一副大气凛然的样子。那么，松冈是否在小说中为日本大谷探险队辩护，而达到美化其骗取敦煌文献的事实呢。接下来，着重通过比较虚构人物立花与大谷探险队成员橘瑞超之间的距离，探究松冈对日本探险队的真实态度。

四　小说与现实——虚构人物立花与橘瑞超之间的距离

　　本作品主要描写了三个探险队到访敦煌并从王道士手中骗取敦煌文献的故事。针对英国和法国探险队的行为，作品中使用了"小偷""列强""野蛮的侵略行为"等词语。反观对于日本探险队的描写，可以看出，松冈进行了大量的创作和加工。甚至连队伍属性都和英、法两队区别开来，不用"探险队"，而采用"传道团"。此外，作品的主要登场人物中，斯坦因和伯希和二人名字保持和史实一致（真名），而立花（原型为橘瑞超）却用了虚构的名字。在日语中，立花和橘的发音完全一致（皆为たちばな），因此松冈在人物姓名的设定上，巧妙地利用这一点，让立花这一人物既紧密地贴合历史人物橘瑞超，又与橘瑞超保持了一定的距离，使得立花的人物形象更加饱满。

　　接下来，通过仔细品读作品内容，来具体分析在立花这一人物形象上所投射出的作者的理想。

（前略）吉川先生，这都是托猊下①的福。多亏了宗主对我们特别的关照，我们才能来到这里。既然如此，就算豁出一切也要完成使命。（《敦煌物语》十二②）

（前略）主持先生，我发誓绝对不会骗您。既然您也是佛家弟子，您更应该助我一臂之力以完成圣业。（《敦煌物语》十三③）

立花的这些言辞，乍一看像是花言巧语，但通读全文即可知并非如此。作品中立花的人物形象被设定得比较纯粹或者说异常完美。先行研究中有两点论述提到了这一点。第一点是关口安义的论述，关口在《评传 松冈让》一书中提到："松冈让特意将其作为佛门中人的全部理想，都寄托在以橘瑞超为原型的日本探险队队员立花这一青年人物的身上。"第二点是上原和的论述，上原在《解说》中说道："作者将自己对敦煌的无限憧憬与向往，以及无法实现的丝绸之路巡礼之梦全都寄托在这篇作品中了。"

正如关口和上原论述的一样，松冈将长年对丝绸之路的憧憬和梦想都寄托在作品中了。但是，先行研究中并没有具体论述这些憧憬和梦想具体体现在作品的哪些地方。接下来，通过各国探险队从王道士手中获取敦煌文献的部分，来考察立花的人物形象。

英国探险队（斯坦因）

（前略）这些东西与其被埋藏在暗无天日的甘肃沙漠洞窟里，不如由我像玄奘三藏一样带回欧洲，说不定还可以用来教化众人，岂不更有意义。细细想来，这对你来说也是功德一件，就好比那边壁画上绘制的故事一样，来世生在弥陀净世，肯定能过上安乐的日

---

① 对高僧的尊称。
② 松冈让：《敦煌物语》，《世界教养全集》，平凡社1961年版，第355页。
③ 松冈让：《敦煌物语》，《世界教养全集》，平凡社1961年版，第362页。

子呢。(《敦煌物语》六①)

法国探险队（伯希和）
　　王道士心里盘算：多亏了他们，手里不光有了马蹄银，寺里面的香火也更盛了。因寺庙得以修补而露出新颜，大家的反响都还不错。有了这份功德，来世一定会有好报。白人三藏先生们在走的时候都许诺再来，转眼间都过了一年了，他们会不会在开春时节再来呢。（中略）
　　这位和之前那位英国三藏不一样，这位法国三藏，既通晓汉语，又熟知《西游记》故事。这才让住持放下了戒备，且有了几分信赖之情。（《敦煌物语》八②）

　　王道士（王圆箓）的名字，因出现在中国的历史教科书（人民教育出版社版）中而广为人知。中国作家余秋雨在其散文集中说，王道士弄丢了敦煌文献，所以大家都将其称为罪人③。本作品通过探险队和王道士的交易过程，塑造出了一位比较接近历史原貌的人物形象。
　　本作品中，不论斯坦因还是伯希和，都向王道士表明了想购入全部敦煌文献的意愿，统统被王道士断然拒绝。即便用再多的马蹄银去诱惑他，王道士都无动于衷。最终，二人皆借用玄奘三藏的名号和故事，骗取到了王道士信任，因而才能各自购得部分敦煌文献。此外不得不提的是，收到的钱财，王道士并没有用于私人享乐，而是悉数用来修缮洞窟。这些小说中的内容，与现实中斯坦因和伯希和二人所著探险记的记载完全一致。因此可以说，松冈在本作品中，较为真实地还原了一位愚昧无知却拼命用自己的方式守护敦煌莫高窟的道士形象。
　　那么"大谷传道团"的成员立花，怎样从王道士手中获取文献资料

---

　　① 松冈让：《敦煌物语》，《世界教养全集》，平凡社1961年版，第296页。
　　② 松冈让：《敦煌物语》，《世界教养全集》，平凡社1961年版，第313页。
　　③ 参照了余秋雨《莫高窟》一文。余秋雨：《文化苦旅》，长江文艺出版社2014年版，第52页。

的呢。最开始，为了获取王道士的信任，立花也将玄奘三藏的故事拿了出来。并对王道士说："他们二人都只是学者，而我却是佛门中人，也是佛家子弟。"立花在此极力主张自己"佛家子弟"的身份，力求与其他二人划清界限。而且，当立花的同行者对王道士拳脚相加的时候，立花大声喝止，并表现出对王道士的关怀。

立花在作品中被塑造成一名虔诚的佛家子弟，然而在本作品的出典资料中的记载并非如此。以下是与橘瑞超同行的探险队员吉川小一郎的记述：

> 趁着暮色，王道士偷偷带来了两百多卷经卷。我们借着衙门的威风，以去衙门告发相威胁，最终逼得道士从要价三百两砍到最终五十两成交①。

吉川在出典资料中，记述了他和橘瑞超采用了威逼利诱的手段来使王道士就范的过程。松冈为塑造立花完美的形象，却将一切暴行推给了同行的翻译。当然作品中的立花毕竟是虚构的人物，因此即便是与史实不符也无可厚非。也许松冈让此举会给读者一种为大谷探险队橘瑞超等人发声辩白的意思。但仔细想来，如果真是为辩白而写，那直接用橘瑞超之名岂不更加事半功倍。

正如日本作家、文学研究者高桥源一郎在《名著的读法》②讲到的一样："受限于时代背景的影响，作家通常会将自己的真实意图和想法深埋于作品中。"其实，立花这一人物形象的基础虽来源于现实中的橘瑞超，文学作品中的立花和橘瑞超之间的距离却被作者特意放大。也即是说，立花这一重要登场人物，源于橘亦止于橘。立花身上所投映出来的，更多是松冈自己的理想。他认为真正的佛门子弟，是不会使用胁迫和暴力的手段去欺凌弱小的。

---

① 吉川小一郎：《中国纪行》，《新西域记》下卷，有光社1937年版，第557页。
② 高桥源一郎：《名著的读法》，2017年6月10日于神户女学院大学公开讲座。

通过分析立花与橘瑞超之间的距离，可知松冈充分运用了作家的才能，既描绘出了自己心目中佛门子弟应该具有的形象，又借此反讽以传道考察之名，派诸多僧侣赴中亚探险的大谷探险队。

小　结

松冈让的文学作品虽然未被世人熟知，但其文学价值却不会因此埋没。出身寺庙的松冈本应继承其父衣钵成为僧侣。但他自小目睹了太多寺院的腐败和堕落，因此极力抗争且最终自己决定了自己的命运。

他创作的作品大部分和佛教有关。其中，如《守护法城的人们》这部长篇巨鸿，赤裸裸地揭露了日本近代佛教的腐败和堕落，并对当时僧侣生活进行了猛烈的批判。其后也发表了很多关于日本近代宗教改革的文章，在宗教界引起了极大反响。

《敦煌物语》的诞生，与松冈自小的生长环境有极大的关联。不仅如此，松冈长年对西域探险的关心、莫高窟藏经洞的面世以及日本敦煌学的诞生和发展等一系列要素都对作品的形成产生了重要影响。作品中虽然并列地描绘了三个国家探险队在敦煌的故事，但其中关于日本探险队的内容却引人深思。作者将自己心中的理想，全部托付在主人公立花的身上，描绘出了一名不畏艰辛、一心向佛的青年僧侣形象。与此同时，完美形象的背后，却隐藏着大谷探险队一众僧人丑陋的一面。松冈塑造的完美僧人形象，何尝不是对大谷探险队的"捧杀"和反讽呢。综上所述，本作品在一方面描绘出了佛门弟子应有的形象，另一方面猛烈批判西欧列强与大谷探险队借文化之名、行掠夺之实的野蛮行径。

【作者简介】

刘东波，文学博士，主要研究方向为日本近现代文学、日本敦煌学。曾任国际日本文化研究中心研究员、日本新潟大学博士研究员、日本学术振兴会博士后研究员。现为南京大学外国语学院助理研究员，中国日本文学研究会常务秘书。主持日本国家级科研基金 1 项，省部级科研项目 2 项，参与多项国家社科基金项目，在国内外权威期刊发表学术论文十余篇。主要代表学术著作：『井上靖とシルクロード』（七月社、2020 年 12 月），代表学术译著：《青年井上靖：诗与战争》（社会科学文献出版社，2021 年 1 月）。

联系方式：电子邮箱：dongbo@nju.edu.cn　手机：15706198168
通信地址：南京市栖霞区仙林大道 163 号南京大学外国语学院

井上靖首篇佛教题材小说《僧人澄贤札记》
——读懂主人公澄贤的僧侣形象

日本国立新潟大学
■李　钰（博士生）

【摘　要】井上靖的小说《僧人澄贤札记》是他第一篇以僧侣为主人公的佛教题材作品。小说分为上、下两部分，上部以第一人称"我"的口吻展开，从两篇残缺的旧日记中得知了主人公澄贤冻死在雪地里的结局，而"我"也想起澄贤是大学时代自己踏查过的《般若理趣经俗诠》的作者。作品以侦探小说式的写作手法逐步展开情节，向读者呈现了一位因犯女戒而被驱逐高野山的"破戒僧"的跌宕起伏的一生。小说下部以"我"，或是澄贤内心独白，或是不知身份的旁观者，记述了澄贤的后半生，以及他和旧友宏荣之间的纠葛。

本文试从小说文本分析着手，对主人公澄贤的僧侣形象进行考察。澄贤身披"袈裟"的外表下，尝尽的是世间"冷暖"，一生跌宕起伏。前半生为爱情所惑，后半生再见旧友宏荣让他彻底放弃一切，最终冻死在雪地上。众人眼中无法理解的浪荡僧人，在作家眼里，澄贤不过是无数修行未果、原因各异的僧人的代表而已。井上靖笔下的僧人澄贤，是"僧"，更是"人"。小说结尾，与其说主人公是冻死在高野山上，不如说他是无人理解之下的孤独之死。井上靖在作品中借"我"之口，向读者完整地讲述澄贤的一生，"破戒僧"破了高野山的清规戒律，却在生活磨砺下体悟出佛法真谛，看似被俗世否定的人生背后，是作者对人物的理解和肯定。而"我"的"冷眼"旁观恰是对澄贤最为温暖的

"回向"。

【关键词】井上靖　澄贤　高野山　僧侣形象

【Abstract】Inoue Yasushi's novel *The Notes of the Monk Cyouken* is his first Buddhist work with a monk as the main character. The novel is divided into two parts, the upper part unfolds in a first-person tone, I learned the ending of the protagonist Cyouken freezing to death in the snow from two incomplete old diaries. I also remembered that Cyouken was the author of *Boreliqujing Suquan* which I had search in college. The work gradually unfolds the plot with a detective novel style, presenting the readers the ups and downs of the life of a "Precept Breaking Monk" who was expelled from Koya Mountain for committing a female ordination. The lower part of the novel describes Cyouken's later life and the entanglement between him and his old friend Hong Rong. In the way of "I" or Cyouken's inner monologue, or an unknown bystander.

Attempting to analyze the text of the novel, this article investigated the image of the monk of the protagonist. Under the appearance of Cyouken wearing a "Kasaya", what he can taste is the "warm and cold" of the world, and his life has been ups and downs. In the former half of his life, he was confused by love. In the latter half of his life, meeting his old friend Hongrong made him completely give up everything, and finally froze to death on the snow. In the eyes of the crowd, the monks are incomprehensible. In the eyes of the writer, Cyouken is just a representative of countless monks who have failed in their cultivation for different reasons. The monk Cyouken described by Inoue Yasushi is a "Monk" and even a "Person". At the end of the novel, it is not so much that the protagonist freezes to death on the Koya Mountain, but rather that he is a lonely death that no one understands. Inoue Yasushi borrows "I" in his works to tell the readers about Cyouken's life completely. The "broken monk" broke the precepts of Mountain, but realized the true meaning of Buddhism under the temper of life. Behind the life that seems to be denied by the world is the author's understanding and affirmation of the characters. And the cool-hearted and objective observation of "I" is the warmest "Return" to Cyouken.

【Key Words】Inoue Yasushi Cyouken Koya Mountain the Character of Monk

一 缘起

昭和 26（1951）年 6 月 1 日，井上靖的短篇小说《僧人澄贤札记》（「澄賢房覚書」）刊载在《文学界》第 5 卷第 6 月号上。小说初次刊载时的题目为「澄賢房覚え書」。之后小说标题为何会有改动，以及改动的理由，在《井上靖全集》第 2 卷（1995 年 6 月）卷末的作品解析中并未给出详细解释。其后，本篇小说又被分别收录进他的短篇小说集《一位冒名画家的生涯》、《井上靖小说全集》第 15 卷（新潮社，1982 年 10 月）、《井上靖历史小说集》第 11 卷（岩波书店，1982 年 4 月）之中。

1951 年 5 月，井上靖离开每日新闻社后变身该社"社友"。结束了他自 1936 年起长达 15 年之久的新闻记者生涯。一个月之后，他转身成为职业作家。井上靖记者时期积蓄的佛教素养对他日后的小说创作起到了至关重要的作用。其中，《僧人澄贤札记》就是井上靖作为专职作家后，首篇以僧侣为主人公的佛教题材小说。

井上靖的小说《僧人澄贤札记》分为上、下两部分。上半部分以第一人称"我"的视角展开全文。讲述了时隔 16 年踏访高野山的"我"，偶然发现了夹在古佛教典籍手抄本中的两篇旧日记。这两篇类似旧日记的和纸引起了"我"的注意，其中"澄贤房"这三个字，更是让"我"回想起学生时代搜购于旧书店的《般若理趣经俗诠》的作者澄贤。于是"我"对注释书的作者澄贤重燃奇妙的兴趣，甚至开始彻底探寻这位年轻时被放逐于高野山的僧人澄贤的一生。

小说上半部对澄贤的身份和个人经历并未给出完整描述。井上靖侦探式的写作手法让主人公澄贤的僧侣形象变得扑朔迷离而又耐人寻味。

上半部借"我"和"我"的调查以及澄贤旧友宏荣的记述，将僧人形象逐步描写清晰。井上靖将下半部的讲述主体模糊化处理，第一人称既是自述者僧人澄贤，又是承接上半部的讲述者"我"，或是不明身份的旁观者站在小说主要角色的各个角度回望澄贤跌宕起伏的一生。

平成五年（1993），以井上靖这部短篇小说为蓝本，高山由纪子编剧的《KOYA 僧人澄贤札记》（中文译为《KOYA 淫僧寻情记》）搬上银幕。可惜小说改编搬上大荧屏，也未能引起大众的关注。据笔者查证，关于井上靖本篇小说的先行研究和文本考论，至今尚付阙如。其中涉及主人公澄贤的论述大多是简短的文本分析和小说主题解析。先行研究中，或将僧人澄贤看作修行的"掉队者"[1]，或喻作井上靖自卑感[2]在小说人物中的"投影"。此外还有将本短篇和作者同年10月发表的中篇小说《一位冒名画家的生涯》[3] 合论，从小说主旨层面上做了粗浅的对比分析。时至今日，尚未发现关于《僧人澄贤札记》的整篇的文本分析，或具象的主人公澄贤的僧侣形象分析。

本文将围绕小说主人公澄贤进行僧侣形象分析。一位被放逐于高野山的无名僧人——众人眼中的"破戒僧"澄贤，从旁观者的角度解读他跌宕起伏的人生际遇，进而尝试对其僧侣形象做出全面剖析。

二 "激变"人生的澄贤

《僧人澄贤札记》中的澄贤年轻时便在高野山修行，后期因犯女戒被逐出高野山，又因其放浪形骸的行事作风，成为众人口中的"破戒僧"。澄贤被放逐高野山50年后，他手捧耗费半生心力完成的《般若理趣经俗诠》，准备交予当年的同辈好友宏荣。但是，最终却因"破戒僧"

---

[1] 八木义德：《掉队者的悲哀》，《国文学特集Ⅱ 历史小说的现在 井上靖》1975年第20卷第3号。

[2] 福田宏年：《井上靖的文学样式》，《井上靖研究》，南窗社1974年版，第33页。

[3] 井上靖：《一位冒名画家的生涯》，创元社1951年版。此中篇题目翻译参照唐月梅译《井上靖小说选》，人民文学出版社1977年版。

和"圣僧"间无法逾越的鸿沟,澄贤未能将大作托付给宏荣,离去途中含憾倒在雪中冻死。

小说《僧人澄贤札记》由两部分构成,上半部由"我"的视角展开,下半部以澄贤日记为线索,辅之以身份不明的旁观者(文中的人称为"自己"或"他")叙述故事。井上靖将小说的整体构架一分为二,恰如澄贤人生的前后半场,亦恰如作者评价僧人澄贤的正反两种角度。上半部分中的澄贤房,是通过"我"的踏查,呈现出"情痴牵肠百转世界"中的僧侣形象。小说下半部,着重描述澄贤"重返高野"之后,与旧友宏荣重逢,但终于没有能够将心血之作《般若理趣经俗诠》交给友人的孤冷的心境。

井上靖的历史小说往往以史料上的真实人物为原型展开小说的故事情节。因此,下面就作品主人公澄贤的史实依据加以探讨。关于这一问题,井上靖本人在"后记"① 中如此直言相告。

> 《僧人澄贤札记》刊载于昭和二十六年 6 月号的《文学界》。主人公澄贤房尽管<u>不是真实存在</u>的人物,但在如此这般苦修过程中,被中途逐出高野山的人理应是大有人在的,因此我在小说中让<u>澄贤房作为这类人的代表</u>。我之所以能够写出这部作品,也与我在记者生涯中与高野山的或多或少的交集有关,所以在作品之后附录了我的一篇随笔《青年时代的高野山》,权作是对这篇作品自说自话的解说。②

以上是井上靖《僧人澄贤札记》"后记"全文。寥寥数行的文章,我们得知主人公澄贤是虚构的人物。如井上靖所言,澄贤一生虽是虚构,但仍是那些僧侣的"代表",他依托作品中"我"的目光生动而多侧面地再现了澄贤的僧侣形象。根据文章传递顺序,先是"我"从高野山古典籍中发现了两页日记的片段,从 10 行左右的日记中看到了"澄贤"

---

① 井上靖:《井上靖历史小说集》第 11 卷,岩波书店 1982 年版,第 429 页。
② 拙稿中独立引语及正文中有关作品的引语均出自《井上靖全集》第 2 卷,新潮社 1994 年版,不再给出具体页码。引用中下画线的部分为笔者自行添加。

的姓氏,继而"我"回想起学生时代在旧书店买到的那本《般若理趣经俗诠》,以及"我"对当时阅读此书的感受。

> 此注文字高妙,情趣高雅,展读之下,无不为字里行间散发出的,作者内心所蕴含的澎湃之气所打动。

从以上部分,分明感受到"我"之于澄贤的好感。不仅如此,"我"由漫笔风格的注释感受到澄贤的"热情"和"魅力"。澄贤的注释是否有误,"我"是无法分辨的,但从行文"一字不改、一字不误"的工整字迹,"我"分明为执笔者澄贤的"努力"和用心的创作态度所折服。但是"注释略显异端情绪,比较而言,比其他宗教书籍稍显叛逆"。从"我"关于注释的阅后感,不难发现"我"学生时代对澄贤、对《般若理趣经俗诠》的印象。从中可约略窥测作者对澄贤人生的特别思考,同时预示了注释书作者澄贤"跌宕起伏"的人生际遇。至此,小说中"我"对由注释文本建构的澄贤形象的描述是基本正面的。但是,随着金刚峰寺老人、高野研究家 M 师的话语切入,对澄贤的形象描述急转直下,也暗示出主人公的悲惨命运。

小说对澄贤命运的叙述转圜,也是颇具匠心的妙笔。井上靖借助侦探小说的笔法,建构了澄贤的僧侣形象。澄贤变身"破戒僧"的描述,是由三个证人塑造完成的。三人的证言内容整理归纳如下。

证言1:学文路——72 岁老人

他是个游手好闲的和尚。是明治十年(1878)前后就来这儿了,有个五六年了吧。年纪有 40 来岁。是个大个子。

他字写得极好,靠给新落成的大桥啦、石碑什么的题字养活自己。

他和一个叫阿莲的陪酒女郎同居。后来两人大吵,他拎着火筷子追阿莲。他还跳纪川又被救上岸,从此以后,村子里就再也见不到澄贤的身影。

证言2：离桥本半里多的K寺住持

他是个有点儿文化的人。

品行不端的破戒和尚。

后来他云游到桥本的一个叫阿弥陀寺庙里。虽然是独来独往，可他却跟本地的有钱人、缫丝店老板的千金好上了，人家可是当地的世家大户，他还把人家搞大了肚子，成了街谈巷议的大事件。

看起来左右逢源的样子，对关照他的人出手可是大方，整晚请人家大吃大喝的。

有大学问。擅长书法。好读书，学识渊博的和尚。

证言3：桥本镇衙役——征税青年的明信片

在街上，他总是打扮得很寒酸，但对信众的钱物供奉一概拒绝。

以上是72岁的老人、K寺住持、征税青年衙役对澄贤的描述。可以想见，澄贤并没有真正融入"戒律森严"的高野山，而是搅扰在俗世中的一位"破戒僧"。所以，他的一生必定是"起伏不定"的。与"淫妇"阿莲的争吵、把世家之女搞大了肚子、同料亭老板娘的私通，这林林总总的糗事，给澄贤带来的必定是坏名声。

"风流佳话"如此这般的澄贤，"他的风流韵事，的确是不同凡响"，他跳河自杀未遂等一系列事件，我们不难想象这个破戒和尚的僧侣形象。澄贤的人生可以说是"激变"的。可是，学生时代的"我"在对澄贤做了这番调查之后，发出了如下感慨：

> 澄贤这个人物的所作所为，一言以蔽之，在他身上并没有让我感受到些许的超凡脱俗，或者是英雄的气质。

青年的"我"对澄贤的行为，是不认同的。但在小说的下半部分，"现在的我"对"破戒无惭"的澄贤在态度上发生了变化。"我"既不"在内心感到痛彻的奇妙的悲悯"，也没感受到"不悦"。可以说，从中我们可以揣测，"现在的我"感受到了澄贤身上的脱俗、英雄的气质。

青年时期的井上靖，为新闻记者的工作奔波忙碌。辞去记者职务的井上靖，专注于写作，对人情世故的理解自然发生变化。小说中"我"对澄贤这样的僧侣的人生也随着岁月的赓续发生着认识上的变化，"我"和作者井上靖的思考产生了重叠。

换言之，作品上半部分中的"我"在小说下半部分借助旁观者的目光，侧面表现了作者井上靖对破戒僧的认识，同时也是对澄贤这一人物自身的"回向"。回向一词是佛教用语，是将自己所修功德、智慧、善行、善知识，"回"转归"向"与法界众生同享。开自己心胸，且使功德有明确的方向而不致散失。祈愿他人成佛，或为死者成佛而举行的供养。文本中吉村嘉章（小说上半部"我"的大学友人之一，佛教概论专家）提到的要写一篇文章"回向"澄贤，聊以慰藉故人在天之灵。此处井上靖借小说人物吉村之口，委婉表达了对澄贤、对以澄贤为代表的众多"破戒僧"由衷的理解和认同。

三　身披僧衣的澄贤

澄贤令人瞩目的外形描写是他袈裟不离身的僧侣形象。无论身处人生何种境遇，他身不离袈裟的形象始终贯穿作品全文。作品虽然没有点明他为何可以身着袈裟，也没有叙述他如此执念僧衣的缘由。作品之中，澄贤只是一个身不离袈裟的僧侣。

关于澄贤身披袈裟的样子，有三位受访者的证词出现在小说中。首先是学文路的 72 岁老人。"他的样子看起来是个穿着袈裟的和尚，可到底是不是和尚还真不好说。"老人的确是见到了"穿着袈裟"的澄贤，但对他的和尚身份似乎并不认可。在老人的头脑里，袈裟即僧侣。"袈裟"既是僧侣在修行过程中的象征物，也是佛家与凡俗两个世界的界石。高野山上身披"袈裟"的和尚是再平常不过的和尚，他们是绝不会和女性同居的。澄贤虽然身披"袈裟"，可他的行为举止却不同于一般僧侣，与女人们的风流韵事一直伴随着他。

其次，提到澄贤总是穿着"袈裟"的还有一位 K 寺住持。住持提到澄贤身穿"袈裟"被大雨浸湿，他一边高声求助，一边疾行躲避。住持对澄贤的这一行为赞赏有加，说其"对袈裟不离不弃，殊为难得"，又说"袈裟也可以是诓骗于俗世手段，因此不可尽信"。尽管澄贤对"袈裟"是"不离不弃"，可在这位住持眼里，那终会给他招来恶名。

最后，关于澄贤的信息是来自桥本镇负责征税的青年给"我"的明信片。青年留下的信息是，澄贤"行装不改，依旧身着僧衣"。

综上所述，三个人从不同时间、事件的角度对澄贤身着袈裟的僧侣形象进行了描述。

根据大学时代"我"的调查，从澄贤跟阿莲的满城风雨，导致他被逐出高野山，到云游桥本镇时，作品呈现的是澄贤身不离"袈裟"的僧侣形象。因此，笔者推测，作者井上靖想要塑造一位完整的，既是充满人情味的"人"又是一名"僧"的澄贤僧侣形象。那么，主人公身不离袈裟的外貌特征就不可或缺。

袈裟是僧侣抑或是佛的象征。无论人生多么"混沌"，澄贤不脱僧衣，表明在他内心深处保持着对佛学的渴求、尊敬、敬畏，甚至是执念。可以说这种执念也是它投影于僧衣的自我表达。作者井上靖希望塑造的正是这样一位既有人间烟火气又身披袈裟、毕其一生心向佛法的澄贤形象。

四　为情所困的澄贤

小说中关于澄贤的情，首先要说的便是爱情，这也是他被驱逐出高野山成为"破戒僧"之由。这里我们先梳理一下和澄贤传出情事的三个女人。井上靖对这三个人看似着墨不多，实则每一位女人出现的顺序和代表的意义都是不同的，首先，我们按照三位女性在小说中的出现顺序，进行如下归纳。

第一位阿莲。

有人说她专接触村里年轻人，骗了钱就携款跑路，但也有说她不是这样的人，总之风评不断。据说澄贤一直住在阿弥陀院鲜少外出的原因就是为了和她在一起。也有人看到澄贤和阿莲吵架，澄贤拿着烧火棍追赶阿莲，阿莲咬下澄贤胯间的肉，诸如此类的事闹得沸沸扬扬。

阿莲的名字也是耐人寻味，并非井上靖随意安上的。阿莲的名字，加个阿字，可以理解为男女间一种亲密的叫法。而"莲"字，众所周知，和佛教是分不开的。生在淤泥里却开出洁净的花，恰和佛教不受尘俗世界污染的意思相通，所以莲花几乎成了佛教的象征。极乐世界盛开莲花，代表了一种智慧和觉悟境界。人心若有了莲的心境，就会有佛性。讽刺的是，井上靖安排僧人因犯"女戒"被赶下山，这位风评极差的阿莲，更是和"莲"的意向相差甚远。

第二位无具体姓名，文中被当地人称为缫丝店家的女儿。

缫丝店在当时是大生意，其店主之女自然是当地有钱人家的女儿。不知是什么原因使两人走到一起，还让她怀了孕，那个孩子最后情况如何也只字未提，后来澄贤又为何和她分手，事情始末文中并未交代。

小说中第二位女性人物的出场显得很匆忙，但是从家境殷实和怀孕这两个关键词可以预想，澄贤距离世俗的平凡生活似乎更近了。如果说澄贤和阿莲仅仅代表恋爱，那么家境殷实又怀有身孕的女性，则是代表了家庭，或者说是家庭感最明显的一位。小说中两个人没能走到一起组成家庭，也预示着澄贤和家的缘分尽了。井上靖没有给读者介绍澄贤的身世，仿佛他是孤零零地来到世上，同时又安排缫丝店主的女儿登场，本可以选择组成家庭的时候又草草收场，再次把澄贤始终孤身一人的形象加深。

第三位无具体姓名，文中只提到她是大饭店的女主人，是和歌山一黑帮头目的妾室。

文中写到澄贤似乎很有商业头脑，他之所以和这名妾室有关系，也是鉴定贩卖的书画佛像时结识的。后来这段关系被和歌山头目发觉，派人找上澄贤，村里人看到他裹着僧衣光着脚，在雨中呼喊求助的景象，最终幸得巡查人员相助才得以逃脱。澄贤和那名妾室的恋情，不要说他是僧侣，恐怕世人眼中都是难以认同的一段爱情。而与之前两位不同的是，井上靖在设定人物时明确提到"妾"这一身份。这代表她是有所归属的，而澄贤和她的爱情更像是偷食婚外之禁果，自然是难得善终。

在不同女性之间流转，澄贤三次选择，三次惨淡收场的原因值得思考。如果说他是风流成性，与当初他曾潜心修行的品行不符；如果说他是想要明白人世间情为何物，分手后悔不当初，意欲自杀的决绝也不该只是想要体验。澄贤的三次爱情，更多的像是在找寻，找寻一位理解他的人。三位曾经的爱人，最让他难以忘怀的便是初恋阿莲。这里的初恋，不能简单地理解成和具体某人的第一次恋爱，而是澄贤藏在内心最为纯净的爱，为了这份爱，不惜破僧人戒律的内心情感表达。那么，澄贤死前依旧想起"阿莲的脸"，这样的情愫该如何理解呢？或是以阿莲为代表的爱情，一生为爱情所苦，不被世人允许的爱情，让澄贤想起阿莲。抑或是死前他怀念起年轻时为爱冲破一切律条的自己。

井上靖在小说结尾重提了阿莲的名字，三位中唯一有具体名字的女性，这让我们不得不重新考量阿莲这个名字的寓意。这个莲字所隐喻的佛之意。澄贤作为僧侣，清规戒律下的爱情是不可能被认同理解的，于是戒与爱之间他选择了"破戒"。被废除了僧人的身份却未能拥有理想的爱情，半生的追寻，终成他被世人唾弃为"淫僧"的理由。由此，澄贤耗费半生，为情所困的僧侣形象跃然纸上。

本在高野山一心修行的僧侣，先不论他破坏戒律，也不论他为何做出如此超出常人理解范围内的情事，单就澄贤能和三位身份地位各异的女性恋爱，究其原因，井上靖在文中给出了两点提示。第一，他帅气。第二，他有才华。根据这两点提示，似乎可以解释他女人缘颇好的原因。然而，在帅气皮囊下，又兼具才华的男性，即便是脱离僧籍，凭借一手好字和自身的学识，拥有普通的温暖之家是容易做到的，为何一生跌宕起伏，最终"冻"死在高野山上悲惨收尾，这才是井上靖最想揭示的小说主题——理解。

除了上述的不被戒律允许，不被世人理解，不能得到和爱人心意相通的爱情，这里不得不提到澄贤的另一重更为深远的情——友情。

澄贤始终对于旧友宏荣抱有幻想，认为他是世间最理解自己之人，关于两人在高野山中共同努力修行佛法的情景，小说中澄贤回忆道：

> 两人在同一年进入高野，我还比他早来了一个月。在 R 院门下最初受教《教诫律仪》和《三教指归》时，也是<u>两个人一起</u>。<u>到现在我还能</u>清楚地记得第一次读到高僧解读《三教指归》时的感动。我的声音不明缘由的颤抖，令我不能卒读。坐在我身旁的<u>宏荣亦是如此</u>。

年龄相仿且志同道合的两人，面对佛教经典的敬畏之心是一样的。澄贤在高野山修行时和同伴一起学习的时光让他终生难忘。而澄贤被赶出山中，他从宏荣温暖话语下感受到了至寒的目光，小说中这样描写友人分别的场景：

> 说到眼神，自己被驱逐出高野山那日，宏荣偷偷地相送到女人堂那里，道别时，他目光闪烁，似乎有种说不出的冷。那眼神中的冷漠，折磨了我很久，甚至可以说是一生。分别之时，宏荣的话语反而又是那么的温暖。

只给人刺骨寒意的"友人"，只会随着时光流逝彻底冰冻的"友"，只剩下对这个"人"的模糊记忆，是不会在依稀之间念念不忘的。所以，小说中的宏荣对于澄贤而言，首先是温暖的存在，是支撑他走过后半生的"唯一懂他"的旧友。甚至澄贤耗费半生心力完成的《般若理趣经俗诠》，也是最先想到要交给宏荣，文中写道：

不管怎样，直到此时他才如此真实地感受到，自己耗费二十载撰写的《般若理趣经俗诠》，其实只为宏荣一人。澄贤也是第一次意识到自己的这份情谊。

然而，那样一位高高在上没有尝过世间之苦的高僧宏荣，是怎样都无法再与澄贤产生共鸣的人。小说结尾，井上靖安排宏荣成为熄灭澄贤生命热情的最后一股寒气。

现今，像是有道无论如何都无法逾越的墙，横在两人之间。
澄贤再次浮现出一生严守戒律的高僧的脸，骨子里透着的寒意让他离开了那里。现在的他和我，再没有留恋的了。我想，全都结束了。一切到这里或许就足矣了。

僧人，在俗世眼中是超越甚至是脱离了正常人七情六欲的存在，所以当然只见"僧"，不认"人"，无法原谅僧侣在修行期间，在高野山如此神圣修行之地有任何有损"僧"的身份的事件。若有违背僧规戒律之事，必将此"人"逐出僧侣行列。小说中澄贤的亲情部分只字未提，井上靖让澄贤这一人物天然带有一份无根无着落的飘零感。为了爱情抛下高野僧人的身份，最终也只是被定义成"破戒僧"。澄贤备感世态炎凉时，昔日友情的温暖支撑他完成了《般若理趣经俗诠》，但最终身份地位的悬殊让唯一的友人消失，甚至成了澄贤之死的诱因。

五　倒在雪地上的澄贤

井上靖小说的特征之一，是擅长假托实在的生态，通过对人物和细节展开，进而建构人物的一生。"我"作为小说的讲述者，从偶然发现的日记上的只言片语，以倒叙和插叙交叉的写作方式回溯了澄贤的一生。然而，这篇小说还有一个主要人物，他就是小说开头那两张和纸日记的作者宏荣。

从小说上半部的"我"的踏查部分，可得知记录澄贤晚年信息的人物是他的旧友吉村嘉章。吉村嘉章到 M 院看望"我"时，第一次正式提到了宏荣的名字和他高野圣僧的身份。他对"我"说：

> 那篇日记片段的作者，是明治时期隐居在高野的一个叫宏荣的高僧。我把日记的字迹，同现存的当时高野的僧侣的笔迹逐一比对，结果超乎想象的简单，同宏荣的笔迹如出一辙。

经吉村嘉章的考证，证实这两页日记的作者，正是澄贤的老友宏荣。那么，被逐出高野山的"破戒僧"澄贤与高僧宏荣，他们的身份、地位天差地别，宏荣为什么要屈就记录晚年的澄贤呢？澄贤被逐 50 年后再登高野山，深夜悄悄拜访宏荣的原因不明。但是，这个深埋在小说开头部分的"谜"，是由"我"进行的合理推定的方式挑明的。

> 从前，他们共同在高野修行，<u>澄贤和宏荣</u>是同桌，自然对他有着特别亲切的感觉。或者在两人之间还有他们的前辈知己，于是他们一下子成为<u>故交</u>，而且深知澄贤的或许也只有宏荣一人吧。

从上面的文字，我们可以看出澄贤和宏荣是亲密的老友，而在小说的后半部分，讲述了两人之间的故事。澄贤和宏荣原本在高野山修行，他们对佛教经典有着相同的"仿佛被吸引的、热切的目光"。但是，澄贤"自己"被逐出高野以后，宏荣看待他的"目光"便发生了变化。宏荣悄悄来到女人堂给澄贤送行，澄贤强烈地感受到宏荣"目光"的"冷淡"。与清冷眼神发生对比的是宏荣对澄贤"温暖"的"言语"。这一冷一暖眼神与语言的描写，正如澄贤从宏荣那里体验到的友情，终究因时间冷却了。

小说中，"星光渐冷""这是个寒凉的日子""寒气逼人的寒凉""冷淡的目光"等等，形容词"寒冷"是高频词语。尤其老友宏荣的

"冷淡"令人过目不忘，"与其说是来自宏荣这个人的冷淡，毋宁说是发自更为宏大的人世间的戒律所带来的严酷"。井上靖将宏荣的冷淡塑造成了人世间冷酷的化身，澄贤之死是自己内心无法为人世间所理解造成的。换言之可以认为，澄贤之死的诱因与其说是"冻死"，不如说是孤独而死。

作品中与此关联的印迹是关乎澄贤被世界抛弃的"寒冷""寂寞""空寂"等的描述。在澄贤与宏荣会面这一场景中，作者不厌其烦地描述了两人周围的装饰物、坐在两叠"白色棉坐垫"的姿态以及宏荣"平和安详"的表情。小说的结尾将宏荣所处环境用清冷的白色进行描写，高僧日常所食之物也是相当考究，与澄贤粗简的生活状态天壤之别，这样的落差不仅让澄贤和宏荣之间竖起了一面无形的"墙"，更让澄贤的心笼罩在"寒冷"的氛围之中。

而且小说结尾，在用词上不仅使用"冰冷"，进一步以"孤寂""寒冷"等词语的交替出现，暗示出澄贤"冻死"的结局。

对于澄贤之死，山本健吉有这样的观点。

> 井上靖的《僧人澄贤札记》（《文学界》）作为考证小说，却在侦探小说的兴趣上吸引了我，我又在结尾的空想谜团上被甩开，使得澄贤这个人物形象遽然间具有了文学的意味。①

正如山本氏所言，澄贤之死是作者井上靖"空想"的产物。他的死，是小说主人公命运的结果。生与死不是他个人的选择。这个不为所处时代与周遭所容的人物，死是他命中注定的。所以澄贤之死是"自取之死"也罢，是"行走中的"偶然事故致死也罢，恐怕是故事设定的极其自然的结局吧。

主人公冻死的场景，作者是这样描述的。

---

① 山本健吉：《僧人澄贤札记书评》，《文艺时评》，河出书房新社刊1969年第2版。

井上靖首篇佛教题材小说《僧人澄贤札记》

  那样的想法与深深的睡魔一起向澄贤袭来，他仰面倒地，像是被它们击溃。他的<u>心绪出乎意外的安逸、满足</u>。

  忍受着"冷"眼，在"激变"中终其一生的澄贤，给读者以强烈的印象。澄贤在死亡来临之前，被"深深的睡魔侵袭"，此时与他关系深刻的宏荣、阿莲的面孔浮现在他脑海，思念"与深深的睡魔一起袭来"。对于澄贤而言，此时此刻涌上心头的人物，都是他终生难忘的。宏荣和阿莲都是赋予澄贤"激变"人生的重要人物。可是，对于作品结尾部分的"心绪出乎意外的安逸、满足"，应该如何理解呢？井上靖的长子井上修一①认为：

  然而，破戒僧是真正度过、体味人生的，而学养深厚的大僧正无外是所谓修行深厚，不关乎他的人生体验，与高僧相比较，<u>破戒僧才是从生之重压下解脱的</u>，这是小说所要表达的。

  正如井上修一所说，我们可以窥测出澄贤"心绪出乎意外的安逸、满足"的原因。与宏荣会面之后，澄贤终于从被放逐的僧人的"重压之下解脱"，"心绪安逸而满足"地倒在雪地之中。
  另外，井上靖对澄贤弥留之际的状态描摹是这样呈现的。

  他感到自己像是跌落进了<u>极其空寂的气袋</u>，从那时到现在，他更加感觉到自己是被包裹在<u>大气</u>的<u>特殊状态</u>下的。

  这里使用了"空寂"一词。在结尾部分，井上靖总计使用了两次"空寂"。"空寂"在日语的语义中，表示静谧、枯寂之意。佛教中的空寂②的意思是："万物皆无实体，生死也不外是假托。为摆脱了执念、欲

---

  ① 采访人何志勇，受访人井上靖长子井上修一先生。采访日期为 2012 年 3 月 20 日。题目《作为父亲的井上靖与身为作家的井上靖》，《井上靖研究》2013 年第 12 号。
  ② 中村元编：《佛教辞典》第 2 版，讲谈社 2002 年版，第 241 页。

望等烦恼之后的觉悟之境界。"作者的创作意图恰如佛语的诠释,面临死亡的澄贤,终于抛却了一生的执念和烦恼,达到了自我解脱。所以从这个角度来解读,小说结尾处澄贤"心绪满足"地倒在雪地上中的原因也就不言而喻了。

六 结语

本文试从小说《僧人澄贤札记》的文本分析着手,对主人公澄贤的僧侣形象进行了考察。澄贤身披"袈裟"的外表下,尝尽的是世间"冷暖",看的是人间百态,拥有的是世人所不知的"跌宕起伏"的人生滋味。澄贤从老友宏荣那里感受到的是"冷淡"的目光和萦绕在耳畔多年"温暖"的话语,这样矛盾又自然的回应。众人眼中澄贤应先是"僧",所以犯了女戒是受世人诟病的。这也是他被驱逐出高野山的缘由。但或许在作家井上靖眼里,澄贤不过是无数修行未果、原因各异的僧人的代表而已。澄贤即便是"僧",也应先作为一个活生生的"人"被世人理解,获得正确客观的评价。小说中"我"或是后半部分不知身份的"冷"眼旁观者的人物设定,那也许才是对"破戒僧"最为温情而恰切的"回向"。

拙稿并没有对作品的出典与其后作品的关联进行考察。关于小说的创作背景和典据的初步研究已刊登在新潟大学刊物《现代社会文化研究》第68号(2019年2月),并公开发表在CiNii网站上。博士学位论文中会更详尽阐述澄贤的人物原型,《僧人澄贤札记》和其他小说的关联性等一系列问题。

本稿基于中国日本文学研究会第16届全国大会暨国际学术会议(内蒙古大学,2018年8月14日)的口头发表内容,再行删改增补完成。

【作者简介】

李珏，日本国立新潟大学博士在读。博士学位论文的主要内容为井上靖的佛教文学。主要论文：《井上靖文学中的僧侣形象——从〈僧行贺的泪〉到〈天平之甍〉》（《现代社会文化研究》第66号，2018年3月）、《井上靖〈僧人澄贤札记〉论——关于创作背景和典据》（《现代社会文化研究》第68号，2019年2月）、《论井上靖〈补陀落渡海记〉——"创作笔记"与金光坊的修行》（《井上靖研究》第19号，井上靖研究会，2020年7月）等。

联系方式：QQ1573799295（因本人现居日本，国内手机号码无法接通，敬请谅解）

电子邮箱：liyuniigata2020@163.com

井上靖"中日友好"形象的建构与解构

大连外国语大学日本语学院
■何志勇

【摘　要】井上靖1957年创作的历史小说《天平之甍》，因为契合了二战后中日国家关系发展的需求，而被解读为展现古代中日友好的象征之作，井上靖本人因而成为"中日友好的使者"。21世纪初，铁凝的一篇文章将井上靖积极促进中日友好的动机看作对自我战争罪行的内疚与反省，从而打破以往的井上靖形象，同时期国内的文学批评也对井上靖"中日友好使者"的形象不断提出质疑，形成了诘难与赞同既相互背离又难以割舍的复杂的井上靖形象。中国当代语境对井上靖认知起点的一变再变，折射出中国对日本文学的批评仍然处于"战后"这个大的历史时空背景下的事实。

【关键词】井上靖　中日友好　《天平之甍》　铁凝　行军日记

【Abstract】Inoue Yasushi's historical novel *The Ocean to Cross* was created in 1957. Because of *The Ocean to Cross* met the needs of the development of relations between China and Japan after World War Ⅱ, this novel was interpreted as a symbol of the Sino-Japanese friendship in ancient times. For this reason, Inoue Yasushi was seen as an "ambassador of the Sino-Japanese friendship". In the earlier part of this century, Tie Ning said that the motivation of Inoue Yasushi to actively promote the Sino-Japanese friendship should be regarded as the guilt and introspection of his war crimes in one of his papers. As a result, the previous images of Inoue Yasushi were broken. During the same period, the domestic literature critics on Inoue Yasushi's image of "ambassador of the Sino-Japanese friendship" was come to question continually. Therefore, the complex images of Inoue Yasushi were in a position that disapproval and approval were away from each other or not. In the contemporary context of China, the starting point of Inoue Yasushi's cognition was come and went. It reflects the fact that the historical background of Chinese criticism of Japanese literature is still in the "post-war".

【Key Words】Inoue Yasushi   The Sino-Japanese Friendship   *The Ocean to Cross*   Tie Ning   Marching Dairy

一

井上靖是一位幸运的作家。他的作品与才情虽然没有日本近现代知名作家夏目漱石、川端康成、芥川龙之介那般备受瞩目，但在中国却有相当的知名度与研究氛围。井上靖及其文学作品跨越中国，为中国所接受，并未依靠市场经济，而是与1960年前后的中日关系密切相关，其起点就是描写鉴真东渡日本的长篇历史小说《天平之甍》。20世纪50年代末至60年代初，《天平之甍》切合了中日两国政府出于恢复战后关系的需要，引发了一系列鉴真纪念活动，井上靖也在这个过程中被中国政府接受并被塑造成中日友好的使者。《天平之甍》让中国认识了鉴真，其后创作的《敦煌》则让中国发现了浪漫的敦煌，《敦煌》不仅在日本，在中国也掀起了敦煌热、丝绸之路热，井上靖也因其创作的中国题材作品而被认为是热爱中国文化的日本现代作家。另外，井上靖每次来华访问，都受到较高规格的接待，受到了周恩来、郭沫若、廖承志、赵朴初等领导人的接见，与巴金、老舍、周扬、夏衍等文艺家友谊深厚。20世纪80年代的中日蜜月期，井上靖的作品大量译介到中国，随之而来的是大量的评论，仅与《天平之甍》有关的就有《文化交流有耿光——读井上靖先生的〈天平之甍〉》（林学锦，《广西民族学院学报》1979年第1期）、《友好交往 源远流长——读日本小说〈天平之甍〉》[陈家冠，《山西师院学报》（社会科学版）1980年第1期]、《中日文化交流的颂歌——读井上靖的〈天平之甍〉》（王慧才，《外国文学研究》1983年第2期）等多篇，从题目就可以看出当时中国的文学界是如何解读《天平之甍》、如何看待井上靖的。21世纪以来，关于井上靖的译介与研究呈现逐年递增的趋势。粗略统计，2010年至2020年发表的论文达两百余篇，超过了过去30年的总和；北京文艺出版社在2010年和2014年连续出版了两个版本的《敦煌》与《孔子》译本，并首次出版了《楼兰》单行本译本，2020年，重庆出版社陆续推出《井上靖文集》，迄今已付梓10卷本，是井上靖作品进入中国以来最大规模的译作出版；井上靖研究专著国内也出版了5部，卢茂君的《井上靖与中国》（九州出版社2011年版）与《井上靖的中国文学视阈》（知识产权出版社2019年版）、何志勇的《井上靖历史小说的中国形象研究》（新华出版社2014年版）与《中日文化交流视阈下的井上靖研究》（中国戏剧出版社2020年版）、刘淙淙的《井上靖长篇小说〈孔子〉研究》（新华出版社2018年版）。2012年中日邦交正常化40周年之际，中国日本文学研究会在河西走廊的起点兰州举办了主题为"西域·遥远的回响——井上靖与中国"第十三届年会，这是该学会第一次以井上靖研究为主题的学术研讨会。2013年，"一带一路"倡议的提出使具有西域小说家之称的井上靖再次成为学人关注的焦点，翌年井上靖研究论文一跃达到历史最高的18篇，2018年更是达到27篇，为迄今最多的年份。《天平之甍》契合了20世纪五六十年代至80年代中日两国友好交往的政治语境，使井上靖成为日本友好人士；另外，他创作的大量西域题材作品与今天中国"一带一路"的文化构建相关联，因而其作品再次受到研究界的广泛关注。这一切与作家的意图无关，而是作品在不同历史时期偶然契合了国家关系与时代发展的需求使然。在日本近现代文学史上，能如此受到中国读者喜爱、获得热切关注研究并与政治发生关联的日本作家，除了无产阶级作家小林多喜二，恐怕就是井上靖了。前者可以归因为意识形态上的一致性，而井上靖更多的是不同语境下的一种偶然性，因此可以说井上靖在中国的成功是幸运的。

二

然而，井上靖作为中日友好使者的美好形象并非一成不变，21世纪初以来也开始有所动摇，其开端是中国作家协会主席铁凝的一篇散文《猜想井上靖的笔记本》。这篇文章最初发表于《人民日报》2007年6月12日的副刊上，占据了将近一半的版面。文章从井上靖因严重脚气于1937年11月25日在石家庄野战预备医院拍摄的一张照片说起，让作者感觉意外的是，"以热爱中国历史文化而闻名、并大量取材中国历史进行创作的著名作家井上靖，原来曾是当年侵华日军的一员"①。铁凝想探究的是井上靖在出征中国四个月期间做了什么，有没有相关的讲述与记录。她询问了日中文化交流协会的常务理事佐藤纯子女士②，了解到当年井上靖在华出征的一些情形，比如作为二等兵经常遭到训斥并挨打，有一次弄丢了枪上的刺刀等③。但是铁凝感兴趣的是，井上靖离开石家庄前往天津陆军医院时，朝向石家庄方向敬礼，并说"石家庄人民，我对不起你们"④。还有在80年代路过石家庄机场时，井上靖坚持不出机场。这些让铁凝思考"1937年石家庄的四个月，井上靖究竟还做了什么呢？他必须看见他从不愿看见的吧，他必须相信他从不敢相信的吧，或者，他也做过他最不愿意做的"⑤。井上靖的行军笔记本迟迟找不到，铁凝写道："当我们不断猜想着井上靖那失踪的笔记本时，井上靖不也一

---

① 铁凝：《桥的翅膀》，商务印书馆2010年版，第96页。
② 日中文化交流协会是日本七大日中友好团体之一，佐藤纯子年轻时曾陪同井上靖16次出访中国。
③ 铁凝：《桥的翅膀》，商务印书馆2010年版，第99页。
④ 铁凝：《桥的翅膀》，商务印书馆2010年版，第100页。
⑤ 铁凝：《桥的翅膀》，商务印书馆2010年版，第100—101页。

直在猜想着世人吗，猜想当笔记本公开后世人将对他如何评价。相比之下，也许井上靖心灵的镣铐更加沉重。这是一个作家良知的尴尬，也是一个人永世的道德挣扎"①，她甚至揣测："那个笔记本，它当真存在过吗？"② 铁凝没有因此否定井上靖，她说"我无意用那张1937年的照片来抵消一位日本著名作家不可替代的文学史地位"③，"我更愿意相信，井上靖本人也已经用一生的时光，反省那几乎是永远无法告知于人的四个月，并且用他的文学、他的影响力呼吁和实践着日中世代友好，直至生命的最后一息"④。

铁凝想说的是，井上靖参加过侵华战争，而且很有可能在四个月的出征期间残害过中国军民，对中国带有深深的愧疚之情，因此战后为中日的和平友好积极发挥作用，贡献自己的力量。这个井上靖形象具有颠覆性的作用，那个热爱中国、创作大量中国历史题材作品、为中日友好做出巨大贡献的日本作家井上靖原来是出于反省与赎罪的想法才这样做的。这种塑造应该不仅仅限于井上靖，中国对其他许多经历过战争的日本友人，大概都会发掘出其对战争的反省与赎罪心理。

铁凝的文章可谓一石激起千层浪，在日本也引起很大反响，尤其是日中文化交流协会的佐藤纯子女士在读到发表于《人民日报》的这篇文章后，对因自己提供的照片而导致铁凝的误解感到非常遗憾。在笔者2012年对佐藤纯子的采访中，她一再强调，井上靖是辎重兵，不是作战部队，所以不可能杀害中国人。至于他在石家庄机场的事，佐藤是说井上靖在转机等候期间没有进候机大厅，而在外面等待，不像铁凝所说"不想出去看看这个城市"。对于道歉一事，佐藤说"并不是井上靖做了坏事，而是她没有理解井上靖作为一个日本人对中国的心意，这不是自己向中国道歉，而是作为日本人对发动侵略战争的道歉，井上靖先生经

---

① 铁凝：《桥的翅膀》，商务印书馆2010年版，第101页。
② 铁凝：《桥的翅膀》，商务印书馆2010年版，第101页。
③ 铁凝：《桥的翅膀》，商务印书馆2010年版，第98页。
④ 铁凝：《桥的翅膀》，商务印书馆2010年版，第102页。

常对我们说，侵略是极大的错误，不可能取胜"。① 至于那本笔记本，从井上夫人的遗物中终于找到，并于 2009 年 12 月 7 日发行的《新潮》第 106 卷第 12 号上全文刊载出来。尽管如此，2010 年 9 月，铁凝的散文集《桥的翅膀》由商务印书馆出版，其中仍旧收录了《猜想井上靖的笔记本》。一方面，挖掘井上靖对战争的愧疚与反省心理符合中国文化语境对经历过战争的日本友人的形象塑造的思维惯性；另一方面，铁凝作为一名作家，似乎也想通过追溯不同侧面的井上靖来展现人性的复杂，这与其随笔集的主题大概是相通的。因此，她在笔记本已经公开后仍然对这篇史实有误的文章不离不弃。

铁凝的文章打破了中国一直以来对井上靖的形象定位，即在中国语境下谈论井上靖时，之前一直以《天平之甍》为起点，井上靖是中日文化交流的使者、中国人民的老朋友，但是这篇文章的出现将井上靖的认识起点提前至二战期间，生成了一个为战争罪行深刻反省、战后积极贡献中日文化交流的井上靖形象。

对于后者，日中文化交流协会的佐藤纯子强烈反对，中国的一些中日友好人士也不甚赞成，其中最典型的是常年从事中日交流事务的陈喜儒先生。陈先生早年经常去日本进行公务访问，陪同巴金等我国著名作家多次拜访过井上靖，与佐藤纯子女士也熟识。2010 年，他利用日本国际交流基金在热海②从事研究工作期间，得知了《井上靖中国行军日记》③的公开，便立刻找来阅读，之后在长篇纪实文学《热海浮世绘》中专设一节《读井上靖的〈中国行军日记〉》，文中写道，"看他的日记，他似乎在负责辎重的后勤部门，没有参加过与中国抗日军民面对面的厮

---

① 取自 2012 年 3 月 5 日、6 日笔者于日本东京千代田区有乐町日中文化交流协会事务所对佐藤纯子的录像采访，部分内容收录于笔者专著《井上靖历史小说的中国形象研究》（新华出版社 2014 年版）。笔者的另一部专著《中日文化交流视阈下的井上靖研究》（中国戏剧出版社 2020 年版）对此进行汉译后收录。
② 日文为"熱海"，日本静冈县热海市。
③ 《井上靖中国行军日记（昭和 12 年 8 月 25 日—昭和 13 年 3 月 7 日）》，载『新潮』2009 年第 106 卷第 12 号，以下简称《行军日记》。

杀"①，实际上隐含着对铁凝怀疑井上靖杀害过中国人的否定，接着写道，"日记中，未见对侵略战争的狂热赞颂，也没有对战争的批判反省，但厌战之情却处处可见"②，这种看法是中立的，铁凝笔下的那个愧疚反省的井上靖在此是见不到的。在接下来的文章中，陈喜儒并没有进一步分析《行军日记》，而是通过一个个具体的事例来展现井上靖的伟大精神，比如不怕牵连毅然参加曾被日本陆军逮捕的野间宏的婚礼；为了悼念老舍，不顾可能招致"四人帮"的反感，毅然发表了寄托哀思之情的短篇小说《壶》；还说井上靖"从不摆架子，平易近人"③、"为人豪爽，讲义气，重友情，德高望重"④ 等，文字间充满了对井上靖的赞美之情。

　　佐藤纯子与陈喜儒作为井上靖生前的友人，可以直接使用自身的所见所闻来反驳铁凝的文章。中国学者卢茂君2017年发表的论文《日本作家井上靖对战争的文学反省》则从作品分析的角度，论述了井上靖在诗歌、散文、小说中描述战争、反省战争的方式，驳斥了铁凝将井上靖归之于历史虚无主义的观点，而且将战争与文学相结合也给井上靖文学作品的解读提供了新的角度。比如，《天平之甍》中留学僧有的回到日本，有的留在中国，这种构思，与战争中自己幸运地回到了日本，而"亡友无缘回归故土"⑤ 有一定关系。这篇论文的意义在于将井上靖研究在中国的起点提前至战争期间，然而，论文只是反驳了铁凝认为的井上靖没有在自己的作品中提及战争，局限在作品分析的层面，至于井上靖是否杀害过中国人，论文并没有触及，从题目来看，将井上靖与战争反省联系起来与铁凝的观点也有相通之处。实际上，铁凝说井上靖"该不会真对那段历史采取虚无主义态度吧？"⑥ 并非否定井上靖对战争的反省，她想表达的是井上靖内心的逃避与挣扎，从而形成犯下罪行、刻意隐瞒、内心煎熬与反省的文本逻辑。卢茂君用严谨的学术论文表面上驳斥了铁

---

① 陈喜儒：《热海浮世绘》，《中国作家》2012年第4期。
② 陈喜儒：《热海浮世绘》，《中国作家》2012年第4期。
③ 陈喜儒：《热海浮世绘》，《中国作家》2012年第4期。
④ 陈喜儒：《热海浮世绘》，《中国作家》2012年第4期。
⑤ 卢茂君：《日本作家井上靖对战争的文学反省》，《名作欣赏》2017年第18期。
⑥ 铁凝：《桥的翅膀》，商务印书馆2010年版，第98页。

凝的文章，指出井上靖在出征的 4 个月期间目睹了"自己心仪已久的国度"①遭到战争的破坏，变得"满目疮痍"②，因此"想要通过西域象征物表明自己对战争的思考"③，从而在战后创作了大量中国的西域题材作品，但其逻辑与铁凝相似，都包含罪行与反省的基本框架，只不过在卢茂君看来，井上靖并没有隐瞒。

三

因铁凝的文章，对井上靖的认识起点从《天平之甍》提前至战争期间，对井上靖文学作品的批评也相应提前。树立一个新的起点，意味着打破旧的起点。关于这一点，文学批评界也在近几年出现了一些观点新颖的论文。

早在 2006 年，孙军悦在日本的《日本近代文学》上发表的论文《翻译的历史与"历史"的翻译》中，通过分析楼适夷译本出现的时代背景，提出《天平之甍》在越界中国的过程中包含了双重政治性：一是文章描写的鉴真与遣唐使的故事作为宣传中日两千余年友好文化交流的素材具有重要的象征意义；二是通过鉴真纪念活动这样的民间文化交流来推进中日邦交的恢复④。这即是说，井上靖的《天平之甍》是被两国政治外交关系利用的素材，而创作目的并非与此相关。文章的第二部分，作者非常思辨地分析了小说原作中隐含的政治性，并指出"文化交流的政治性正是因为未被政治污染的'文化交流'的纯粹性才得以保证"⑤。论文注意到小说中鉴真与戒融都说过"为了佛法"这句话，结合日本派遣留学僧招请传戒僧的政治背景（即行基作乱），指出戒融的这句话隐含着对当时日本政治需求的讽刺。而小说最后，当行基已经归顺日本朝

---

① 卢茂君：《日本作家井上靖对战争的文学反省》，《名作欣赏》2017 年第 18 期。
② 卢茂君：《日本作家井上靖对战争的文学反省》，《名作欣赏》2017 年第 18 期。
③ 卢茂君：《日本作家井上靖对战争的文学反省》，《名作欣赏》2017 年第 18 期。
④ 孙军悦：《翻译的历史与"历史"的翻译》，《日本近代文学》2006 年总第 74 号。
⑤ 孙军悦：《翻译的历史与"历史"的翻译》，《日本近代文学》2006 年总第 74 号。

廷，国内不再需要外来戒僧时，一直具有政治功利性的招请戒师行为至此演变为纯粹的文化交流，而楼适夷的误译更是实现了这种纯粹文化交流的内涵，使原本具有的政治隐喻的小说在译介过程中变成了纯粹的描写文化交流的作品。

孙军悦在铁凝文章之前就已经意识到《天平之甍》在越界过程中受到当时中日关系的时代语境影响，导致小说的功能偏离了井上靖的创作意图，在打破旧起点方面迈出了第一步。但是，作为一篇发表于日本刊物上的学术论文，其影响力与知名度远远不及铁凝在《人民日报》上的文章。

铁凝之后，中国国内的文学批评界也开始出现颠覆《天平之甍》的研究，其中最典型的莫过于郭雪妮的两篇文章《〈天平之甍〉是友好的证言？》与《战后日本文学的"长安乡恋"——以井上靖的长安书写为例》。郭雪妮认为，《天平之甍》中对长安的描写非常模糊，原因可以归结为井上靖对西域的热情冲淡了对长安的关注、日本缺少文学长安的历史素材等，另外更重要的是，井上靖"对'古人'比'古都'更感兴趣，也就是说，他更专注于通过挖掘历史人物的精神性以对抗战后的日本现实，对这样的作家或学者而言，其知识储备及敏感点，必然更多地在于'时间'而非'空间'"①。在另一篇文章中，她说得更通俗："井上靖对中国的思考，必然以日本人所属文化的普遍性和中心论为前提，来检验中国影响的有效性。"②她还特别关注了小说人物荣睿所说的来中国的目的就是"采蜜"，所以"在井上靖看来，长安不过是日本文化与宗教在某一特定时期'采蜜的场所'，是展现日本精神的舞台，这一态度最终导致其作品中的长安，更多时候只是一个空洞的历史符号"③。对作者的创作意图，她也直言道："与中国学界认为《天平之甍》的重点

---

① 郭雪妮：《战后日本文学的"长安乡恋"——以井上靖的长安书写为例》，《陕西师范大学学报》（哲学社会科学版）2013年第5期。
② 郭雪妮：《〈天平之甍〉是友好的证言？》，《中国图书评论》2012年第7期。
③ 郭雪妮：《战后日本文学的"长安乡恋"——以井上靖的长安书写为例》，《陕西师范大学学报》（哲学社会科学版）2013年第5期。

是写鉴真东渡不同，井上靖更关注的是奔赴长安的日本僧人。他高度赞赏的是荣睿、普照这些为了日本奋斗不息的留学僧，展现他们探求真知的韧性和冷静孤傲的日本精神。"① 这些观点对《天平之甍》的评价具有一定的颠覆作用。简言之，即井上靖创作《天平之甍》是为了将中国他者化为日本的所需之物，所以没有详细描写长安的意愿与动机，由此动摇了《天平之甍》是中日友好象征之作的文学史地位，结果势必颠覆井上靖在中国的形象。

但井上靖若是出于他者化的需要而忽略了长安的描写，那么其他如洛阳、珠江的描写在文中亦是寥寥几笔，也可以用这种观点解释吗？实际上，井上靖历史小说中的城市景物描写很多源自史书，比如《天平之甍》中普照与戒融在珠江边吃饭时的景物描写，经考证完全出自《唐大和尚东征传》②，《天平之甍》之后创作的历史小说《敦煌》中对开封市场的描写，也出自中国典籍《东京梦华录》③，因此井上靖对长安描写的粗线条，并不一定是郭雪妮所说的他者化遮蔽，而是作者没有去过中国，只能依据史书进行创作的一种写作手法，或许只有这样才能最大限度地保存历史的原貌。

无论怎样，郭雪妮的论文确实颠覆了对《天平之甍》的基本认识，使之走下了中日友好象征之作的神坛，使之不再是歌颂鉴真的作品，更多是赞颂日本留学僧精神的民族主义作品，而将这种民族主义论断推向极致的论述莫过于刘素桂的《日本式东方主义文化观逻辑透视——解读井上靖〈苍狼〉中的"狼原理"》。

刘素桂对《苍狼》依据的主要史料——那珂通世的《成吉思汗实录》进行考察，从那珂通世的注释中判断出所谓"苍狼"与"牡鹿"实际并非动物，而是人名，从而得出井上靖通过有意误读史料来构建"狼

---

① 郭雪妮：《战后日本文学的"长安乡恋"——以井上靖的长安书写为例》，《陕西师范大学学报》（哲学社会科学版）2013 年第 5 期。
② 井上靖《天平之甍》（《井上靖全集》第 12 卷，新潮社 1996 年版）第 121 页中关于珠江的描写与《唐大和上東征伝》（宝暦十二年版本，和泉書院 1979 年版）第 13 页内容相符。
③ 参见何志勇《中日文化交流视阈下的井上靖研究》，中国戏剧出版社 2020 年版，第 48—53 页。

原理"的观点①，使一直以来纠缠不清的"狼原理"是否合理、是否符合史实等问题得到了解决。随后，作者展开了独到的论述，指出"狼原理"源于近代西方对蒙古的东方主义认知，与井上靖幼年的独特成长经历有关，并结合小说创作于 20 世纪 60 年代日本安保斗争的背景，指出"狼原理"实质是战后版的"脱亚入欧"②，而日本社会中普遍存在的成吉思汗就是源义经③的传说，更使其具有了泛蒙古主义的色彩，成为"裹着普遍主义外衣的民族中心主义"④。刘素桂将《苍狼》视为日本东方主义思想的体现，无疑颠覆了作家井上靖的正面形象，甚至将井上靖在中国的认知起点进一步提升至日本明治维新以来的近代化进程，这种时间不断前移的井上靖形象离 20 世纪 60—80 年代作为友好使者的井上靖形象渐行渐远。

  国内的这些颠覆井上靖形象的研究具有三个共性：一是主要采用作品论的方法进行研究，对作家的考察只起到辅助论证的作用；二是在某观点的引领下，对文本有过度建构、过度阐释的倾向；三是他们对井上靖的作品进行了解构，但对井上靖本人却不愿直言否定，有"《天平之甍》是友好的吗"这般发问，却无"井上靖是友好的吗"那般质疑。无论怎样，这些都是铁凝"猜想"后井上靖在中国的认知发生变化的文化语境下的产物。

  铁凝的"猜想"引起的效应至今仍发挥着作用。它将井上靖复杂化，使之从神坛走下人间，成为任由评说的文学现象。它导致两股力量的较量，是维护与解构、美好回忆与残酷事实、童年情怀与大人世界的抗衡，也是乡愁与现实的撕裂，是中日两国在不同时局下错综复杂关系

---

① 刘素桂：《日本式东方主义文化观逻辑透视——解读井上靖〈苍狼〉中的"狼原理"》，《外国文学》2015 年第 4 期。
② 刘素桂：《日本式东方主义文化观逻辑透视——解读井上靖〈苍狼〉中的"狼原理"》，《外国文学》2015 年第 4 期。
③ 日文为"源義経"，日本平安末期著名武将。19 世纪后期，日本出现源义经为成吉思汗的说法，1924 年，小谷部全一郎出版《源义经乃成吉思汗》（『成吉思汗ハ源義経也』，富山房 1924 年版）一书，影响较大。
④ 《源义经乃成吉思汗》，第 71 页。

的一个缩影。

四

越界中国的井上靖正在经历并将继续经历上述的认知过程。但日本语境中对井上靖与战争的关系是如何认识的呢？仍然会是铁凝所说的愧疚与反省吗？《行军日记》公开发表后，日本文艺评论家曾根博义[①]发表一系列文章进行解读，代表了日本学界对《行军日记》的基本认识。曾根博义所读出的是井上靖作为一个人最基本的欲望——求生，而其他的一切都是在"生"得到保证的前提下的一种奢侈，包括悲伤、同情、内疚、自责[②]。他从中读出了阿道司·赫胥黎对《奥德赛》的评论——《悲剧与全部的真实》中的内涵。地中海漂流的人们在大海一处险境遇到了恶魔，大多数人被恶魔吃掉，活下来的人最终逃到了安全的小岛，开始准备晚饭，口渴与饥饿获释后，大家开始怀念起逝去的同伴，哭泣起来，最后眼含着热泪安静地入睡。这就是井上靖在《行军日记》中所表现的人的全部的真实。曾根写道："活下来的人要想哀悼死去的人，自己首先要活着。对他人的同情与悼念，只有当活着的自己不再自顾不暇时才能实现。最主要的是自己活着，这是至高无上的命令。"[③]"想活着，不用在意任何人，坦坦荡荡地抱有想活着的意愿，这是一种超越了个人主义的生的欲望。这种欲望在《行军日记》里通过对身体与食物的意识和感觉，非常坦率而生动地得到了体现。只有当自己的生得到了确保，才会产生对他人的同情。离开部队后内疚地想起战友也是在自己生还有望之后。这本是理所当然的，但近代的文学却很少描写这种当

[①] 日本井上靖研究者，新潮社版《井上靖全集》主编。
[②] 曾根博義：《井上靖と戦争——従軍日記と戦後の文学をつなぐもの》，载《語文》2010年总第136辑。
[③] 曾根博義：《井上靖と戦争——従軍日記と戦後の文学をつなぐもの》，载《語文》2010年总第136辑。

然。"① 这里也提到了"内疚",但不是铁凝文章所写的针对中国人的内疚,而是对于继续奔赴战场的战友。曾根博义没有将井上靖的战争经历置于中日关系框架中,也没有在意井上靖是否杀过人,他所关注的是日记中表现的战争状态下人的内心中最真实的一面。

或许这种中日之间对井上靖的认知差异很难在短时期内弥合,或许也不需要一致,正是因为存在差异,才能显出各自的主体性与独到之处。但有一点可以肯定,那就是井上靖在中国的认知起点一变再变的背后,是中国对日本文学的批评仍然处于"战后"这个大的历史时空背景下的事实。与之相比,至少,就井上靖而言,日本似乎已经超越了"战后"的话语体系,开始回归人的本源,探讨生的价值。

【作者简介】

何志勇,博士,大连外国语大学日本语学院副教授,主要研究领域为日本近现代文学、比较文学。常年从事日本作家井上靖研究,主要论著有《井上靖历史小说的中国形象研究》《中日文化交流视阈下的井上靖研究》,发表井上靖研究论文20余篇。主持国家社科重大项目子课题1项、教育部人文社科项目1项,曾获辽宁省哲学社会科学成果三等奖。

联系方式:邮箱:dwnanisan@163.com 手机:13942078445

通信地址:辽宁省大连市旅顺南路西段6号大连外国语大学11号楼日本语学院A304

---

① 曾根博義:《井上靖と戰爭——從軍日記と戰後の文学をつなぐもの》,載《語文》2010年总第136辑。

比较文学研究

《茫茫黑夜漫游》在文学领域与非文学领域的文本互动与互文衍生

苏州大学外语学院
■段慧敏

【摘　要】《茫茫黑夜漫游》作为20世纪法国文学中极具颠覆性的作品，其独树一帜的写作风格与叙事手法，立意深刻的写作主题与历史思考不断吸引各种类型的读者参与到文本意义的构建与阐释中来，《茫茫黑夜漫游》作为互文本不断参与到新作品创作的文本互动之中，促进了新文本的衍生。萨特、王小波等作家通过模仿、影射、参照等互文方式将《茫茫黑夜漫游》引入新的文本之中，克里斯蒂娃则通过文学批评的方式挖掘出塞利纳文本的深层意义，电影《新桥恋人》将《茫茫黑夜漫游》的文学叙事转入影像叙事。跨越多个领域的文本互动方式使《茫茫黑夜漫游》的文本形式与意义具有了丰富多样的阐释空间。

【关键词】《茫茫黑夜漫游》　互文本性　元文本性　文本互动

【Abstract】As a very subversive piece of works in the 20th century French literature, *Voyage au bout de la nuit* has attracted various types of readers to participate in the construction and interpretation of the text meaning with its unique writing style, narrative techniques, profound writing theme and historical thinking. As an intertext, *Voyage au bout de la nuit* constantly participates in the text interaction of new works and promotes the derivative of new texts. Sartre, Wang Xiaobo and other writers introduced *Voyage au bout de la nuit* into the new text by means of imitation, innuendo, reference and other intertextual means, while Kristieva explored the deep meaning of Céline's text by means of literary criticism. The film *Lovers on the New Bridge* transformed the literary narrative of *Voyage au bout de la nuit* into the image narrative. The interactive way of text across many fields endows the text form and meaning of *Voyage au bout de la nuit* with rich and diverse space for interpretation.

【Key Words】 *Voyage au bout de la nuit*　Intertextuality　Metatextuality　Textual Interaction

　　罗兰·巴特认为,"一切文本都是互文本"①,从广义上讲,文本与互文本必然相互交织、相互渗透、相互依存,但是从狭义上来看,"文本"即指我们所阅读或研究的文本,而"互文本"则指作者在创作过程中所参照的文本,即作者的参照系,或是读者在阅读过程中所感知到的文本,即读者的联想构建起来的一个文本网络。读者的感知与作者的参照通常并不能够完全重合:互文性能够被读者感知,首先需要读者能够熟悉大量的文本,每个读者的阅读量、阅读范围和感知能力各不相同,因而,互文性的感知带有极强的主观性。文本一经完成,是谁在叙述已经无关紧要,也无从知晓,只剩下话语的痕迹、作品中的象征隐喻含义供我们品味。也只有当具有中心地位和终极意义的作者退出了作品,只有当作者消失和死亡之时,写作才真正开始。② 这个看法有点偏激,但只有读者介入文本中,文本才真正具有了完整的意义却是真的。《茫茫黑夜漫游》作为20世纪法国文学中极具颠覆性的作品,其独树一帜的写作风格与叙事手法、立意深刻的写作主题与历史思考不断吸引各种类型的读者参与到文本意义的构建与阐释中来,《茫茫黑夜漫游》作为互文文本不断参与到新作品创作的文本互动中,促进了新文本的诞生。热奈特将文本跨越的关系区分为五个类别:第一类是互文性,即几篇文本共

---

　　① 参见《文本(的理论)》,《大百科全书》,1973年,转引自[法]蒂费纳·萨莫瓦约《互文性研究》,邵炜译,天津人民出版社2005年版,第12页。
　　② 王瑾:《互文性》,广西师范大学出版社2003年版,第51—52页。

存所产生的关系；第二类是类文本性，即标题、副标题、序等；第三类是元文本性，即一篇文本与其评论之间的关系；第四类是超文本性，即文本与文本之间的派生关系；第五类是统文本性，即同类文本之间的关系。① 热奈特的分类为分析提供了可以依据的具体方法。本文将从互文本性、元文本性等角度出发，以萨特、王小波、克里斯蒂娃等人的作品与电影《新桥恋人》为参照，分析《茫茫黑夜漫游》在文学领域和非文学领域的衍生作品和互文情况。

一 互文本性：《茫茫黑夜漫游》与萨特、王小波的创作

让-保尔·萨特以塞利纳《教会》（L'église）中的一句话——"这是一个在集体意义上无足轻重的小伙子，他仅仅是一个人而已"② 作为其代表作《恶心》的题词。从热奈特的狭义互文性角度分析，这一题词正体现了《教会》与《恶心》之间的"类文本性"关系。《教会》是塞利纳早期的戏剧作品，萨特在《恶心》的题词中所提到的"无足轻重的小伙子"，即是《教会》的主人公巴尔达缪。引起我们兴趣并能由此将《恶心》与《茫茫黑夜漫游》联系起来的一点是，《教会》中的巴尔达缪正是塞利纳所不断塑造，在《茫茫黑夜漫游》中进一步延续、深化和扩充的人物形象，作为一个现代"流浪汉"的形象，巴尔达缪这一人物几乎影响了整整一代法国作家。萨特引用《教会》中的巴尔达缪而非《茫茫黑夜漫游》中的巴尔达缪，一方面说明了萨特对塞利纳作品的熟悉，另一方面也表明萨特承认了塞利纳对自己的影响。③ 波伏娃在《岁月的力量》（La force de l'âge）中叙述了萨特1932年第一次阅读《茫茫黑夜漫游》时的情景：

---

① 王瑾：《互文性》，广西师范大学出版社2003年版，第51—52页。
② [法] 让-保尔·萨特：《恶心》，杜长有译，中国友谊出版公司1993年版，扉页。
③ Cf. Allen Thiher, «Céline and Sartre», in *Philological Quarterly*, 50：2，Apr.，1971，p.292.

当年最重要的一本书是塞利纳的《茫茫黑夜漫游》。我们能够背诵其中的大量段落。我们觉得塞利纳的无政府主义与我们的思想非常接近。他致力于描述战争、殖民主义以及我们所处的社会,他的风格和语气都吸引着我们。塞利纳打造了一种全新的工具:一种与话语同样生动的写作。[……]萨特从中获取了灵感。他彻底放弃了他在《真理传奇》(*Légende de la vérité*)中仍然使用的中规中矩的语言。①

《真理传奇》是萨特在小说方面的第一次主要尝试。他的这次尝试是一个失败,并没有出版商愿意出版这部作品,因为在这部作品中萨特的语言非常抽象并且毫无色彩。在这部作品失败之后,萨特开始着手另一部作品的创作,即后来的《恶心》。《茫茫黑夜漫游》出现在萨特写作生涯中的一个重要时期。阿兰·蒂耶(Allen Thiher)在其文章《塞利纳与萨特》中指出,《茫茫黑夜漫游》对萨特的影响不仅仅是使他放弃了矫揉造作的文风,这种影响还表现在以下两个方面:首先,塞利纳的小说描述了一个离群索居的主人公在现代生活冗长无味的空间里漂泊时的各种意识,它向萨特展示了这类小说应该如何确立其结构;其次,塞利纳的俚语风格切实地开发了一种用语言来承载生理感受的方法,其中包括由存在所产生的厌恶、恶心等感受。②萨特正是在塞利纳的语言中找到了他一直以来都在寻找的一种表达自己厌恶感受的方法。

在《茫茫黑夜漫游》中,塞利纳描述了一个现代流浪汉的角色。主人公巴尔达缪以第一人称回忆的方式讲述了自己不断为求生而挣扎、在一个充满敌意和险境的世界里斗争的过程。塞利纳不断转换叙述的视角,经常是由年轻时的巴尔达缪直接叙述自己当时的情景,这样读者便更易于进入他那个充满恐惧和厌恶的世界。而巴尔达缪本身一直处于一种孤绝的状态,我们只有通过他自己的视角才可能了解他所处的环境。至于

---

① Cf. Allen Thiher, «Céline and Sartre», in *Philological Quarterly*, 50:2, Apr., 1971, p. 292.
② Cf. Allen Thiher, «Céline and Sartre», in *Philological Quarterly*, 50:2, Apr., 1971, p. 293.

年长的巴尔达缪，即"老叙述者"，蒂耶认为他是没有真正意义的。他存在于时间的另一端、黑夜的另一端，在那里一切事实都已经被知晓，而这些事实没能带来任何希望。在回首往事时，他只能够看到一个充满荒谬的世界。从人物塑造的角度看，《茫茫黑夜漫游》中的巴尔达缪为《恶心》中的洛根丁提供了一个可以遵循的范本。在《恶心》中，同样也是由一个回顾性的叙事者叙述洛根丁的故事，洛根丁本人则是被动的被叙述的对象，如年轻的巴尔达缪也同样处于被动状态一样。洛根丁在世界上所存在的状态也正是巴尔达缪的状态，他们都不知不觉地成为世界的对立面。洛根丁本身也同样无目的地存在于一个充满恶心主题的世界里，而两个主人公的孤绝状态给他们带来的最终结果只能是死亡。在《茫茫黑夜漫游》中，塞利纳不能够让叙述者死去，于是创造了叙事者的替身和影子——罗班松，罗班松的死亦即巴尔达缪的死，小说的叙述旋即结束。在《恶心》中，萨特没有应用到复杂多义的死亡，但是最终洛根丁日记的发表也等于宣布了洛根丁本人的远去。

　　此外，《茫茫黑夜漫游》对《恶心》的影响还可以从另外一个角度去分析，即线索人物的使用。笔者在其他文章中多次分析了罗班松这个线索人物的作用。《恶心》中也存在一个发挥同样作用的线索人物：自学者。自学者总是有规律地以洛根丁的对应人物身份出现在小说中。自学者是一位人道主义者，他对人类的爱并不是完全无私的。这一人物的命运也预示了洛根丁的命运。这样说并非肯定洛根丁也会变成一位疯狂的人道主义者，而是肯定他同样会落入相信自己存在的陷阱，落入寻找本质的陷阱，总之，落入严肃地扮演某一角色的陷阱。《茫茫黑夜漫游》中的罗班松也在某种程度上预示了巴尔达缪的命运，他有足够的勇气走到黑夜的尽头。当然，《茫茫黑夜漫游》中的罗班松是作者带着热情所描绘的人物，而《恶心》中的自学者却是作者所讥讽和嘲笑的对象。但是二者在两部小说结构中所起到的相似作用表明，萨特参考了塞利纳使用线索性人物的方法，线索人物的使用为展现主人公的特色提供了更多的可能性。线索人物与主人公相互呼应，体现了相同的命运，暗示了主人公的行为和表现的多样性。线索人物的使用同时也使主人公形象更加丰富、避免了主人公形象的单调。

　　除了在人物塑造和写作技巧方面，塞利纳对萨特的影响更重要地体现在写作风格方面，波伏娃也曾特别指出了这一点。但是我们并不能因此就断定萨特小说中俚语的应用源自《茫茫黑夜漫游》的影响。蒂耶认为，塞利纳对萨特的风格影响主要体现在想象和比喻方面。在《恶心》中，萨特更注重描写人的意识，但是无论在《恶心》中还是在《茫茫黑夜漫游》中，最能够引起读者注意的还是有关肉体的意象与譬喻，是肉体牵引着人们继续生存下去。① 巴尔达缪在《茫茫黑夜漫游》的开端部分便意识到了肉体的意义。作为一个并非自愿加入战斗的战士，巴尔达缪在战争中看到了两个军人被炸飞的情景，此时人的存在仅仅是器官和血液的混合物：

　　　　他们俩死在一起，紧紧拥抱着，难分难舍。但上校的头飞走了，脖子上敞开一个大口子，鲜血咕噜咕噜地炖着，好似锅里熬着果酱。上校的肚子也炸开了，样子难看至极。在爆炸的一瞬间，他一定非常痛苦。活该他倒霉，要是在刚交火的时候便溜之大吉，也不会有这样的惨状：断骨碎肉成堆，淋淋鲜血满地。②

　　"血肉果酱"这一意象在萨特的《恶心》中也同样淋漓尽致地展现出来。洛根丁看见橱窗里俄国式蛋黄酱上有一点红色，这种黄色上的红色使他觉得恶心："突然间，我有了一个幻觉：某个人脑朝前摔倒了，并把血流在了这些菜盘里。鸡蛋滚落到了血里，环抱它的西红柿垫圈脱落下来，不为人注意，红色落在红色上。蛋黄酱有一点流出来，构成一潭黄色乳脂，把那摊血分成两股。"③ 我们不难发现，关于肉体、血液等相关意象在塞利纳和萨特的作品中都有大量的展现。两位作家笔下的主人

---

① Cf. Allen Thiher, «Céline and Sartre», in *Philological Quarterly*, 50：2, 1971, Apr., p. 299.
② ［法］塞利纳：《茫茫黑夜漫游》，沈志明译，参见沈志明编选《塞利纳精选集》，山东文艺出版社 2000 年版，第 116 页。
③ ［法］让－保尔·萨特：《恶心》，杜长有译，中国友谊出版公司 1993 年版，第 119 页。

公正是通过这类意象揭示了人的存在是空虚而没有目的的，对于巴尔达缪和洛根丁来说，存在的本质是一种"极其丑陋的果酱"，它以"软绵绵的筋疲力尽的"形式四处呈现出来。它是一种没有形状的存在，旨在吸引主人公肉体之中寄存的意识。与此同时，存在是令人厌恶的。在塞利纳和萨特的作品中不断出现相同的用于描述恶心的形容词：事物是污秽的、黏稠的、柔软的，酷似蛆虫。因此恶心便是主人公的一种自卫性的反应。对于巴尔达缪来说，恶心是一种徒劳的反抗形式，他想反对世界的腐化，反对人的肮脏的肉体或是正在腐烂的肉体，反对这一切使他与存在联系起来的东西。对洛根丁而言，恶心既是对纯粹存在的一种抗议，同样也是接近纯粹存在的一种方法。

塞利纳的《茫茫黑夜漫游》先后出版了多种语言译本，其影响随着这些译本而超越了法国的国界。在我国作家王小波的作品中，同样可以发现《茫茫黑夜漫游》的互文踪迹。最明显的互文关系，体现为王小波以沈志明译本的书名为题创作了一篇短篇小说，塞利纳在《茫茫黑夜漫游》中所引用的"瑞士卫队之歌"也先后两次出现在王小波的作品《黄金时代》和《茫茫黑夜漫游》中。王小波是深受西方文学影响的当代作家之一，在《中国作家王小波的"西方资源"》一文中，仵从巨指出，王小波经由家庭、学校教育和阅读三个途径接获了对其发生重要影响的"西方资源"。这些"西方资源"对于王小波长时间地、持续性地、共时性地发生影响，产生作用并最终得以"整合"：他在本土，以中国当代知识分子与当代小说家的身份，面对本土素材与题材，书写出了具有当代性世界性的小说。① 因此，《茫茫黑夜漫游》作为"西方资源"之一进入王小波的创作之中具有其可能性。具体到文本之中，王小波在其作品《茫茫黑夜漫游》中以调侃的方式揭示了这篇小说与塞利纳作品的互文关系："《茫茫黑夜漫游》，这是别人小说的题目，被我偷来了。我讲这个故事，也是从别人那里抄的，既然大家都是小说家，那就有点交情，所以不能叫偷，应该说是借——我除了会写小说，还会写程序。"王小

---

① 仵从巨：《中国作家王小波的"西方资源"》，《文史哲》2005年第4期。

波通过"借用"塞利纳作品的题目,从而将该作品的基调——"茫茫黑夜"引入了自己的小说之中,在小说中设置了一个小说家夜晚要调试程序的虚拟情景,小说家忽然开始讲一个美国编辑写文章采访的故事,为了避免这个缺乏情节与主题的故事不被接受,小说家"口袋里正揣着两块四四方方很坚强的意义,等到故事讲得差不多就掏出来给你一下"。[①]此外,从这段引文中我们还可以看出王小波创作过程中的文本写作特征,亦即强调以文本生成文本。既然题目与情节都是"偷来"和"抄来"的,整部小说也毫无疑问地具有了文本虚构性。作者关注的重心不再是小说本身,而是怎样写小说的创作过程,即此时作者创作的是一部"关于小说的小说",这种明显的元小说[②]性质为读者从中解读互文效果提供了无限开放的可能性。

从时间上来看,王小波的处女作《黄金时代》出版于1992年,而塞利纳的《茫茫黑夜漫游》的最初中文译本出版于1988年(沈志明译,译名为《茫茫黑夜漫游》)。这样一个先后的时间关系和王小波文本中所引用的内容表明,王小波在进行创作之初阅读了《茫茫黑夜漫游》的中文译本,这部小说对于王小波的影响并不只在于我们上述分析的明显引用的部分。王小波的作品中,"黑夜"同样是一个频繁出现的意象。例如《未来世界》中,"包围着他们的是派出所的房子,包围派出所的是漫漫长夜"。[③]《似水柔情》中也有同样的"茫茫黑夜的描述":"眼前是茫茫的黑夜。曾经笼罩住阿兰的绝望,也笼罩到了他的身上。"[④]此外,除了我们所提到的《茫茫黑夜漫游》,王小波的另外一些小说题目也同样以夜的意象为中心:《红拂夜奔》《夜行记》《夜里两点钟》等。王小波笔下"黑夜"的意象是漆黑的、肃杀的、凄惨的、紧张的、险恶的、森然的、漫无边际的,它意指黑暗、压抑、迷茫、恐怖、

---

① 王小波:《王小波全集》第8卷,云南人民出版社2007年版,第265页。
② 元小说(meta-fiction),又译为"超小说"或"后设小说",美国作家威廉·加斯(外文姓名)于1970年发表的《小说和生活中的人物》中首次使用了这一术语,其基本含义是"关于怎样写小说的小说"。
③ 王小波:《王小波全集》第5卷,译林出版社2012年版,第70页。
④ 王小波:《王小波全集》第5卷,译林出版社2012年版,第330页。

绝望、死亡。① 同样，王小波笔下的主人公也多是下层社会的人物，尤其在"文化大革命"时期的社会背景之下，王小波笔下的人物则或多或少带着几分巴尔达缪的影子：玩世不恭、失望、恐惧、逃亡等即是他们与巴尔达缪之间的共同之处，在"黑夜"的意象统照之下，"只要走动，我就超越了死亡"这样的想法，与巴尔达缪在茫茫黑夜中的流浪历程及其动因几乎如出一辙。在王小波的小说《茫茫黑夜漫游》中另一处明显的对塞利纳《茫茫黑夜漫游》的引用，即用《茫茫黑夜漫游》的题词来再次解说自己小说题目的来源：

>塞利纳杜撰了一首瑞士卫队之歌：
>我们生活在漫漫寒夜，
>人生好似长途旅行。
>仰望天空寻找方向，
>天际却无引路的明星！
>我给文章起这么个名字，就是因为想起了这首歌；我讲的故事和我的心境之间有种牵强附会的联系，那就是：有人可以从屈服和顺从中得到快乐，但我不能。与此相反，在这种处境下，我感到非常不愉快。②

作为一部描述主人公"当下"心态的小说，王小波在《茫茫黑夜漫游》中表达了一种不妥协的信念，此处引用塞利纳的瑞士卫队之歌，其中的"茫茫黑夜"既是指现实的时间——"夜里两点钟"，同样也是指艺术创作中的迷茫状态：

>近几年认识了一些写影视剧本的作者，老听见他们嘀咕：怎么怎么一写，就能拍。还提到某某大腕，他写的东西都能拍。我不

---

① 张伯存：《王小波的精神结构及其小说的结构艺术》，《枣庄师专学报》2001年第6期。
② 王小波：《王小波全集》第8卷，云南人民出版社2007年版，第273页。

喜欢这样的嘀咕，但能体谅他们的苦衷，但这种嘀咕不能钻到我脑子里来。人家让我写点梁凤仪式的东西，本是给我面子，但我感到异常的恼怒。话虽如此说，看到梁凤仪一捆捆地出书，自己的书总出不来，心里也不好受。那个写的东西全能拍的大腕。他是怎么想的呢……①

主人公在艺术创作的"茫茫黑夜"中坚持自己的创作方式，这同样也是王小波所不断坚持的。王小波认为，只有一种生活是可取的，就是迷失在探究小说艺术无限的可能性中。王小波对夜的恐惧，即是对受奴役的、乏味的、无创造的生活的恐惧，对死亡的恐惧。如何超越死亡，穿过漫漫寒夜般的人生，他选择了创作，选择了诗意人生，因此他称自己是行吟诗人、浪漫骑士，以艺术对抗寒夜，超越死亡，也超越命运、生命和存在。② 从这一点上看来，王小波的创作与塞利纳的创作又呈现出了另外一个共同特点，即主人公的表达欲望。无论是在塞利纳的《茫茫黑夜漫游》中还是在王小波的《茫茫黑夜漫游》中，主人公都通过自己的叙述而超越了时间和黑夜。同时王小波的《茫茫黑夜漫游》也采取了双线叙述的形式，主人公和突如其来的"美国编辑"成了小说两个不断交错的叙事中心，这无异于《茫茫黑夜漫游》中巴尔达缪和罗班松之间的关系。因此王小波的《茫茫黑夜漫游》在显性的互文关系方面，通过直接引用的方式呈现了出来，而在隐性的互文关系方面，则是通过对主题的重写和对写作技巧的模仿而显现出来。塞利纳文学的影响范围不仅仅是在西方国家，它已经超越了东西方的界限，对世界文学产生了重要影响。

二　元文本性：克里斯蒂娃与《茫茫黑夜漫游》

热奈特在划分跨文本性的五种类别时，将文学文本与文学评论文本

---

① 王小波：《王小波全集》第 8 卷，云南人民出版社 2007 年版，第 273 页。
② 张伯存：《王小波的精神结构及其小说的结构艺术》，《枣庄师专学报》2001 年第 6 期。

之间的关系定义为"元文本性"。《茫茫黑夜漫游》出版以来，关于它的文学评论层出不穷，评论者和研究者们从各种角度出发对这一文本进行解析。其中克里斯蒂娃在《恐怖的权力》中对塞利纳《茫茫黑夜漫游》的解析及其以这一文本为基础所缔造的卑贱话语（discours de l'abjection）理论，是在众多评论中令人耳目一新的代表性作品。《克里斯蒂娃的诗学研究》一书对《恐怖的权力》做出以下介绍：

> 《恐怖的权力》是克里斯蒂娃有关爱情、卑贱等系列主题的第一部重要著作。在精神分析实践中，当她面对精神病患者的痛苦与欢乐、幻觉与冲动的状态，克里斯蒂娃往往把分析性倾听与社会环境相联系，把作为卑贱—恐怖的精神症状同"可怕危机"的时代相结合，并从话语权力和主体理论出发，对卑贱这一意指系统在宗教文本和超现实主义文学文本，尤其是塞利纳的小说文本的不同表现进行了分析，指出基督教一神论是建立在对母性卑贱的压抑之上，象征秩序是基于对记号驱力的压抑之上，从而解构、并颠覆了西方传统文学中关于神圣与卑贱、纯洁与不纯洁、干净与污秽等二元对立观念，确立了卑贱在主体形成以及话语革命中的作用。①

克里斯蒂娃认为塞利纳的狂欢写作是卑贱文学的典范，在《恐怖的权力》中，她用了六章的篇幅对塞利纳的创作主题、语言风格、叙事技巧等方面进行了详细的分析，并指出，塞利纳"从身体到语言都达到了道德、政治和风格诱导法的顶峰，也是划时代的顶峰"。② 从其内容上来看，塞利纳的作品以狂欢的方式淋漓尽致地言说了恐怖：作品的最初便展现了枪林弹雨的战场以及血腥屠杀的残酷场面，而后又接连不断地以各种黑夜的意象为这种恐怖蒙上一层浓重的色彩。而在这种恐怖的描写

---

① 罗婷：《克里斯蒂娃的诗学研究》，中国社会科学出版社2004年版，第162页。
② Julia Kristeva, *Pouvoir de L'Horreur*, *Essais sur l'Abjection*, Paris：Éditions du Seuil, 1983, p. 35.

中又继续通过作为主人公的底层人物形象巴尔达缪的一次次逃亡和失望的交替,表现出了这种恐怖的普遍性、广泛性和无限性,这种恐怖之中同时又夹杂着社会最底层所展现出的最污秽的事物——战场上被炸得血肉模糊的尸体,后方女人被切除的卵巢,肮脏的店铺里的性交易,医院里病人的尿血、便血,殖民地女人永远不停的经血,巴黎郊区病人们的各种病态及其污秽的产生物,等等,这些污秽—卑贱的事物客体充斥了整部小说,同时也构成了克里斯蒂娃作品中的"卑贱客体"的表象。克里斯蒂娃认为,这种恐怖—卑贱的描述揭示了人类生存被压抑的另一面,即回到了给予生命、死亡并摧毁无限的母性卑贱的那面。① 从其风格上看,塞利纳在文学创作中大量使用口语、俚语等表达方式,又通过大量使用省略号、感叹号和碎块节奏等形式来传达强烈的感情、欲望和冲动,这种风格无异于一种从卑贱之中衍生出的呐喊。克里斯蒂娃认为文字是卑贱/恐怖的一种特殊的能指,而正是文字的表达力量使得塞利纳从卑贱客体造成的压抑中积聚了世界末日的恐怖意象,同时也积聚了在这种卑贱/恐怖中爆发的力量——塞利纳文本中末日狂欢的笑声便是一个明证。这种迸发性的力量给塞利纳的作品带来了独特的颠覆性效果,仿佛整个世界都为这种力量所震颤。克里斯蒂娃通过对塞利纳作品的分析而展现和说明了她的卑贱/恐怖理论,即卑贱是与母性、污秽和恐怖密切相关的,而文字正是摆脱卑贱压抑的一种特殊形式,通过文字将卑贱的压抑释放出来,人们才可能面对卑贱,进而关注母性话语。

在对塞利纳的作品进行评论的同时,克里斯蒂娃不可避免地引用大量的作品原文,因此在《恐怖的权力》与《茫茫黑夜漫游》之间仍有众多的狭义互文现象可以追寻(引用,甚至语气和风格的模仿等)。克里斯蒂娃在《恐怖的权力》中对塞利纳的创作心理进行了详尽的解析,但是亦有评论因此认为"在致力于理解塞利纳其人的过程中,这部作品误解了塞利纳的小说"②,"在写作过程中,克里斯蒂娃不可避免地将自己

---

① 罗婷:《克里斯蒂娃的诗学研究》,中国社会科学出版社2004年版,第177页。
② Willam K. Buckley, "Céline: the rumble under our floorboards", *Studies in the Novel*, 21: 4, Winter, 1989, p. 435.

的象征思想强加于塞利纳的心理特征之上"①,从互文性角度讲,克里斯蒂娃通过对塞利纳作品进行阐释的同时,也使其服务于自己的思想,从而具有了新的意义。塞利纳的作品是克里斯蒂娃心理分析理论的一个重要论据,在克里斯蒂娃心理分析理论的形成过程中起到了至关重要的作用。

三 《茫茫黑夜漫游》在非文学领域的互文再现

《茫茫黑夜漫游》在文学领域产生了重要的影响,这种影响同时延伸到了非文学领域。法国电影《新桥恋人》(Les Amants du pont-neuf)即是《茫茫黑夜漫游》在非文学领域的互文再现的一个例证。《新桥恋人》是法国导演莱奥·卡拉克斯(Leos Carax)1991年的作品,影片以巴黎的新桥为背景讲述了一个典型的法国式爱情故事。莱奥·卡拉克斯将镜头对准了巴黎的流浪汉:流浪汉阿力克斯爱上了离家出走的上校女儿米歇尔。米歇尔因失恋而自甘堕落,不顾罹患眼疾而流浪街头,并来到新桥边作画,继而与阿力克斯相爱。米歇尔·唐纳利(Michael Donley)曾列举出这部电影中发现的若干细节,这些细节与《茫茫黑夜漫游》的情节构成了某种特定的联系②。

1. 影片主人公与《茫茫黑夜漫游》中巴尔达缪的身份相类似。

2. 影片的第一个镜头是流浪汉阿力克斯醉倒街头,被汽车轧伤了脚踝,进而被送往南泰尔的帕里克·亨利医生那里。这位医生几乎是唯一一位肯为流浪汉诊治的医生,这样一个细节使亨利医生这一角色更加地接近于在巴黎郊区行医的巴尔达缪。

3. 罹患眼疾的米歇尔戴着眼罩,这一形象更易使人想到《茫茫黑夜漫游》中的罗班松在图卢兹休养时候的形象。

---

① Willam K. Buckley, "Céline: the rumble under our floorboards", *Studies in the Novel*, 21: 4, Winter, 1989, p. 436.

② Michael Donley, *Céline Musicien. La vraie grandeur de sa "petite musique"*, Paris, Librairie Nizet, 2000, pp. 333 – 334.

4. 在影片所叙述的两场爱情中，深陷其中的一方总会为留住去意已决的另一方而采取异常激烈的形式，如米歇尔因为于连不爱自己而出手伤人，而阿力克斯甚至为了留住米歇尔而犯下谋杀罪。这一点酷似《茫茫黑夜漫游》中的玛德隆。

5. 米歇尔的父亲到处寻找她，并且在广播中播出有位"德图什医生"可以治疗她的眼疾，而"德图什"正是塞利纳的本姓。这也是这部电影与塞利纳作品最为明显的互文关系之一。

6. 最后一个场景中，阿力克斯与米歇尔一起掉入了塞纳河，最终被一对运输沙子的老夫妇救上了船。"这是我们的最后一趟旅程……我们将一直走到尽头"（电影中指到勒阿弗尔）。这样一句台词让我们很容易想到《茫茫黑夜漫游》的最后一段话："拖轮的汽笛声从远处传来，越过一座座桥梁、一个个桥孔，越过船闸，传向更远的地方。汽笛声向所有的驳船呼唤，也向塞纳河呼唤，要把我们带走，要把一切带走，永远带走。"①

除了具有明显的互文指涉性质的情节，整个影片的基调也同《茫茫黑夜漫游》一样是黑暗的，其背景肮脏而令人厌恶的，充满着下层社会的恐惧感。电影以音声结合的方式重温了一段茫茫黑夜之中的旅程。电影《新桥恋人》与《茫茫黑夜漫游》之间的互文关系，正是从文学领域与艺术领域之间寻找一种嫁接的方式，恰切地说明互文性已经超越了文学内部的范畴，向着更广阔的领域发展。《互文性》一书中指出，"在跨过资本渗透全球的时代，商业运作无所不在，后现代主义文本生产与消费也必须遵循商品化的规律。互文性正是文本商品化的最佳策略"。②《茫茫黑夜漫游》从文学文本延伸到非文学的电影领域，与图像叙事和商业资本结合，文本在转化与互动中被赋予了崭新的形式和意义。

---

① ［法］塞利纳：《茫茫黑夜漫游》，沈志明译，参见沈志明编选《塞利纳精选集》，山东文艺出版社2000年版，第564页。

② 王瑾：《互文性》，广西师范大学出版社2003年版，第133—134页。

结　语

我们通过对萨特的《恶心》与王小波的《茫茫黑夜漫游》等作品与塞利纳的《茫茫黑夜漫游》之间的互文关系进行了评析，并指出了塞利纳作品在文学领域通过被其他作家阅读而产生的影响力。同时我们以电影《新桥恋人》为例，分析了《茫茫黑夜漫游》在非文学领域的再现。文本的意义是在解释和理解的过程中生成的，因此是一个动态的、互动衍生的过程。当代文学批评发展过程中读者的作用被日益彰显出来。巴赫金的对话理论首先建立起了读者与文本之间的关系，罗兰·巴特的"作者之死"更将读者推向了互文性理论的中心。对读者的关注亦即对文本的动态转化过程的关注，对文本在不同时期、不同领域的存在方式与意义生成方式的关注。《茫茫黑夜漫游》通过文本的不断动态转化而在不同的领域之间形成嫁接的方式，恰切地说明了这部作品的文本意义已经跨越了文学内部的范畴，向着更广阔的阐释空间发展。

【作者简介】

段慧敏，女，博士，苏州大学外国语学院法语系教授、硕士生导师，主要研究方向为法国文学、符号学。全国法国文学研究会常务理事、中国语言与符号学研究会理事、江苏省外文学会理事。独立承担并完成国家社科基金项目、江苏省社科基金项目各一项，目前主持教育部社科基金项目"萨冈小说研究"。出版专著《塞利纳文学世界的构建》《塞利纳互文诗学研究》。发表论文二十余篇，文章被人大复印资料等转载。已翻译出版《西方媒介史》《一部真正的小说——回忆录》等译著十余部。

联系方式：手机：18626109816

电子邮箱：duanhm@suda.edu.cn

通信地址：江苏省苏州市工业园区苏绣路88号天域花园西区7—402

从索福克勒斯和卡夫卡看命运反讽的变迁①

浙江大学外语学院
■赵 佳

【摘 要】本文将通过比较索福克勒斯的戏剧和卡夫卡的小说，分析命运反讽在文学表现上的嬗变。命运反讽首先肇始于俄狄浦斯系列，其中很多母题在卡夫卡的K系列中得到保存和发展，比如命运观念、罪的意识、个体的抗争、与命运的和解等。这使得我们对这两位作家作品中命运反讽的比较成为可能。通过对两个系列的比较，我们希望截取西方文学史上两个时期的两位典型代表，来探讨命运和个体、个体和环境在文学表现上发生的变迁。

【关键词】命运反讽 索福克勒斯 卡夫卡

【Abstract】This paper aims at analyzing the evolution of literary expression of irony of fate by comparing plays of Sophocles and novels of Kafka. The irony of fate first appeared in the series of *Oedipus*, and some of its motifs, such as the conception of fate, the consciousness of sin, the resistance of individuals and the reconciliation of fate, were preserved and developed in Kafka's series *K*, which made it possible to compare the irony of fate in the two writers' works. With comparison of these two series, which represent respectively two different epochs in western literature history, we hope to discuss the evolution

---

① 本文部分观点在赵佳的专著《文化批评视野下法国当代小说中的反讽叙事研究》（浙江大学出版社2019年版）一书中有所涉及。

of literary expression in the relation of the destiny and the individual, and that of the individual and the environment.

【Key Words】 Irony of Fate　Sophocles　Kafka

引　言

命运反讽在日常用语中指的是个人命运从顺境向逆境的突变。作为文学批评术语，它是后世批评家对古希腊悲剧作家索福克勒斯的名剧《俄狄浦斯王》的基本剧情的概括。俄狄浦斯无意中弑父娶母，作为国王，他展开调查，最后发现始作俑者竟然是自己，他遵守诺言，刺瞎双眼，自我放逐。俄狄浦斯从国王沦为流亡者，从命运的高峰跌落到低谷，他做的所有努力最终导致自我的溃败，这是对命运反讽的最佳写照。后世理论家对该剧中的各种手法作了归纳，并将这些手法统称为命运反讽，但我们认为，命运反讽的主干还是命运的突变。虽然比利时的反讽理论家皮埃尔·昆杰斯认为，以情境反讽一词来代替命运反讽一词更加妥当，因为命运反讽总是包含了厄运的意思，而命运也完全可以从逆境向顺境突变[①]。我们认为，情境反讽作为批评术语已经有较广的应用，它既可以是叙事原则，也可以是静态的描写原则，比如昆杰斯自己引用的法国19世纪作家高提耶的句子"一座高大的宫殿和一个小木屋面对面，这是多么尖锐的反讽！[②]"正是体现了两个反差极大的事物的排列所产生的情境反讽。所以，我们更倾向于在分析叙事时保留命运反讽一词，并且保留从顺境到逆境的倾向，因为生活如此的突变带来的悲剧感更能给人们带来各方面的启迪，也更具有文学批评上的价值。

命运反讽在其历史变迁的过程中，命运的概念发生了多次改变。在索福克勒斯的时代，命运的观念深入人心，是必然性和偶然性的双重表

---

① Pierre Schoenjès, *Poétique de l'ironie*, Paris, Les Éditions du Seuil, «Point», 2001, p. 57.
② Pierre Schoenjès, *Poétique de l'ironie*, Paris, Les Éditions du Seuil, «Point», 2001, p. 50.

现。之所以是必然的，是因为物理世界具有自发性，甚至连诸神都不能改变其走向。说其偶然，是因为"每一因素（气，土，水，火）均表现为盲目而自行其是的力量"。① 在古希腊语中，moria 一词代表了"不以人的意志所定夺或改变的走向'结点'的必然趋势"②，也就是我们所说的"命"。Moria 一词隐含了悲苦的意思，人要承受命运就必须受苦。同时，它也和死亡 thanatos 联系在一起，因为死亡是人的必然走向。命的最显著的特点是它的不可违逆性："它不受情欲的纷扰，从不产生爱恋，代表着主导宇宙和人生的原始的神性元素。"③ 在索福克勒斯的俄狄浦斯系列中，我们能够看到命运对人的左右以及人对命运的抗争直至和解。发展到20世纪，我们发现在相当一部分文学作品中命运的概念没有了形而上色彩，既不受必然性，也不受偶然性的支配，它变成了一种超越个人之上的、无形的支配力量，这种力量是历史社会经济因素的合力，既和庞大的社会机器的形成有关，也和弥漫着整个20世纪的个体的孤独，失落，隔绝的情绪有关。"现代反讽成为投向世界的目光。所有从浪漫主义时代继承下来的超验的反讽，某种理想主义现在消失了。"④ 现代反讽最杰出的代表是卡夫卡，他在世纪初就以 K 的叙事敲响了20世纪的丧钟。卡夫卡的小说保留了索福克勒斯俄狄浦斯系列的很多母题，使得我们对这两位作家作品中命运反讽的比较成为可能。通过对两者的比较，我们希望截取西方文学史上两个时期的两位典型代表，来探讨命运和个体的关系在文学表现上的变迁。

索福克勒斯：俄狄浦斯的叙事

命运反讽最典型的例子是索福克勒斯的《俄狄浦斯王》。该剧讲述

---

① 陈中梅：《荷马的启示——从命运观到认识论》，北京大学出版社2009年版，第12页。
② 陈中梅：《荷马的启示——从命运观到认识论》，北京大学出版社2009年版，第11—12页。
③ 肖厚国：《自然与人为：人类自由的古典意义——古希腊神话，悲剧及哲学》，华东师范大学出版社2006年版，第10页。
④ 肖厚国：《自然与人为：人类自由的古典意义——古希腊神话，悲剧及哲学》，华东师范大学出版社2006年版，第284页。

的是俄狄浦斯王寻找杀死拉伊奥斯国王元凶的故事。忒拜城饱受瘟疫困扰，神谕说是因为杀死前国王拉伊奥斯的凶手没有被惩罚。现国王俄狄浦斯许下诺言，一定要找到凶手，恢复忒拜城的宁静。在一系列的调查过程中，俄狄浦斯发现自己就是那个在不经意间杀死国王的人。然而，意外接二连三而来。俄狄浦斯发现自己竟然是拉伊奥斯和约卡斯塔的亲生儿子，自己无意中杀死了亲生父亲，娶自己的母亲为妻。俄狄浦斯无颜面对死去的父母，便刺瞎双眼，自我放逐。命运反讽在《俄狄浦斯王》一剧中主要体现在两方面，一是故事的结构，二是双关语。

从结构层面来看，命运反讽主要体现在亚里士多德所说的"突转"和"发现"两个悲剧环节上。命运反讽从字面意义上理解就是个体受到命运的嘲弄，事情的走向完全朝着个体预料的相反方向演变，最终导致命运从顺境到逆境的突变。亚里士多德所说的"突转"并无二异。"突转"是指情节突然向相反的方向逆转，可以是从顺境到逆境，也可以从逆境到顺境，在悲剧中，往往是从顺境到逆境。然而，命运反讽并不止于"突转"，"发现"构成其不可分割的部分。亚里士多德如此定义："发现，顾名思义，是从无知向知情的转变，是对应该获得幸福的人产生爱，或者对应该经受不幸的人产生恨。"[①] 在这个定义中，"发现"不单单是发觉真相，它还有明确的伦理导向，也就是恢复人物的伦理向度，获得其应该有的评价。亚里是多德认为"突转"和"发现"应该共同使用，才能最大限度实现悲剧的震惊效果："最精彩的发现往往伴随着突转。"[②] 我们可以说，没有"突转"的"发现"是缺乏力度的，而没有"发现"的"突转"是没有意义的。正是基于这个原因，笔者认为命运反讽应该同时包含这两个因素，而并非如昆杰斯所说的那样，命运反讽即突转[③]。

[①] Aristote, *Poétique*, introduction, traduction nouvelle et annotation de Michel Magnien, Livre de poche, classique, 1990, p. 101.

[②] Aristote, *Poétique*, introduction, traduction nouvelle et annotation de Michel Magnien, Livre de poche, classique, 1990, p. 101.

[③] Aristote, *Poétique*, introduction, traduction nouvelle et annotation de Michel Magnien, Livre de poche, classique, 1990, p. 94.

在《俄狄浦斯王》中,"突转"和"发现"几乎同时发生。该剧使用的是调查式的结构,即从最初的事实出发顺藤摸瓜,层层逼近真相。所以故事"突转"的时刻便是主人公发现真相的时刻。如前所述,"突转"和"发现"发生于两个时刻,一是俄狄浦斯发现自己正是杀死拉伊奥斯的凶手,二是发现自己弑父娶母的事实。这两条线索共同构成了《俄狄浦斯王》一剧的命运反讽。但是,对事实发展情况的客观描述还不足以给予命运反讽以力度。只有当主体意识和客观世界发生碰撞的时候反讽的意义才能凸显出来。俄狄浦斯王一开始并不知道自己是凶手,他坚定地认为自己不可能与此事有关,以至于当神谕说他就是凶手时,他执意认为是克瑞翁为谋取政权所下的圈套。俄狄浦斯的本意是好的,但他的好意最终导致自我的失败。人对自我的认识和人现实的存在之间形成了鲜明的反差,反讽既是对这一反差的描述,也是对人的自我认知的质疑。同样,当神预言俄狄浦斯将弑父娶母时,所有人都在共同努力使这个预言破产。拉伊奥斯把还在襁褓中的俄狄浦斯交给羊倌处死,侥幸得救,并被波吕波斯国王收养的俄狄浦斯在听到神谕后,离开养父母尽力避免预言的实现。这一系列与神谕的对抗行为最终以失败告终。人的所有回避命运的企图最终不能改变既定的命运路线,这一反差再一次强调人的主观性和客观事实之间的冲突。命运反讽不单揭示了命运的力量,同时也表现了因为自我认知的局限性而带来的主客矛盾,甚至是自我溃败。"发现"不光是发现事情的真相,也是发现自我的真相。

人物错误的自我认知构成了命运反讽的第二个方面,即双义话语。塞杰维克如此定义双义话语:"某种双重情境的两个不同方面之间产生碰撞,观众知晓整个情境,而场上的人物只是部分知晓。"[1] 塞杰维克甚至将双义话语等同于整个命运反讽,他又称之为"索福克勒斯反讽,悲剧反讽或戏剧反讽"[2]。双义话语的根源还是此前所说的错误的自我认知。人物不了解自我在整个事件中的地位,但熟知剧本的观众却清楚地

---

[1] G. G. Sedgewick, *Of irony, Especially in Drama*, University of Toronto Press, 1967, p. 25.

[2] G. G. Sedgewick, *Of irony, Especially in Drama*, University of Toronto Press, 1967, p. 25.

知道人物的真实身份，以至于人物所说的一些话在他自己眼中和在观众眼中呈现出截然相反的意义。比如一开场，俄狄浦斯就向城民保证："如果拒绝行使神所要求我做的事情，我就是罪犯。"[1] 然而，观众们非常清楚，如果主人公行使了神意，找出凶手，他仍然是罪犯。也就是说不管俄狄浦斯如何行动，他都不可避免是有罪的。从人物嘴中说出的意义明晰，指向清楚的话在知情人看来成了意义双关的话语，而这个模糊的话语明确界定了俄狄浦斯的悖论。同样，俄狄浦斯在调查开始前说："我并不是为了遥远的朋友才要把这个污染从这里驱逐出去，而是为了我自己。"[2] 首先，俄狄浦斯并不知道他口中的污染便是他自己，而观众们了然于胸。当他宣称为了自己而驱逐罪犯时，他的意思是作为国王，他有良心上的义务为自己的城民带来福祉。但是观众们明白他所做的最终结果并没有为自己带来任何好处，甚至连良心的平静都不能实现，与其说是为了自己，还不如说是毁了自己。然而，当我们从更高的立意去看待整个事件时，我们会发现俄狄浦斯这句双关语其实还有另一层意义，俄狄浦斯对谋杀的调查其实是对自我身份的调查，从这个意义上来说，他确实是为了自己进行调查。所以到最后，调查结果究竟是成就了自己或是毁了自己并不重要，重要的是围绕自我进行调查的过程。反讽话语的最终含义并不是命运反讽所要展示的要点，它所强调的是话语本身的模糊性以及人是如何在这样的模棱两可中发现自身，定义自身的过程。

让皮埃尔·威尔南非常精妙地指出了《俄狄浦斯王》谜语结构的双重含义最终指向人物本身的双重性，而这种双重性直指人本质上的双重性："奥狄普斯话语中的双重性含义与他在戏剧中的双重身份相吻合，整个悲剧就是建立在这一基础上的。奥狄普斯一开口，说出来的常常是另一码事或者反话。话语的模棱两可并不表明他表里不一（他的性格是

---

[1] Sophocle, «Oeudipe roi», in *Tragédies*, Préface de Pierre Vidal-Naquet, folio classique, société d'édition «Les Belles Lettres», 1962, pour la traduction française. Éditions Gallimard, 1954, pour les notes, Éditions Gallimard, 1973, pour la préface, p. 187.

[2] Sophocle, «Oeudipe roi», in *Tragédies*, Préface de Pierre Vidal-Naquet, folio classique, société d'édition «Les Belles Lettres», 1962, pour la traduction française. Éditions Gallimard, 1954, pour les notes, Éditions Gallimard, 1973, pour la préface, p. 189.

浑然一体的），而是更深刻地表明了他本质上的两重性。奥狄浦斯是双重的。他本身就构成一个谜，只有当他发现自己在所有的点上都已判若两人时，才能猜出谜底"①；"这种逻辑性的逆转模式和悲剧特有的双重思维方式相适应。悲剧通过它，给观众一种特殊类型的教育：人类不是一种可以描述或下定义的存在。他是一个悬而未决的问题［……］"②。确实，我们很难说俄狄浦斯是有罪的抑或是无罪的，他犯下了弑父娶母的罪行，但确是在无意中犯下的，而且俄狄浦斯生性正直，关心人民疾苦，是典型的英雄人物。但我们又隐隐感到，他又并非完全无罪，连索福克勒斯也无法把这个英雄形象塑造成无辜的命运牺牲者的角色。《俄狄浦斯在科罗诺斯》一剧中，主人公临近生命终点，面对歌队的质问时，还是不能坚定地为自己的罪行辩护，因为在他内心深处，他也很难为自己的行为定性，对自己是否有罪持模棱两可的态度③。不管是观众、作者，还是人物本身，都处于两难的道德判断中，与其说是人物形象具有模糊性，还不如说我们从中读出的是人类不可界定的本质。

然而，如果我们把《俄狄浦斯在科罗诺斯》一剧和《俄狄浦斯王》连起来看成对同一人物命运的全景式展现，我们能够发现有罪或无罪的争论并不是那么重要，人类境况的模糊性也不完全是索福克勒斯想要展现的。《俄狄浦斯在科罗诺斯》一剧中，作者试图超越两难的道德判断，把注意力集中在俄狄浦斯命运的再次蜕变上。如果说《俄狄浦斯王》要展现的是命运对人的不公，那么《俄狄浦斯在科罗诺斯》则表现了人如何将不幸转化为大智慧。命运反讽在一段人生两部戏中具有两种截然不同的面目，揭示了偶然和必然在人的质变过程中相辅相成的作用。

《俄狄浦斯在科罗诺斯》一剧承接《俄狄浦斯王》的结局，展现了双目失明、流亡多年的主人公进入垂暮之年，他在女儿安提戈尔的指引

---

① 让-皮埃尔·威尔南：《〈奥狄浦斯王〉谜语结构的双重含义和"逆转模式"》，见陈洪文、水建馥选编《古希腊三大悲剧家研究》，中国社会科学出版社1986年版，第500—501页。
② 让-皮埃尔·威尔南：《〈奥狄浦斯王〉谜语结构的双重含义和"逆转模式"》，见陈洪文、水建馥选编《古希腊三大悲剧家研究》，中国社会科学出版社1986年版，第505—506页。
③ 见《Oeudipe à Colone》, in *Tragédies*, *op. cit.*, p.370。

下来到雅典城。此时的他"受到人间最残酷的苦难的奴役不得安宁"①。这份苦难并非他主动招致的，而是命运本身强加于他的。安提戈尔替她父亲道出了命运的强大力量："当神引导人走向他的命运，没有人能够逃脱。"② 俄狄浦斯的前半生都在为命运的强大力量和个体在命运前的渺小作注解。在索福克勒斯的观念里，苦难甚至成为人类恒定的命运，俄狄浦斯王以其大起大落的人生夸张地勾勒出寻常人的卑微生命。"漫长的日子为人准备的考验更接近于痛苦而非快乐。［……］因为当你不再拥有年幼无知的那一刻起，就不可能不经受一些痛苦，不可能不受到一些苦难。"③《俄狄浦斯在科罗诺斯》中的歌队如此将主人公单独的命运提高到整个人类命定的苦难上来。"不出生，比什么都好，或者一出生就尽快回到起点"④，这里表现出的人世即苦难的思想。但是悲剧的伟大在于它并非单纯展现命运对人的摧残，它更致力于展现人在困境中透露的高贵品格，命运反讽的力量体现在如何借助"突转"和"发现"实现命运的逆转。黑格尔如是说："真正的同情应该努力和受难者身上高贵的，正面的，本质的东西发生共鸣。"⑤ 俄狄浦斯的高贵在于他承受住命运的打击，兑现自己的承诺，自我放逐，为城邦赎罪。不管他是否在无意中犯下过错，他都承担起行为的客观结果，将此看作他自身的一部分。这是《俄狄浦斯王》中的高贵人格。《俄狄浦斯在科罗诺斯》中，俄狄浦斯的高贵超越了人类行为的伦理向度，变成了对人的本质的探索。如果说俄狄浦斯的第一次命运反讽将形而上原则拉到具体的伦理原则，那么第二次命运反讽则把伦理原则再次提高到形而上原则。

俄狄浦斯向雅典城民介绍自己时说："我没有祖国。"⑥ 这其实又是一句双关语：表面上看流亡中的俄狄浦斯确实无所归依，但它的深层意

---

① 见《Oeudipe à Colone》, in *Tragédies*, *op. cit.*, p. 355。
② 见《Oeudipe à Colone》, in *Tragédies*, *op. cit.*, p. 359。
③ 见《Oeudipe à Colone》, in *Tragédies*, *op. cit.*, pp. 392-393。
④ 见《Oeudipe à Colone》, in *Tragédies*, *op. cit.*, p. 393。
⑤ G. W. F. Hegel, *Esthétique*, quatrième volume, traduction S. Jankélévitch, Champions Flammarion, 1979, p. 266。
⑥ 《Oeudipe à Colone》, *op. cit.*, p. 358.

义是要表达主人公精神上的无所依附。他不再是执着地想要弄清自己身份的国王,在这场双重身份的悲剧背后,他看到的是任何身份的脆弱和虚妄。悖诡的是,当他无所依附的时候,他突然找到了安身立命的真谛:"当我什么都不是的时候,我成了一个真正的人。"[1] 俄狄浦斯对女儿伊斯墨涅那说。这句话的意思是,当我不再执着于成为这样或那样的人时,当我清空存在于本质之上的一切表象时,我所呈现的只是我的本质,而此时我成为真正的人,并非具象意义上的作为个体的人,而是超越了人类局限性的理想的人。命运反讽在于当一个人极力想成为某种类型的人时(称职的国王、英雄、避祸趋福的人),命运与他的意志背道而驰,他什么都不是。而当他放弃一切表象,寻找本质时,他突然什么都是了。什么都不是,又什么都是,两个极端在命运的图谱中神奇地融合为一,俄狄浦斯超越了个体命运,代表了人类普遍的命运。"普遍性能够测试悲剧情感,情绪和思想缠绕,同情和洞察并存,人物和情境的介绍不单吸引某类人,而是作为人的人"[2],坎贝尔对悲剧的评论完美地适用于俄狄浦斯。

通过这两部命运反讽的经典剧目,我们发现悲剧的真正意义不在于表现人和命运之间的冲突,而在于人和命运的和解,尽管这种和解必须通过冲突的方式表现出来。暮年的俄狄浦斯和命运获得了和解,他对伊斯墨涅那说:"女儿,把我领到我能不冒犯虔诚地听和说的地方,不要和必然性产生冲突。"[3] 俄狄浦斯本就是虔诚之人,敬神是他的美德。但他之前的虔诚更多的是道德行为,没有内在的体认,以至于当神谕和他的意志产生冲突时,他选择背弃神谕。暮年的俄狄浦斯从内心认同并遵守神的意志,但这份遵守并非经受命运打击的人懦弱的顺从,而是在认清真相的基础上对命运的赞叹,这份赞叹类似于人类在面对雄伟的自然界时发出的充满恐惧和战栗的赞叹。康德在《论崇高》中分析了这种情

---

[1] 《Oeudipe à Colone》, *op. cit.*, p. 364.
[2] Lewis Campbell, *Tragic drama in Aeschykus, Sophocles and Shakespeare*, M. A., LLD, D. Litt, New York, Russell & Russell, Inc., 1965, p. 53.
[3] 《Oeudipe à Colone》, *op. cit.*, p. 375.

感。当人们在面对充满了无限力量,而自己的想象力无法触及的事物时,"会产生生命力的短暂停顿,随后生命力会更加强烈地涌动"①。这时,精神脱离了感观,完全集中在思想上,思想中蕴含了终极目标。思想的世界在人们身上唤起对灵魂力量的赞叹,"自然在我们的审美判断中激起崇高感并非因为它让我们害怕,它唤起我们身上并非自然的力量,这个力量让我们看到自己所关注的事情(财产、健康、生命)是多么渺小,我们于是不会把大自然的力量看成是必须对此俯首称臣的力量,虽然我们确实在所有事情上都仰仗于它。仅仅是因为这个力量让我们的想象力能够呈现这样的场景,精神能够因此感觉到它具有崇高的目的,甚至高于自然"②。

命运的力量又何尝不是,甚至是唯一能同时激发起人类恐惧和赞叹的力量。无来由的命运让人同时感到相对境况的渺小和绝对智慧的无穷。命运的大起大落让人在一瞬间窥见任何相对之物的脆弱,也激发了人追求永恒本质的热情。败也命运,成也命运,人类在命运中发现自己的肉身中蕴含了无限的可能性。人们最后发现,自身和命运并不相悖,在命运的力量中蕴含了人类自身的力量,而人类灵魂的力量又何尝不是更大智慧的体现。如此,俄狄浦斯和神达成了黑格尔意义上的和解:"最高和最终的目标不是产生不幸和痛苦,而是精神的满足感,因为只有这样降临到人类身上的必然性如同来自绝对理性,而灵魂能够感觉到真正道德上的平静,主人公因为遭遇而混乱,因为事物本身而平静。"③ 人和命运,人和神意的和解同时也是人和自身的和解,在最终的和解中,人窥见宇宙和自身的秘密,人便成为神。从罪犯到先知,俄狄浦斯最后在死亡中步入神的行列。"他走的时候既没有抱怨,也没有疾病的痛苦,在完全的奇迹中离开。"④ 从凡人到国王,从国王到罪犯,从罪犯到先知,

---

① E. Kant, *Analyse du sublime*, dans *Critique de la faculté de juger*, trad. Par A. Philonenko, Librairie philosophique J. Vrin, 1965, p. 85.
② E. Kant, *Analyse du sublime*, dans *Critique de la faculté de juger*, trad. Par A. Philonenko, Librairie philosophique J. Vrin, 1965, p. 100.
③ Hegel, *op. cit.*, p. 404.
④ «Oeudipe à Colone», *op. cit.*, p. 406.

从先知到神，俄狄浦斯的命运反讽揭示了凡人如何借助命运的大起大落完成从人到神的蜕变。如果说俄狄浦斯是有罪的，那是因为他无法看清真相，在自我执念中和命运作对。俄狄浦斯身份之谜是人类处境之谜，俄狄浦斯调查案件的过程是人类探索自我本质的过程。索福克勒斯的反讽向我们展示了所谓英雄，便是在苦难中获得智慧，在逆境中获得重生，在相对中洞见绝对的人。而英雄的存在也指出了人类生活的走向："恢复与神的关系，经由此恢复实现人和神曾经拥有的同一性。"①

卡夫卡：K 的叙事

经过漫长的历史变迁，20 世纪对命运反讽的认识和表现和索福克勒斯的时代有了很大的差异。在之前的分析中，我们可以得出组成命运反讽的几个主要元素：对命运本身的呈现，命运加在个体身上的罪，个体为洗罪所做出的努力的溃败，个体和命运之间的和解。这些元素构成了《俄狄浦斯王》的框架，我们在卡夫卡的作品中发现了同样的结构。然而，相同的元素却有着不同的导向，如果说命运反讽本质上是人和主导性的外部力量间的关系的探讨，那么这种外部力量的性质的变化在 20 世纪直接导致了人和世界的关系的质变。《俄狄浦斯王》的命运反讽可以概括为：一个命定有罪而不知自己有罪的人采取一系列行为证明自己无罪，却最终发现自己有罪的过程。在卡夫卡的作品中，命运反讽转变为一个被法庭判有罪实际上却无罪的人采取一系列行为证明自己无罪，却最终自我判定有罪的过程。同样的结构，不同的前提，卡夫卡的现代世界和索福克勒斯的古代社会相比，出现了自相矛盾的悖谬之处，迷惑，恐惧，不可知是卡夫卡的命运反讽的基调。

在《俄狄浦斯王》中，命运以神谕的形式出现，它在一开始就被给出，清晰无误。在《审判》中，超验的命运失去了超验的特性，却保留

---

① 《自然与人为：人类自由的古典意义——古希腊神话，悲剧及哲学》，华东师范大学出版社 2006 年版，第 27 页。

了命运的威慑。这股力量被称为"法",法庭是其具象的执行者。"法"的形象的悖诡之处在于它总是以社会机构的面目出现,但又超越单纯的物理意义成为主宰人、规范人、评判人、塑造人的无形的力量。卡夫卡对不可捉摸、无法界定、无处不在、如影随形的"法"做了精彩的描述。在《审判》和《城堡》中,"法"既凌驾于生活之上又和生活混同为一体。审判K的法庭坐落在民居中,平时是木匠的住处,有审判时又成为法庭。同样,K寻求帮助的画家住的阁楼平时竟然也是法庭。"法"的力量渗透到生活的角角落落,用来审判生活的法庭本质上又是生活的一部分。"法"与神旨不同的是,它不是超验的,它对人类世界方方面面的统摄使它成为人唯一的生存环境。泛法庭化的效果还在于K身边所有的人都有可能和"法"相关:律师,画家,牧师,女人……所有人都有可能是"法"的同谋或被告,人的本质属性不再依据其自身的品格给出,而是根据他和"法"之间的关系界定。

"法"的悖论在于它与生活如此贴近,几乎和后者成为同一,但它和个体在根本上是隔绝的,个体无法洞见"法"的真面目,甚至连通向"法"的道路都不曾知晓,"在法的门前"的寓言和《城堡》就是人和"法"之间的关系的写照。乡下人终其一生都在法门面前兜转,却始终未能窥见"法"的面目,最多看到了"法"的一束光。K面对城堡也是如此,他一次次走近城堡的企图都是原地打转。城堡全方位统治着村庄,却和村庄之间隔着一条不可穷尽的路。K这样描述城堡:"观察者的眼光始终不能集中在他身上,而只能从他那儿悄然离开。这种印象,由于今天的暮色而变得更加强烈和深刻了;观看的时间愈久,愈不能看清他的真容,在暮色茫茫的时刻,一切都变得更加莫测高深了。"[①] 不管人是多么热切地想窥见"法"的真容,最后证明只是徒劳。问题并不在于人本身缺乏认识"法"的能力,而是"法"的隔绝和抗拒决定它终不可能和人产生直接联系,人的目光始终无法聚焦于"法"上。正是这种既无处

[①] 林骧华主编:《卡夫卡文集1》,《城堡》,马庆发、计美娟、李小宛译,安徽文艺出版社1997年第1版,1998年第2版,第109页。

不在又无从接近的矛盾让人产生无力可施的绝望："他想到，克拉姆离他很遥远，想到他那不可攻陷的住所；想到他的沉默，或许这种沉默只有通过大声嘶叫才能打破；而K从未听到过这种歇斯底里的狂喊乱叫，想到他那咄咄逼人的，眼睛往下瞪的，似假似真的眼神；想到他的畅通无阻的道路，而K在下面不管怎样变着法子也无法阻拦他，只是根据不可理解的法律，才能见到昙花一现的道路；就此而言，克拉姆和老鹰才有许多共同之处。"① 在"法"的沉默面前大声嘶叫，面对他的召唤却无迹可循：K的绝望是无路可走的狂躁。正如卡夫卡的名言所云："目的虽有，却无路可循，我们称作路的东西，不过是彷徨而已。"②

"法"的悖谬还体现在严苛和模糊并存。如同命运一样，"法"规定了每个个体在世界运行过程中的位置，个体只能根据他所在的位置行动。在俄狄浦斯王身上，我们还能看到鲜明的自由意志，神的绝对旨意不能改变人身上所具有的英雄气概，人被提到了和神同样的高度。在卡夫卡的作品中，"法"以先天的压倒性的力量控制了个人意志的生发，每一个以个人名义发出的行动都在法的布局之内，以K为代表的现代人几乎没有了行动的可能性。卡夫卡这样描述法庭："这个庞大的法院组织在某种程度上是永远浮动着的，如果你在自己所处的位置上独自改变了什么，你就会丧失立足之地，从而会摔得粉身碎骨，而这庞大的组织却能轻而易举地在其他地方——因为一切都是关联的——为它所遭受的哪怕是最小的干扰找到补偿，不仅保持不变，反倒极有可能会变得更加封闭，更加警惕，更严厉也更恶毒。"③ 个人会因为违背"法"的意志遭到毁灭性的惩罚，"法"却不会因为个体意志的对立损伤毫发，它的自我修复功能，它的补偿机制表明了任何以个人或集体名义挑战其权威的可能性微乎其微，恐怖的权力吸收了一切对立面成为壮大其自身力量的养料。

---

① 林骧华主编：《卡夫卡文集1》，《城堡》，马庆发、计美娟、李小宛译，安徽文艺出版社1997年第1版，1998年第2版，第128页。

② 卡夫卡：1917年11月18日日记，转引自叶廷芳《卡夫卡及其他——叶廷芳德语文学散论》，同济大学出版社2009年版，第70页。

③ [奥] 弗朗兹·卡夫卡：《审判》，冯亚琳译，译林出版社1990年版，第87页。

《审判》中 K 初次到法庭，发现观众分为两派，一派似乎是支持他的。最后他发现支持他的那派不过是为法庭工作的官员，他们根本上是法庭的人。"法"表面上包容异见，实际上是利用异见，甚至创造异见，为的是维持法庭正常运转的假象。卡夫卡笔下的"法"不是一种原则，不代表任何价值，它是一部机器，一种规则，作为纯粹的力量被放置在自我运行的轨道上。它的唯一目的是自身的运转，只要永不停息地运转，一切有利或反对它的因素都可以被容纳进来，这使得"法"的面目非常模糊，不易被定性，这也是为什么 K 觉得很难集中注意力观察城堡，因为"法"不是只有一种面目，它由无数张脸构成，就像城堡官员克拉姆的脸，没有人真正见过他，所有关于他的印象只是从大家各自的瞬间印象、想象和猜测中得来，最后变成了所有人都有可能是克拉姆，没有人真正确定是克拉姆。"人们就是这样把自己弄得迷迷糊糊。"① 即便有人声称见到了克拉姆，也不能保证那个人就是真的克拉姆，因为以假换真，以虚代实是法庭的拿手好戏，卡夫卡的世界是一个真相失落的世界，人们无从判断什么是真的，什么是假的，甚至无从判断自己的善恶，所有看到的、听到的，"所有的接触都是虚幻，假象"②。

"法"的第三个悖谬的地方是它摧毁个体的本质和其给予的自由的假象。"法"以其不容置疑的权威性给个体定罪，使个体生活在恐惧和内疚中，从精神上慢性折磨他，消耗他的生命力。慢性折磨很难以量来衡量，它并不表现为撕心裂肺的痛苦，它所激起的是不可名状的不适感或者病态。K 在法庭上感到"突如其来的虚弱"③，"像晕船似的，好像坐在一条波涛汹涌中航行的船上，仿佛大浪在拍击着木墙，仿佛走廊下有海水在翻腾，浪潮滚滚而来，走廊在上下颠簸，在两旁等候着的当事人忽上忽下"④。K 把这种不适定义为晕船，具体来说是一种失真感，像被突然推到一个陌生的世界，无法确定经历的一切是真实还是梦魇。

---

① 《城堡》，第 198 页。
② 《城堡》，第 81 页。
③ [奥] 弗朗兹·卡夫卡：《审判》，冯亚琳译，译林出版社 1990 年版，第 53 页。
④ [奥] 弗朗兹·卡夫卡：《审判》，冯亚琳译，译林出版社 1990 年版，第 56 页。

"法"对人的精神控制还体现在奴化上。《审判》中 K 在律师家遇到的商人是典型的被"法"摧残的人的形象。他"迷信"①，"敌友不分"②，"像一条狗［……］跪在那里摇来晃去"③。他明知"法"的定罪是不公的，但在长期与"法"周旋的过程中，他与"法"之间的关系日渐扭曲，"法"不再是敌人，而是主子，与"法"斗争的过程变成了献媚。理性的损毁，判断力的丧失，在"法"的无形枷锁下个体被奴化。然而奇怪的是，从表面上看"法"只是占据了当事人的一部分时间，当事人还有相当多的自由时间做审判以外的事情。当 K 被捕的时候，"他还是自由的"④。当他接到通知受审的时候，甚至不知道确切的时间、地点。最后，牧师告诉 K："法院不要求你做什么。你来了它就接纳你，你要走它就放你走。"⑤"法"给了被告表面上的自由，似乎人的个人意志被维持在可被容许的程度。"法"不是极权，它以更为宽容、更为温和的姿态出现，让个体在虚幻的自由中消耗生命。

　　至此，我们看到在命运反讽中占有重要地位的命运的概念在卡夫卡描绘的现代社会中发生了根本性的变化。"如果说，古代文艺作品中的神秘感乃是人们对某种自然现象与社会现象的奥秘欲探悉而不能的反映，或者带着对这种奥秘的恐惧期待着神明的解放，那么，卡夫卡作品中的神秘感则是由于他对现代社会那日甚一日的异化现象感到惊讶与沮丧。"⑥《俄狄浦斯王》中的命运是凌驾于人类生活之上，起原则性指导作用的，能够激发人身上崇高性的外部意志。它给我们勾勒的是一种明确而简单的人类生活框架下对世界运转规则的想象，不管遭受怎样的磨难，人们对这个朴素而凝重的原则始终抱有认同感。人的形象可以是双重的，命运的旨意却是清晰的。在卡夫卡笔下，决定人物命运的力量不再是超越生活的原则，它混同于生活，成为生活的一部分，甚至是生活

---

① ［奥］弗朗兹·卡夫卡：《审判》，冯亚琳译，译林出版社1990年版，第127页。
② ［奥］弗朗兹·卡夫卡：《审判》，冯亚琳译，译林出版社1990年版，第141页。
③ ［奥］弗朗兹·卡夫卡：《审判》，冯亚琳译，译林出版社1990年版，第143页。
④ ［奥］弗朗兹·卡夫卡：《审判》，冯亚琳译，译林出版社1990年版，第4页。
⑤ ［奥］弗朗兹·卡夫卡：《审判》，冯亚琳译，译林出版社1990年版，第164页。
⑥ 叶廷芳：《卡夫卡及其他——叶廷芳德语文学散论》，同济大学出版社2009年版，第79页。

本身。这使得人物在与命运的斗争中不再有任何超脱的崇高的情感，而是和周遭环境周旋的疲惫感。这股力量不具有任何超验力量所具备的整体感和威严感，它面目模糊，充满悖谬，不可理解，让人无从着手。它与人本质上对立，摧毁人的个人意志，在潜移默化中规范人，控制人，奴役人。卡夫卡的"法"不是简单的某种社会制度的再现，对资本主义的异化或极权制度的影射。相反，后两者是统领现代生活的力量的缩影，它表达的是现代社会中人和世界的关系。"卡夫卡意义上的法庭是一种判决的力量，它要判决，是因为它有力量，是它的力量而不是别的什么东西赋予了法庭以合法性［……］。"①

和法相对的是罪的意识。罪的预言，罪的实现，罪的发现构成了俄狄浦斯王命运反讽的主干。罪的预言是先于人的存在而存在的，俄狄浦斯出生之前拉伊奥斯国王就接受了神谕，此后所有人物的行为目的都是避免罪的实现。所以罪带有先验性质。但是罪的预言并不代表对罪行的审判，也就是说在罪实现之前罪的预言并不具有审判的效力，它只是作为未经验证的预言存在，却并不对人构成实质性的判断。《俄狄浦斯王》中，罪的实现是因为无知而犯下的，罪的确立和动机的错位形成了反讽的第一个效果。但并不因为这种错位人物身上的罪性就可以抹去，在索福克勒斯的观念里人物必须要为自己的行为负责，不管其动机如何，纯粹的行为构成一个人本质的一部分。从罪的实现到罪的发现构成反讽的第二个效果，竭尽全力想要避免罪的实现的人最后发现自己的罪性，即从无知到有意识的转变。如果我们把《俄狄浦斯在科罗诺斯》看作命运反讽的结局，它可以被称为赎罪。罪行的预言和实现是不可理解的，醒悟和赎罪的过程则完全体现了个人意志，人物依靠自身行为确立了自己的本质。所以在索福克勒斯的命运反讽中，罪的先验给了人自我实现的途径，命运的意志和人的意志获得了和解，或者说两者本来就是一致的。

在卡夫卡的作品中，上述四个环节中只剩下罪的预言和罪的发现。

---

① ［捷克］米兰·昆德拉：《被背叛的遗嘱》，余中先译，上海译文出版社2003年版，第237页。

和《俄狄浦斯王》不同的是，在《审判》中，罪的预言并没有以一种类似于神谕的形式，以清晰无误的方式预先给出。在一个清晨，K刚醒来，发现被捕的时候才突然被告知自己有罪。所以所谓罪的预言实际上直接过渡到了罪的审判，命运反讽在一开始就蕴含在故事的开端里。俄狄浦斯的罪虽然是先验的，但它组成了世界秩序的一部分，K的罪也是先验的，是原罪，但它构成了对个体所认为的世界秩序的挑战，因为我们完全不知道世界是按照什么原则运转的。罪是什么并不重要，重要的是罪的审判，在这里表面上缺失的是罪的定义，实际上是"法"的定义，或者说是统领世界秩序的原则的缺失，"法"的严苛和它本质上的模糊构成了卡夫卡的世界的悖论。我们便从原则性的世界过渡到了执行力的世界。

其次，罪的实现是缺失的，这构成了卡夫卡的第二次命运反讽。正因为人物不知道违反了哪一条法律，不知道犯了哪桩罪，所以根本无所谓罪的实现。或者说罪的实现先于罪的审判产生了，但同样因为"法"的模糊，罪的实现也变得模糊起来。人物的无知并不体现在对自己行为的无知，而是对"法"的无知，就像"法的门前"中的乡下人和守卫，"法"的施力者和执行者都没有进过法门一窥其真相。正如德勒兹所说："法根据它纯粹的形式获得定义，没有内容没有目标，没有特别的规定，以至于我们不知道它是什么，我们也不能知道。它发生作用，却不被了解。它定义了一个流浪的领域，在这个领域内，我们已经是有罪的。也就是说在知道界限是什么之前我们已经越过了界限。"① "法"的模糊决定了人的主体性的模糊，到最后，我们不能判定K真的有罪或真的无罪。俄狄浦斯的罪体现了人的双重性，即意图和行为的错位导致人既有罪又没罪。K的罪体现了人的模糊性，即一个没有本质的存在。

卡夫卡的第三次命运反讽体现在罪的发现。俄狄浦斯的罪的发现是对已经犯下的罪行的觉悟，卡夫卡的发现是对无法确定的罪行的自我定罪。K决定为自己申辩："他想在里面附上自己的简历，就每一件较重要

---

① Gilles Deleuze, *Présentation de Sacher-Masoch*, *le froid et le cruel*, avec le texte intégral de *La Vénus à la fourrure*, traduit de l'allemand par Aude Willm, Paris, Les Éditions de Minuit, 1967, p. 73.

的事解释一下自己那样做的理由,并按今天的判断说明这些做法是对还是错,再看看能为这一或那一情况列举哪些理由。"① 他最后发现根本不可能完成,"[……] 并不只是懒惰和欺诈让律师难以完成申辩书,而是因为在对现有的指控和还有可能扩大的罪状一无所知的情况下,要回忆你整个一生,包括所有最微不足道的行为和事件,要描述并从各个方面审视这一切,这是多么可悲的一项工作!"② 在回顾一生的过程中,所有细节都变得模棱两可起来,原本是为自己申辩的过程却变成了寻找罪行的过程。《城堡》中阿玛利亚的父亲比 K 走得更远。他们全家因为冒犯了官员的信使被村民疏远。然而,没有任何人能明确说出他们的真正错误在哪里。罪行的不明确让阿玛利亚的父亲很焦虑,"他恳求城堡的宽恕[……] 可是有什么要宽恕的呢?从来没有向他提出过控诉,至少在村镇记录簿上没有,在那些律师可以看到的记录簿里也没有控告他的材料,因为,可以想见,既没有向他提出过任何控告,也没有谁准备向他提出控告。[……] 可是在他求得宽恕以前,他必须证明自己有罪"③。他回顾一生,觉得自己的错误应该是少交了税,于是他日复一日等待税官,用尽力气洗刷自己的罪行。我们所面对的是个体从自知无罪或不能确定自己是否有罪走向自我定罪,自我审判的过程。在这个过程里,个体从"法"的受害者变成了"法"的执行者,正如德里达所说的:"门卫和乡下人,在法面前互相交换位置,互相模仿,互相走向对方。"④"法"被内化,从外在于人,与人对立变成人的意识的一部分,人只有变成反对自身的力量才能生存下去,这才是人的真正的"异化"。而迫使人异化的,与其说是不可言说的"法",还不如说是在"法"面前人因为自身的模糊性带来的不确定感。在罪的不确定面前,罪的审判更能让人安定。在原则缺失的情况下,面对不确定的意义的焦灼或许是 K 们走向自身对立面的原因。

---

① [奥] 弗朗兹·卡夫卡:《审判》,冯亚琳译,译林出版社 1990 年版,第 81 页。
② [奥] 弗朗兹·卡夫卡:《审判》,冯亚琳译,译林出版社 1990 年版,第 92 页。
③ 《城堡》,第 228—230 页。
④ 胡志明:《卡夫卡现象学》,文化艺术出版社 2007 年版,第 380 页。

《俄狄浦斯王》的结尾俄狄浦斯刺瞎双眼，自我放逐，《俄狄浦斯在科罗诺斯》中他经历的种种磨难和唾弃是主人公赎罪的过程。这个过程在卡夫卡笔下也是缺失的，因为即便有认罪的倾向，但 K 并不放弃与罪念抗争。表面上是和"法"的抗争，实则是和自身抗争，正是在这个抗争过程中卡夫卡的人物显示出仅存的个人意识，表现出人的一丝伟大来。俄狄浦斯和 K，一个在罪行明确的情况下，另一个在半明半暗的状态下，选择了两种不同的方式试图定义自身。《城堡》的开头，K 就发誓："不管这条路多么艰难，甚至也不管回家的路多么没有希望，他也决不会放弃继续走下去。只要别人能够继续拖着他往前走，那么这点力气他总是够的。"① 渐渐地，K 发现接近城堡的路很崎岖，别人也嘲笑他的无知，K 说："我是无知的；但无论如何现时存在的事实对我来讲则是非常悲哀的；但这残酷的事实也有有利的一面，那就是这种无知更能使人勇往直前；所以只要我一息尚存，我就这样无知下去，并且忍受更糟的结果。"② 在 K 身上，我们仍然能够看到为了找到真相，为自己寻找一个定义的勇气。K 的抗争是没有了行动可能性的现代人拒绝在行动开始之前就被限定的处境。

　　俄狄浦斯赎罪的结果是智慧的获得，他和命运和解，并获得了神的洞见。K 也在某种程度上和"法"获得了和解。在《城堡》中，K 最后放弃了对城堡的追逐，他这样说道："我不知道事情是不是这样的，一点也闹不清自己错在哪里，[……] 好像我们追求得太费劲，太张扬，太天真，太没经验了。[……] 我们想得到它，哭着，闹着，扯着，就像孩子拽桌布一样，什么也没拿到，反而把所有的好东西都拉到了地上③。"临走的时候，K 前所未有地对老板娘鞠躬，并保证他再也不会做恼人的事情。与"法"的和解是对自身抗争过程的否定，与其说是对过程的否定，不如说是对方式的否定。K 将自己定义为孩子，在接近城堡的时候表现得太天真太幼稚，缺乏一个成年人应该有的冷静。K 通过承

---

① 《城堡》，第 34 页。
② 《城堡》，第 63—64 页。
③ 《城堡》，第 323—324 页。

认自己的罪性和"法"获得和解，但他所认同的罪不是先前被莫名其妙定下的罪，而是在调查过程中的行为失当。这个意识对像 K 一样的现代人来说非常重要，我们不再试图去探讨什么是"法"，"我是否真的有罪"这类超越我们理解力，并永远不会有答案的问题，我们必须接受"法"其实是缺失的，他的决定是荒谬的。我们所面对的命题是：如何在什么都不能改变的情况下，和"法"融洽地相处？正如"在法的门前"最后牧师所说的："不用把什么都看成是对的，只需把它视为必要的。"① K 虽然认为这是"可悲的观点，[……]谎言变成了世界的秩序"②，作者还是意味深长地加上一句："K 最后这么说，可这并不是他的最终断言。"③ 牧师的意思是不要纠结于对错这样的原则性问题，既然原则本来就是不可获知的，甚至是有问题的。还不如把精力放到必要的事情上来，即在"法"的威权下让自己安全地生存下去。俄狄浦斯王的和解是从较低的原则进入最高的原则，从人性进化到神性，是理想主义的产物。K 的和解是在接受原则并不存在的前提下，在人性的层面上最大程度地保持不下滑，不使情况恶化，这是现实主义的产物。

结　语

通过对俄狄浦斯叙事和 K 的叙事的比较分析，我们发现索福克勒斯和卡夫卡在对命运反讽的结构上有类同的地方：对命运的表现，对罪的探讨，人物的抗争过程，和命运的和解共同构成命运反讽的母题。相同的结构却包含不同的意义。俄狄浦斯的命运是超验的、绝对的、清晰的，它代表了世界的秩序，在本质上并不与个体对立，是人从人走向神的途径；K 的命运观集中在"法"的概念上，它被社会组织化，非人化，集权化，是超越个人之上，规范人、控制人的力量。俄狄浦斯的罪经过了

---

① ［奥］弗朗兹·卡夫卡：《审判》，冯亚琳译，译林出版社 1990 年版，第 163 页。
② ［奥］弗朗兹·卡夫卡：《审判》，冯亚琳译，译林出版社 1990 年版，第 163 页。
③ ［奥］弗朗兹·卡夫卡：《审判》，冯亚琳译，译林出版社 1990 年版，第 163 页。

预言、实现、发现和救赎的过程；K 的罪完全集中在审判和发现（内化）的过程中。罪的不可知，不确定，它的异化的力量成为"法"在个体身上施力的方式。俄狄浦斯和 K 都经历了抗争的过程，但是俄狄浦斯的抗争带来了人的升华，K 的抗争导致人的妥协。俄狄浦斯和命运的和解代表了智慧的获得，死亡是这种和解的必然走向，即从人性向神性的升华；K 和"法"的和解代表了现代人基于现实考虑的选择，人为了保全自己必须向异己的力量妥协，这是现代人的成熟观。命运反讽在俄狄浦斯身上有两个突转，一是从国王到流亡者的突转，二是从人性到神性的突转，两者都揭示了人的双重性。命运反讽在 K 这里也可以概括为两个突转，一是无来由地突然被宣判有罪，二是在经历抗争过程后人物认罪的过程，也就是从人降格为动物的过程，两者揭示了人和"法"的悖谬。

  从索福克勒斯的时代到卡夫卡的时代，人和环境的关系发生了转变。古希腊文学展示了人和环境的一致。人承认有统一的原则指导世界的运转，敬畏这一总体性的原则并相信这一原则和人并相信人必须克服自己身上的"兽性"走向"善"，"自然乃是一个有意义的秩序，其包含着人性完善的东西——善"①。人无论遭受怎样的挫折，或者并不能事先预见统领世界的原则，他还是将自己看作实现秩序的一部分。这里体现的是人和环境的整一，即总体性原则，正如乔治·卢卡奇所描述的那样："人们能够理解并一眼看到意义的世界。只需在世界上找到适合每个个体的地方。这个世界是同质的，人和世界的分离，我和你的分离都不能摧毁这种同质。灵魂处于世界上，像任何一个其他元素处于这种和谐中，给予他轮廓的界限和物的界限并无二异，界限根据一个同质的平衡的世界勾画出清晰明确的线条，但只以相对的方式做出区分。"② 然而，现代

---

  ① 《自然与人为：人类自由的古典意义——古希腊神话，悲剧及哲学》，华东师范大学出版社 2006 年版，第 44 页。
  ② Georges Lukacs, *La théorie du roman*, l'édition originale chez Paul Cassirer, Berlin, 1920, présente édition, Éditions Gontier, by Hermann Luthterhand Verlag Gmbh, Neuwied am Rhein, Berlin-Spandan, 1963, p. 23.

世界不再是一个具有总体性的同质的世界："生活的广阔的总体性不再以直接的方式给出，[在这个时代]生活的内在的意义成为问题，但却仍然不懈地追求总体性。"① 总体性的解体带来的是原则的缺失，卡夫卡世界中的"法"貌似从总体上控制了整个世界，但它并没有原则，它的核心是空的，它的面目是模糊的，它给人带来的威慑感仅仅来自它的荒谬的执行力。这个虚妄的总体性原则更加强化了人和环境之间的异质，环境不再成为人实现个人意志的助力，它阻碍人的发展，消磨人的意志，摧残人的本性，成为人的对立面。从这个意义上来说，卡夫卡的命运反讽是对异己环境下个体的困境的绝望控诉。

【作者简介】

赵佳，教授，博士生导师，浙江大学外语学院法语所副所长（主持工作）。浙江大学"求是青年学者"，浙江大学"仲英青年学者"，入选浙江省151人才工程。现为中法语言文化比较研究会常务理事，中国外国文学学会法国文学研究会理事，浙江省翻译协会理事，浙江省作协成员，巴黎三大"现代文学艺术理论和历史"研究所兼职研究员。担任 Revue européene de recherches sur la poésie（Paris, Classique Garnier）期刊编委；Noria, revue littéraire et artistique（Paris, L'Harmattan）期刊编委。主要研究领域为法国现当代文学，发表专著和论文30余本（篇），主持包括国家社科基金在内的多项国家和省部级项目。

联系方式：电子邮箱：zhaojia@yyp11@hotmail.com 手机：15268171094

通信地址：杭州市浙江大学外语学院法语所（紫金港校区）

---

① Georges Lukacs, *La théorie du roman*, l'édition originale chez Paul Cassirer, Berlin, 1920, présente édition, Éditions Gontier, by Hermann Luthterhand Verlag Gmbh, Neuwied am Rhein, Berlin-Spandan, 1963, p. 49.

《安提戈涅》中性别伦理的阿尔莫多瓦式解读

浙江大学外语学院
■史烨婷

【摘　要】法国纯真剧团改编的《安提戈涅》(2014) 以西班牙文化的引入和西班牙电影导演阿尔莫多瓦艺术风格的介入为特点，冲击了观众对索福克勒斯这一经典作品的传统认知，为《安提戈涅》研究开辟了新的视角。继黑格尔、荷尔德林、德里达、巴特勒等西方哲学家对其进行的侧重政治学、血亲关系和性别差异的研究后，纯真剧团的《安提戈涅》对人类性别伦理提出的质疑和思考再度把文学经典推到了时代的浪潮中。

【关键词】《安提戈涅》　性别伦理　阿尔莫多瓦　纯真剧团

【Abstract】 Adapted by the French troupe "La Naïve", *Antigone* (2014) is characterized by the involvement of the Spanish film director Pedro Almodovar's artistic style, from the presentation of the stage to the discussion of the core issues are all integrated into the gender ethics issues concerned in his films, This paper probes into the transformation of ethical identity and its impact on ethical value caused by gender ambiguity and transition. The adaptation of the troupe "La Naïve" combines the ethical choice of Antigone with the issue of gender, and makes a new interpretation and analysis of the gender ambiguity, trans-gender and sexual minorities in the fields of politics, society, philosophy and literature, which opens up a new perspective for Antigone Research. Following the research on politics, kinship and gender differences of Western philosophers, such as Hegel, Hölderlin, Derrida and Butler, the *Antigone* of the troupe "La Naïve" questioning and thinking of human gender ethics once again pushes the literary classics into the tide of the times.

【Key Words】*Antigone*　Ethics of Gender　Almodovar　La Naïve

公元前 441 年，索福克勒斯（Sophocle）写下著名的忒拜三部曲（*Cycle des pièces thébaines*《俄狄浦斯王》/*Œdipe roi*《俄狄浦斯在科罗诺斯》/*Œdipe à Colone*《安提戈涅》/*Antigone*）讲述俄狄浦斯的伦理悲剧。《安提戈涅》并不是这一伦理悲剧的核心，但却从主人公的伦理选择中体现出强大的伦理价值。在此之后，戏剧史上相继出现了不同版本的《安提戈涅》，仅在 20 世纪就有 30 多个作家写过同名戏剧，其中不乏经典之作，如法国剧作家让·阿努伊（Jean Anouilh）1942 年改编的版本。

法国纯真剧团（La Naïve）于 2014 年对《安提戈涅》以全新视角进行改编①，从舞台呈现到核心问题的探讨和表达都进行了新的探索和尝试，加入了大量西班牙文化元素以及西班牙著名电影导演阿尔莫多瓦（Pedro Almodóvar）的电影元素。阿尔莫多瓦在电影中关注性别伦理，擅长探讨性别的模糊和跨越所带来的伦理身份的转换及其对人物伦理价值的冲击。纯真剧团版《安提戈涅》的导演让-夏尔·雷蒙 2014 年 11 月谈及创作过程时，强调对西班牙的联想是因为西班牙与死亡的密切关联，因为诗人洛尔迦（Federico García Lorca）对这种密切关联的深刻理解，以及 30 年代的西班牙内战……但导演认为"因为当今时代不足以构成反抗［压迫与专制］的源泉，阿尔莫多瓦的电影才介入进来。色彩，纵情，在悲剧中发现笑声的才能，他对性别的关注，这正是当今社会的关注中心，［……］"②。此次改编在《安提戈涅》的伦理选择与性别问题之间建立起联系，通过电影艺术的融入，尤其是阿尔莫多瓦风格的介入，

---

① 导演让-夏尔·雷蒙（Jean-Charles Raymond）。剧团于 2017 年 5 月将该剧带到中国，在杭州上演。
② 导演让-夏尔·雷蒙关于《安提戈涅》的访谈，载于纯真剧团官网，http：//www.la-naive.fr/v3/#/spectacles/antigone/（consulté le 7 novembre 2017）。

改换了索福克勒斯古老剧作的伦理环境,尝试对当下在政治、社会、哲学、文学、艺术等诸多领域备受关注的性别模糊、跨性别和性少数问题进行新的诠释和剖析,从性别倒错、性别模糊和性别消解三个不同层面把对性别伦理的审视推向深入。

一 性别的倒错

纯真剧团在《安提戈涅》的舞美设计中最具视觉冲击性的便是舞台中央的圆形斗牛场,场内铺着细沙。在这个斗牛场上,随着剧情的推进,人物们以挣扎的肢体动作在沙地上翻滚、泼出水,妹妹伊斯墨涅身着鲜红服饰,这些细节汇聚于抽象的舞台空间,象征着土壤、空气、水和火四种生命的元素逐一登场。没有这四种元素就没有生命,没有生命,死亡就无从谈起,悲剧也无从产生。西班牙诗人洛尔迦说:"哪一个国家如西班牙这般,与死亡有着如此密切的关系?[……]一个死亡的国度,一个向死亡敞开的国度。"① 主创人员把这种西班牙与死亡的密切关系以斗牛场为布景呈现在剧中,因为"西班牙热爱悲剧,眼泪和血。斗牛就是最为震撼的例子。它是最贴近古典悲剧的当代表演形式。一切都在这里上演,权力、人民、猛兽、英雄、死亡……"② 因此舞台布景的核心斗牛场是悲剧基础"向死性"的独特处理和强化的体现。

瓦尔特·本雅明认为悲剧英雄的生命是从死亡那里展开的:"死亡不是生命的终结,而是生命的形式。"③ 死亡成了悲剧的必然。在剧中,"安提戈涅以女性挽歌对抗公元前五世纪希腊社会的文化传统[……]",④ 主人公以一种不留余地的姿态进行对抗,才得以撼动根深蒂固的传统性

---

① http://www.la-naive.fr/v3/#/spectacles/antigone/ (consulté le 7 novembre 2017).
② http://www.la-naive.fr/v3/#/spectacles/antigone/ (consulté le 7 novembre 2017).
③ [德]瓦尔特·本雅明:《德国悲剧的起源》,陈永国译,文化艺术出版社2001年版,第85页。
④ [美]朱迪斯·巴特勒:《安提戈涅的诉求:生与死之间的亲缘关系》,王楠译,河南大学出版社2017年版,第13页。

别伦理。以死亡为驱动力的行为才具有说服力和撼动人心的悲剧性。拉康认为正是"在其对'死亡本能'的固执中,在其对走向死亡的存在、可怕的无情的固执中,她被免去了日常感受和思虑、激情以及恐惧的循环"①。她同时排除了观众心中对她进行任何认同的可能性。悲剧英雄在常人的不理解中,走向辉煌的命运终结——死亡。

主人公的"向死性"正是安提戈涅做出伦理选择的重要出发点,因此斗牛场成为悲剧中心人物"向死性"的直观呈现,是安提戈涅内心信念的外化呈现。

图 1-1 克瑞翁舞台站位

围绕这一布景的空间站位来看,克瑞翁常常在表演的过程中站在斗牛场外、观众面前,而安提戈涅经常作为视线的焦点位于斗牛场的中心,绝对的舞台中心。克瑞翁的站位固然有"面对民众发布号令"的象征意义,但将安提戈涅置于斗牛场的中心首先就颠覆了古代伦理传统中"男尊女卑"的观念:女性人物位于空间的中心,而男性人物则在空间上被边缘化。

---

① [斯]齐泽克:《意识形态的崇高客体》,季广茂译,中央编译出版社2002年版,第164页。

图 1-2　安提戈涅舞台站位

从黑格尔对《安提戈涅》的解读开始，两性在传统伦理关系中的地位就清楚明晰，两性扮演着不同的角色。男性是理性的，属于公共事务领域，女性是感性的，归属于家庭。黑格尔在讨论《安提戈涅》时，"视女性是自然和神律的代名词；男性则是文化和人律的化身，因此，只有男性才有理性的'判断'和语言'言说'能力"①。伊利格瑞（Irigaray）认为，"黑格尔的这个先在的性别差异论决定了女性不能是伦理意识的主体，并将女性排除在政治领域之外"②。基于这种对于两性的先在认识，剧中人物的"位置"，无论是物理空间上的，还是人物行为言语上的，都呈现出了一种性别的倒错，一种女性对于男性权威的挑战和反抗。剧中多次出现克瑞翁的担心，担心在女人面前示弱，如巴特勒所说，他担心自己被"去男性化"③："这女孩子刚才违背那制定的法令的时候，

---

① ［德］黑格尔：《精神现象学》（上），贺麟、王玖兴译，商务印书馆 2012 年版，第 24 页。"神律"一词原文为德文 das Gesetz Gottes，即法文中的 la loi de Dieu，神之律法。
② ［美］朱迪斯·巴特勒：《安提戈涅的诉求：生与死之间的亲缘关系》，王楠译，河南大学出版社 2017 年版，第 7 页。
③ ［美］朱迪斯·巴特勒：《安提戈涅的诉求：生与死之间的亲缘关系》，王楠译，河南大学出版社 2017 年版，第 44 页。

已经很高傲；事后还是这样傲慢不逊，为这事而欢乐，为这行为而喜笑。要是她获得了胜利，不受惩罚，那么我成了女人，她反而是男子汉了。"①由克瑞翁亲口说出的担心，是对于打破文化传统，遭遇心理上性别倒错的恐慌。有人违背法令，且态度高傲地挑战权威。这种行为本身就是一种挑衅和反抗，且这种行为发生在一个女人身上，更是指明了女性对于男性的反抗。因此克瑞翁在维持政治领域秩序的同时，更是在维护传统的两性伦理关系：男性制定法令，女性服从。他认为："所以我们必须维持秩序，决不可对一个女人让步。如果我们一定会被人赶走，最好是被男人赶走，免得别人说我们连女人都不如。"②他所害怕的不单纯是秩序被打破，而是"男性连女人都不如"。安提戈涅用语言和行动（黑格尔心目中男性才有的能力）强势进入男性的领域（法律）。安提戈涅用男性的方式行动，公然反抗法律，且用遵从律法的行动来反抗法律。如巴特勒所说："具有反讽意味的是，她用几乎是克瑞翁的语言，那套代表国家主权和行为的语言体系，与他对峙；〔……〕安提戈涅看上去拥有某种男性领地的权威，一种不能共享的男性特质，并使得对方变得女子气和低等。"③因此巴特勒提出安提戈涅的性别身份问题（她更像是一个男人）："安提戈涅的位置不只是女性的，因为她进入了公共事务的男性领域。"④

安提戈涅作为女性形象是刚毅的、坚不可摧的，有如阿尔莫多瓦电影中的女性人物形象。在他的大多数影片中，女性（母亲）形象突出，而男性（父亲）形象往往弱化或缺失。从早期作品《崩溃边缘的女人》(*Mujeres al borde de un ataque de "nervios"*，1988)、《情迷高跟鞋》(*Tac-*

---

① ［古希腊］索福克勒斯：《安提戈涅》，罗念生译，见《罗念生全集》第二卷，上海人民出版社 2004 年版，第 309 页。
② ［古希腊］索福克勒斯：《安提戈涅》，罗念生译，见《罗念生全集》第二卷，上海人民出版社 2004 年版，第 313 页。
③ ［美］朱迪斯·巴特勒：《安提戈涅的诉求：生与死之间的亲缘关系》，王楠译，河南大学出版社 2017 年版，第 39 页。
④ ［美］朱迪斯·巴特勒：《安提戈涅的诉求：生与死之间的亲缘关系》，王楠译，河南大学出版社 2017 年版，第 17 页。

ones lejanos，1991)、《活色生香》(Carne trémula，1997)、《关于我母亲的一切》(Todo sobre mi madre，1999)，到后来的《回归》(Volver，2006)、《胡丽叶塔》(Julieta，2016)等影片，女性人物始终是作品的核心。即使在完全以男性视角叙事的《对她说》(Hable con ella，2002)中，女性植物人也是绝对的主导者，引领着如同木偶般的男性主人公。

女性人物的核心地位和相较于男性人物的强大精神力量，表现的正是针对传统二元性别认知的倒错。

二 性别的模糊

聚焦人物本身，安提戈涅身上所体现的性别特质远非简单的二元对立。安提戈涅提出更高的律法来对抗城邦的律法；以"向死性"指导自己的伦理选择，表明自己与克瑞翁同样强大或者更强。在其语言和行为的强势男性化的表象下，最终走向一种自身的性别模糊，伦理方面旋涡般的性别模糊。如巴特勒所说："安提戈涅成为无法清晰辨识性别归属的人物。"[1]

在法国纯真剧团改编的《安提戈涅》中，导演选择了现代风格的舞美设计，布景简洁、极具象征性；服装方面，导演并未采用古希腊服饰，而选择与当今时代相符的装束：克瑞翁身着现代男性钟爱的黑色衬衫、长裤，安提戈涅身着白色短袖T恤和牛仔裤，伊斯墨涅虽然也身穿牛仔裤，但上衣是一件红色短袖中长裙衫。对比姐妹俩的穿着不难发现：安提戈涅的衣着风格更为中性，而伊斯墨涅依然在服饰层面保留了明显的女性元素——红色、裙衫。服饰一直是性别指征的重要元素，因此该剧中，安提戈涅的白T恤和牛仔裤成为当今时代人物性别模糊的外化体现。

在索福克勒斯的《安提戈涅》中，妹妹伊斯墨涅的人物设定本就与

---

[1] ［美］朱迪斯·巴特勒：《安提戈涅的诉求：生与死之间的亲缘关系》，王楠译，河南大学出版社2017年版，第24页。

图 2–1　安提戈涅服装

安提戈涅形成鲜明对比，她善良、周到、机敏，准备让步或妥协，具有同情心，带有强大的女性特质。安提戈涅则总是走向极限。安提戈涅的名字 Antigone 中，"gone"有生育的含义，"Anti"作为前缀有"相反的"意思（安提戈涅一词的古希腊语为"Ἀντιγόνη"，意为"不屈服""不妥协"），因此安提戈涅的名字本身就带有"反生育"的意思。在剧中，安提戈涅放弃婚姻和生育，是一种对女性权力的主动让渡，与伊斯墨涅相比，放弃女性身份（权力）是安提戈涅主动的伦理选择。安提戈涅面对克瑞翁时强大而雄辩，但她对于生为女人这一事实，却一路沉默："尽管 révos（女人）这个词在全剧中出现过十八次，她却从未用过这个词。她也从来不用任何下列同根词：种族 7，被生出来 6，后代 3，生产

图 2-2　安提戈涅与伊斯墨涅服装对比

3，生育 2，被生的 2，后裔 1。"① 安提戈涅的沉默是对女性身份的放弃，但却因为无法否认身为女人的既定事实，而充满矛盾和无奈。

作为俄狄浦斯王的女儿，安提戈涅从出生起，在血缘上就已带有伦理认同方面的混乱。背负着父母的乱伦关系，她选择执着于遵从和维护神律。但是她被一种矛盾裹挟着："一方面，她要置身于父母的乱伦之外，另一方面，她不得不完成一项神圣职责，而这种神圣职责只能来自这乱伦。"② 安提戈涅陷入了无解的伦理旋涡。"并因此质疑血缘关系破坏了性别关系；[……]"③ 从她的伦理选择上看，安提戈涅把血缘关系置于性别关系之上，遵从和维护神律。因此她虽然身为女性，而她的个人行为不得不让我们把她视为"男性"，在她的身上，性别的界限变得模糊，她同时具备了两种性别特质：生理性别（sex）的女性和社会性别（gender）的男性。社会性别是在社会文化构建或限制中逐渐形成并固化

---

① ［美］伯纳德特：《神圣的罪业》，张新樟译，朱振宇校，华夏出版社 2005 年版，第 13 页。名词后标注的数字表示该词在全剧中出现的次数。
② ［美］伯纳德特：《神圣的罪业》，张新樟译，朱振宇校，华夏出版社 2005 年版，第 78 页。
③ ［美］朱迪斯·巴特勒：《安提戈涅的诉求：生与死之间的亲缘关系》，王楠译，河南大学出版社 2017 年版，第 39 页。

的性别，本应如镜子般反映生理性别，为身体获取社会意义。而安提戈涅的社会性别和生理性别在该剧特殊的伦理环境中产生断裂。如果"'生理性别'在律法之前，指的是它在文化上和政治上都是未确定的，它提供了文化的'原始素材'，只有通过臣服于亲属关系规则、在臣服于亲属关系规则之后，它才开始产生意义"①，那么安提戈涅通过拒绝婚姻、放弃生育、遵从神律打破了两性间构建亲属关系的规则，走向自身的性别模糊。

反观阿尔莫多瓦的电影，性别模糊同样体现在人物的社会性别与生理性别的断裂上，影片《回归》中三代女性经受男性带来的痛苦，经历种种磨难始终顽强抗争。男性是罪恶的根源，给女性带来灾难。《关于我母亲的一切》中，母亲孤独绝望、一无所有（丈夫抛弃她，她作为单亲妈妈养育儿子，儿子却死于车祸），但在经历磨难的过程中使自己不断强大，最终能够原谅抛弃她的丈夫，并收养丈夫与他人的孩子，为了这个孩子能过上幸福生活而不懈努力。女性人物性格刚毅，坚不可摧，拥有撑起一切的力量，将社会认可的固有两性特征集于一体，在作为核心人物的女性身上实现了一种性别的模糊共存。

三　性别的消解

性别的倒错，引发性别界限的模糊，直至把性别概念推向某种意义的消解。在实在界、想象界和象征界三元理论模型中，拉康把安提戈涅置于想象界和象征界的交叉界限上，游走于象征界所代表的符号、法律和规则与想象界所代表的欲望和自我认同之间。她打破了异性恋生育家庭模式。而巴特勒将问题推向深入："安提戈涅的命运确实为亲缘关系危机提供了一个启示：哪种社会交往被认为是合法的情爱模式？"② 安提

---

① ［美］朱迪斯·巴特勒：《性别麻烦：女性主义与身份的颠覆》，宋素凤译，上海三联书店2009年版，第51页。
② ［美］朱迪斯·巴特勒：《安提戈涅的诉求：生与死之间的亲缘关系》，王楠译，河南大学出版社2017年版，第67页。

图 3-1 忒瑞西阿斯夫人造型

戈涅将父母、子女这类具有繁衍后代功能的亲属关系排在了兄弟、姐妹之后。安提戈涅对埋葬哥哥尤其执着,甚至不惜付出生命。而对未婚夫海蒙近乎无视,她的种种行为,包括付出生命的决定,丝毫没有考虑海蒙的处境和感受。巴特勒认为这样的表现恰好暴露了她对异性恋亲属关系的拒绝。安提戈涅不愿意进入异性恋的规范,不愿在婚姻中承担妻子与母亲的角色。正如巴特勒在《安提戈涅的诉求》中的论断："安提戈涅所代表的不是理想样态的亲缘关系，而是血缘的变形和移位。"① 性别问题在安提戈涅身上被消解，真正发挥着深层作用的是被归于神律范畴的血缘。

纯真剧团在《安提戈涅》中对性别的消解还体现在另一人物身上——先知忒瑞西阿斯（Tirésas）。该人物有较大的变更和新的设计。在希腊神话中，忒瑞西阿斯是忒拜城的盲人先知。有关他的传说中，最著名的就是他的性别故事，他曾因为击打交媾中的巨蟒而被变成女性，长达七年之久。在索福克勒斯的原著中，他于第三幕第五场登场，前来警告克瑞翁，他将面临厄运，之后离场。未曾涉及任何他性别转变的信息。而在纯真剧团的版本中，人物忒瑞西阿斯承担了先知以外的叙事功能。开场时，他（她）以忒瑞西阿斯夫人（La dame Térisas）的身份登场，叙述故事，并与观众进行交流、互动。以他者视角对戏剧的推进进行补充和评点，甚至专为观众讲述故事，介绍人物背景。安提戈涅的出生，俄狄浦斯王的故事，他（她）自己性别变更的逸事……全部出自他（她）旁白式的补充。

开场时，忒瑞西阿斯夫人唱着由西班牙大诗人洛尔迦的诗作填词的歌曲缓步登场，歌中唱道：

> 娘娘腔在他的丝绸梳妆台前梳妆，
> 邻居们在窗后讥笑，
> 娘娘腔搔首弄姿梳理发卷，
> 院子里长舌妇们叽叽喳喳，
> 娘娘腔带上一枝茉莉花好不害臊，
> 有了梳子和发卷儿的装点，
> 午后时光好不神奇！

---

① ［美］朱迪斯·巴特勒：《安提戈涅的诉求：生与死之间的亲缘关系》，王楠译，河南大学出版社2017年版，第67页。

> 流言蜚语像斑马的闪电条纹四处流窜，
> 快看南方的娘娘腔在那阳台唱歌！①

从一开场，忒瑞西阿斯夫人就是浓重的一笔，阿尔莫多瓦式的、代表着性向流动的符号。人物被置于跨性别的通道②中，其性别被消解：他非男非女、亦男亦女。令人联想到阿尔莫多瓦电影中的跨性别人物，《关于我母亲的一切》中的洛拉，《吾栖之肤》（La piel que habito，2011）中的文森特（薇拉）。西方女性主义理论关注性别的操演性，巴特勒甚至基于性别的操演性提出："［……］性别的存在就应该是一种制造出来的表演"③，而戏剧和电影的表现手法使这种操演性进一步被抽象和外化，跨性别人物（符号）的设置针对的是当今时代的性别认知问题，以消弭二元对立的出发点，进行思考。在西方传统的父权制话语中，二元对立的思想使得女性成为男性的参照物和客体，是男性的他者。在这种非此即彼的二元对立的稳定结构中，男性的理性和主体地位才得以充分彰显。伊瑞格瑞认为："女性如果游离于这一二元对立结构之外，躲进非理性的神秘状态，这种二元对立的结构就将坍塌，父权制的象征秩序也将颠覆和瓦解。"④ 因此，性别的消解是二元对立性别结构的消解，纯真剧团的《安提戈涅》着力于安提戈涅身上消弭性别二元对立的能力，并将其扩展为一种为性别伦理赋予更多可能性的讨论，表达了在性别伦理领域更为开放、拥抱多元的姿态。

---

① 西班牙歌曲《娘娘腔探戈》（Tango El mariquita）歌词节选自洛尔迦的诗集《歌》（Canciones），诗集中收录了诗人1921—1924年创作的歌词。1947年法国作曲家、钢琴家莫里斯·奥哈纳（Maurice Ohana，1913—1992）将其谱写成歌曲，在法国广为人知。1987年该歌曲收录于唱片《八首西班牙歌曲》（Huit chansons espagnoles）。

② 巴特勒在《消解性别》一书中提出："跨性别"的讨论不是第三种性别，而是性别间的一种通道。参见［美］朱迪斯·巴特勒《消解性别》，郭劼译，上海三联书店2009年版。

③ ［美］朱迪斯·巴特勒：《消解性别》，郭劼译，上海三联书店2009年版，第223页。

④ 吴秀莲：《性别差异的伦理学——伊瑞格瑞女性主义伦理思想研究》，《哲学动态》2011年第5期。

结　语

法国纯真剧团的《安提戈涅》借助西班牙文化元素，在舞美设计上，对于生命力、激情和向死性进行了新的铺陈和诠释，着力呈现核心人物安提戈涅的伦理选择的根基。

改编版本融入阿尔莫多瓦的电影元素，更多出于主题层面的考虑，以当代性别伦理学的态度，重新解读、阐释古代经典戏剧，反映了人类在面对性别问题，尤其是当下的两性平等、性别跨越、婚姻制度等问题时，对性别伦理的拓展性思考，以及对两性关系重构的尝试。

经典的意义在于穿越时空，可以与不同文化背景结合，体现其普适性，基于人类的共性进行思考和分析。法国纯真剧团的《安提戈涅》是古老的戏剧艺术与年轻的电影艺术的一次尝试性和探索性的结合，以别样视角审视永恒的伦理问题。在多元文化的今天，展现包容的态度，对人类性别问题进行追问。恰好回应了巴特勒的评价："安提戈涅预示着性别向未来开放。这部古希腊的经典悲剧在2500多年后的性别批评家的笔下成了充满希望的一出喜剧，［……］"①

【作者简介】

史烨婷，女，1983年生于浙江。浙江大学外语学院高级讲师，博士，主要研究方向为法国文学与电影。

联系方式：电话：13516715237　电子邮箱：shiyt@zju.edu.cn

通信地址：浙江省杭州市西湖区余杭塘路866号浙江大学外语学院　邮编：310058

---

① ［美］朱迪斯·巴特勒：《安提戈涅的诉求：生与死之间的亲缘关系》，王楠译，河南大学出版社2017年版，第25页。

距离商榷背后的道德叩问

——评迟子建的小说《群山之巅》

西安外国语大学
■ 张　莹

【摘　要】迟子建的长篇小说《群山之巅》讲述了龙盏镇的人生百相。龙盏镇的众人出于各自的考虑，无形之中商榷出人与自我、人与他者及人与社会之间的距离。这距离因人而异，折射出个人对道德的叩问，更具体地说，反映了个人对善和恶的看法。因为相异的性情，众人采取不同的距离，又为了社会的认同，将之修辞化，以达到各自的平衡状态或者说自由状态。本文用米歇尔·梅耶的修辞理论和道德理论分析这部小说，从性情、修辞和距离三个方面，解读龙盏镇众人行为背后的深层意蕴，为当下处于道德困境中的人们，提供一方自由的心灵天地。

【关键词】距离　性情　修辞化　修辞维度　道德维度

【Abstract】 *Top of the Mountains* tells the life of Longzhan Town. People in Longzhan Town, out of their own considerations, invisibly discussed the distance between people and themselves, people and others, and people and society. This distance varies from person to person, reflecting the individual's quest for morality, and more specifically, the individual's view of good and evil. Because of the different temperaments, people take different distances, and for social recognition, they rhetoricalize them to achieve their respective states of balance or freedom. This article uses Michel Meyer's rhetoric and moral theories to analyze the novel. From the three aspects of temperament, rhetoric and distance, it interprets the deep meaning behind the behavior of the people in Longzhan Town, and provides people in moral dilemmas. A free spiritual world.

【Key Words】Distance Temperament Rhetoric Rhetorical Dimension Moral Dimension

在《群山之巅》[①]的后记中，迟子建讲述了自己的创作初衷。她认为每个故事都有回忆，她之所以写下这些故事，是出于倾诉的目的，这种倾诉带有一种莫名的虚空和彻骨的悲凉。小说主要围绕辛七杂一家人的故事展开，以他的养子辛欣来杀害养母并强奸安雪儿而逃逸为开头，在龙盏镇众人的不同反应中铺陈开来，构织出一张绵密的人际关系网，也牵连出众人各自的人生往事。乍看之下，小说中的众人可以划分为正邪两派，安平、辛七杂等人为正，辛欣来、陈金谷等人为邪。可是仔细推敲下去，却并非如此。每个人的性格都带有多面性，所持有的道德观念也各不相同，与不同人之间的距离亦是经过"商榷"的。正如梅耶在《修辞学原理：论据化的一种一般理论》中说道："商榷某种距离意味着我们来处理它，建立它，积极地思考它，意味着与他者的关系是我们的全部关注的对象。"[②] 距离的商榷在于自我与他者关系的衡量，具体言之，就是自我与自我、自我与他者以及自我与社会之间的关系衡量。通过商榷距离，人们与他者保持恰当的关系以维护自己的差异，换言之，捍卫自己被修辞化的道德观念。作为对人们相互之间所体现的问题的回答，道德根据分离人们的距离以及问题的差异，在修辞化的基础上，将人们的言行演绎为善或恶。由此，本文拟将从性情、修辞和距离三方面解读迟子建的小说《群山之巅》，从中探寻一定的意义。

---

① 迟子建：《群山之巅》，人民文学出版社2014年版。
② ［比］米歇尔·梅耶：《修辞学原理：论据化的一种一般理论》，史忠义、向征译，中国社会科学出版社2016年版，第180页。

一 性情方的预设回答

希腊人认为,性情等同于演说者。演说者需要明确自己的表达内容以回答他者并获得他者的信任,由此,"性情呈现为某种共同人性的最深刻表达,由于这种人性,我们所有人才有能力回答关乎每个人的所有重大问题"。[①] 在当下的社会,经济与科技迅速发展,人的欲望也迅速膨胀,人们对于自然的掌控能力进一步增强,相应地对于自然的敬畏之心就减少了,进而导致了人与自然关系的紧张化。与此同时,人们陷入一种道德困境:欲望的贪得无厌与个体自由的束缚。面对这一道德困境,作为性情方的迟子建在《群山之巅》中为读者预设了一个"阅读接受区",具体而言,她表达出一种社会批判,对人们不合理的欲望加以批判,并且进一步对人与自然的关系进行了探究,认为人应对自然保持敬畏之心。

在《群山之巅》中,迟子建通过刻画官场中的腐败行为表达出一种社会批判。其中最为典型的要数李奇有、于师长和陈金谷这几个形象。李奇有肥头大耳,贪图美食,不愿与士兵共苦,只想着享受,变着花样让人服侍他。李奇有自身有着不低的社会地位,文中说他"家里很有背景",因此野狐团团长这一身份只是他迈向更高地位与权威的过渡,是他用来镀金的一种手段。两年之后,李奇有被提拔到林市军分区,这一结果便是其权威跨越的一种显现。与李奇有相比,资历老于他且爱护士兵的郭晋团长却只是平调,更是反映出社会地位对于权威的意义。这其实也是一种腐败行为。在此,迟子建并未直接指责李奇有,而是借一种对比的手法,将李奇有与郭晋相比较,委婉地表达出对李奇有的批判:贪图口腹之欲且不干实事,这不能不说是一种腐败的行为。而于师长表面上不摆架子,在连队里与士兵们打成一片,看上去与士兵们的距离很

---

① [比]米歇尔·梅耶:《修辞学原理:论据化的一种一般理论》,史忠义、向征译,中国社会科学出版社2016年版,第119页。

近，是个好首长，实际上，于师长却在处处彰显着他与普通士兵的区别，比如入住风景绝佳的套房、有好车送行等。这些区别彰显着于师长的地位与权威性。此外，于师长接受汪团长的"好意"，拿走林大花的初夜，也是一种彰显其地位的区别。他满足了自己作为男性的欲望，与此同时无视了这一做法背后的"意见"，因为他根本就没在乎过这些"意见"，地位与权威性赋予了他满足与无视的权力，尽管这并不是一种"好"的行为。他在自己的共同体身份（即师长身份）与主观性身份（即男性身份）之间做出满足自己男性本能的决断，并以团结军民这一"纯粹修辞学"性质的借口为支撑。在欲望与意见之中，于师长选择了自己的欲望，这也是他的权威所赋予他的权力，亦是他与旁人距离拉开的明显特征，林大花与安大营作为普通百姓，不敢去告发也无力抵抗于师长，他们与于师长之间有着足够拉开的距离，所以于师长可以"坦然"行使其权力，满足其欲望。在此，于师长获得林大花初夜的行为也是一种腐败行为，这是汪团长给予他的一种变相的贿赂。因此，迟子建借由安大营之口表达出对于师长的批判："这个道貌岸然的嫖客。"除此之外，社会批判还通过陈金谷妻子徐金玲的那个略带诡异色彩的笔记本展现出来。作为仕途的宠儿，陈金谷从林场场长开始步步高升，一直升到松山地区地委组织部部长、副书记的位置上。大权在握的陈金谷，自然少不了按照官场的"潜规则"收取贿赂。而这个笔记本就是徐金玲专门用来记录所收财物的证明。正所谓"贪亦有道"，在徐金玲看来，受人钱财就得与人消灾，这是天经地义的事情："徐金玲觉得拿了人家的钱财，就要替人办事。她的财物登记簿上，凡是收了礼后，将事情解决了的，她就用绿颜色的笔，打上一道勾，与这道勾相连的财物，她拿着就心安理得了。而那些悬而未决的，她会用红笔画个问号，督促陈金谷尽快办理。陈金谷也有落实不了的，徐金玲就把这样的财物看作地雷，在登记簿上标注黑色的三角号，及早排除，送还人家。"[①] 因此求助于陈金谷的人都觉得徐金玲讲究。凭借这一讲究，陈金谷拥有了"七百多万的存款，无

---

① 迟子建：《群山之巅》，人民文学出版社2014年版，第188页。

数金银细软、名表名包，以及在北戴河和三亚置下的房产"①。但也因为这个笔记本，陈金谷的贪污罪行被曝光，"检察机关先后对陈金谷夫妇和陈庆北实施批捕"。一个家族的命运因为陈金谷一人的官运亨通而改变，却因一个看似不经意的笔记本又"全军覆没"。迟子建借由这一个小小的笔记本表达了对陈金谷腐败行为的批判。纵观这三个人，他们都有着腐败的行为，但形式各异：李奇有是单纯的口腹之欲，于师长是贪色，陈金谷则是贪财。在文中，迟子建并没有对这三个人进行强烈的批判，而是始终以一种比较温和的文笔去书写。批判都是直接点明，然后一笔带过。一方面是因为迟子建的文笔向来是柔和的、平淡的；另一方面，迟子建所列举的这种种事例已足以证明她的批判的合理性：人有欲望是正常的，但是过犹不及，过度追求就会危及他人，进而危及自身。

除了表达这样的一种社会批判，迟子建还在《群山之巅》中对生命存在本身进行了探究，换言之，是对人与自然如何共生进行了探究，这是更为重要的一点。迟子建以一种饱含诗意的笔触表现龙盏镇众人千差万别的日常生活状貌，设身处地地感受这些人生命的欢乐与痛楚，进而体现出她关于生命存在本身的探究与反思，表达出人应敬畏自然的理念。以唐汉成和绣娘为例。作为龙盏镇的镇长，唐汉成采取种种手段"抓牢"全镇的权力，这样看来，唐汉成是专制霸道的。不过，他之所以如此，是因为他想用足够的权威使全镇人信服，以达到保护龙盏镇环境的目的。为此，他不仅屡屡搪塞、推脱了对环境有害的产业，还利用自己的权威压制其他"蠢蠢欲动"的人，如用马换辛永库的无烟煤、用钱堵住辛永库的嘴以及用李来庆的羊去吓唬勘探煤矿的工程师等。与此同时，他也会在保护环境的前提下，改善龙盏镇的风貌。在此，唐汉成基于保护龙盏镇的自然环境这一长远利益，运用他的权威采取了一系列具体措施来确保它的完满状态。保护环境是一种普适性利益，也是一种普遍性智慧，基于这一普适性利益，唐汉成面对他者的挑衅，运用一些具体而

---

① 迟子建：《群山之巅》，人民文学出版社2014年版，第180页。

不失分寸的措施加以控制,表达出他对于自然的珍视与爱护。对于自然,唐汉成始终保持敬畏之心。与唐汉成一样,绣娘也敬畏着大自然。而且她对于自然的敬畏更为纯粹。作为一个鄂伦春人,绣娘喜欢在冬季骑马打猎,夏季去河里叉鱼。她本来在文工团跳舞,但是她认为好的舞蹈应该跳给月亮看,跳给河流看,跳给野花看,跳给心爱的马和心爱的男人看,所以就放弃了文工团的工作。由此可以看出绣娘关注的是生命存在本身的意义,注重自然的体验与个人的内心自由。此外,她还喜欢为他人做婚服,用荷花鸳鸯、牡丹蝴蝶、喜鹊红梅、碧草蜻蜓、明月彩云、溪流红鱼等作为装饰图案。这些都是自然之物,亦体现着绣娘对于自然的喜爱与尊重。而她要求死后的风葬体现出她希望与自然融为一体的信念。"他们在天明前,在树间搭就一张床,铺上松枝,把绣娘抬上去。白马的骨架像一堆干柴,在绣娘身下,由月光点燃,寂静地燃烧着;绣娘在白马之上,好像仍在驾驭着它,在森林河谷中穿行。"[1] 在此,绣娘呈现出一种返璞归真的姿态,她的生命从自然中来,成长于自然天地间,又最终归于自然。

作为小说的性情方,迟子建在文中不仅表达出一种对于腐败现象的批判,而且更为重要的是,针对人与自然的关系,去探究生命存在本身的意义。迟子建通过上述种种事例预设了她想要表达的思想:人有欲望,但是过犹不及,学会克制才不会危及他人,也不会危及自身;而欲望的不恰当处理和人与自然的不和谐息息相关,因此人应克制自己的欲望,对自然保持敬畏之心,与自然和谐共生。这是迟子建为读者预设的一个"阅读接受区",回应当下社会存在的一些不合理现象,以期为人们提供一方自由的心灵天地。

二 修辞装扮下的常人百相

权力场中的人们运用自己的权威来满足自我,他们在修辞学中更多

---

[1] 迟子建:《群山之巅》,人民文学出版社2014年版,第307页。

地扮演着演说者的角色,而平常之人(即无权势的普通人)在大多数情况下扮演的是听者的角色,他们接收着演说者的言语,这些言语大都是经过修辞化的,以掩饰演说者的真实目的,维持一种平衡状态。除此之外,平常之人也有着自己的目的或者需要,也需要运用修辞化的语言,以期达到一定的满足。这里的修辞是指:"人们给一个问题穿上外衣,从字面意义上说,人们操纵它,人们夸张某一点的问题性(这应该产生某种抛弃感),或者关于某一点之前回答的问题性(相反,为了强化同意的意愿),或者呼唤,或者收回前言,或让步,或否定,或夸大或预期关于某问题的反对意见和它所引起的距离。"① 简言之,这里的修辞是指为了解决问题所采取的不同的语言与文字策略,以期维持一定的距离。修辞使问题看似消失,在做出有利于某一方的回答之中使得问题性在表面上得以解决。

在《群山之巅》中,除了以陈金谷等人为代表的有权之人,迟子建更多地聚焦于龙盏镇的平常人。他们生活在镇中,过着平凡的生活,也有着自己的问题。有的人在他人的宣传下被美化而掩饰了真实的情况,以安大营和唐眉为例;而有的人则被他人用语言加以修饰而改变了形象,这些语言或夸大以神化一个人的形象,或否定以歪曲一个人的形象,以安雪儿和辛永库为例。安大营因不满林大花的虚荣与羞辱,失去理智,开车坠江而亡,这是安大营的真实却不光荣的死因,但在小说中,安大营却是以舍己救人的英雄形象入葬,并在野狐团众人的赞美以及单尔冬的宣传下,抹杀了问题性,美化了形象。比如安大营"感冒发烧了坚持训练,经常帮助后勤部的人喂猪种菜,他家在当地,但春节总在部队过,除夕夜还和哨兵一起站岗。他会剪发,常帮士兵义务剪发。他爱百姓,巡逻时看见失散的牛羊,总要打听着,送回主人家中"。② 对于这些赞美,单尔冬尽管明白其中真假参半,但也认为"无论真假,采访做了录音,就算真实的声音了"。这些赞美更多是对安大营的修辞化,旨在彰

---

① [比]米歇尔·梅耶:《修辞学原理:论据化的一种一般理论》,史忠义、向征译,中国社会科学出版社2016年版,第109页。
② 迟子建:《群山之巅》,人民文学出版社2015年版,第122—123页。

显他的美德，其中有些赞美甚至采用了夸张的语言，抹杀了他的问题性，将他塑造成一个十全十美的形象，以有利于他的身后名声，这与单尔冬的采访目的相一致，因而得以记录下来。至于安大营本人，可从文中了解到他的真实性格。作为英雄的后代，安大营带着一腔热血投身部队。在部队中，安大营看见了一些不良现象，如李奇有的贪图享乐、汪团长与唐眉的情人关系，他会产生"为什么现在当兵的，不像你们那个时代有豪情壮志了？"的问题。此外，作为一个正常男性，他同时爱慕着两位姑娘——唐眉与林大花，也为此产生自己很不专一的疑问。而且在汪团长要求他去接林大花来为于师长服务时，他明白其中的缘由，却也只是袖手旁观。作为一个平常男性，安大营有其优点，也有一定的缺点，他正直却也犹豫，强壮却也软弱。而这些问题性都在他死后经过修辞化被抹杀掉，使他成为一个供人学习敬仰的英雄。这从镇民对于单尔冬报道的反应也可以看出来，镇民发现印在纸上的文字也有谎言并为此而骂单尔冬胡诌。但是因为这些应景文字说的是安大营的好，镇民们也没有过多地责怪单尔冬。在这里，通过展示有利于安大营的种种修辞化语言，假装他的问题已经解决，由此将安大营的问题掩饰起来。安大营由于死亡使得他的问题性不复存在，因此他的修辞化掩饰是一种保护，保护的是他身后的名声。而他爱慕过的唐眉则是另一个被修辞化掩饰的代表。唐眉一出场就是众人眼中的美女形象，作者对她的外貌进行了详尽的描写并运用比喻等修辞手法加以生动刻画，如将眼睛比作溪流上的云朵，最后以一句"真是把女人的风光占尽了！"为总结，表明唐眉的美貌出众。唐眉不仅美丽，还因为守护患病好友陈媛的事迹成了道德模范，也为着照顾陈媛，唐眉留在了龙盏镇的医务室。这样的唐眉在报道的记录下是美丽且善良的，是众人眼中一个"没有问题的完美女性"。可事实真的是这样的吗？在唐眉对安平的倾诉中，可以发现她并没有人们想象中那样好。她之所以要守护陈媛，是因为陈媛的病是她因爱生恨而亲手造成的，她照顾陈媛只是为了赎罪，她以为守护着陈媛就能减轻自己的愧疚，消解自己的问题性。然而，她发现这种方式并未奏效，她的痛苦或者说问题依旧存在，因此她才想让安平赐予她一个精灵来守护。而她最终的结扎，决绝地将自己与陈媛绑在了一起。这是她的问题性上升到一定程度，致使她发生内心冲突而做出的决绝行为。

如果说安大营与唐眉是在经过修辞化的报道中被美化了的形象，那么接下来的安雪儿和辛永库则是另一种修辞化的代表。刚出生的安雪儿因为太弱小，加之从早到晚的哭，"像是冤鬼托生的，不喜气"，而被母亲抛弃。父亲安平抚养着她，随着年龄的增长，大家发现安雪儿的身高异常。除此之外，安雪儿还有一系列的怪异行为，比如用炉钩子敲打能发声的器物并以此来判断它们的生死、平常不爱吃东西却在节日时胃口大开等。这些怪异行为使得龙盏镇的人称她为精灵，理由是：精灵是长不大的。而安雪儿的怪异不止于此，她甚至可以从大自然的启示中预料他人的生死，比如她从被子上的褶痕预示了一个人的死亡。她预示他人死亡的几段描写带有一种神秘色彩，是经过修辞化的刻写。这些修辞化书写使得安雪儿与精灵形象更加切合，是对其精灵形象的证明。在成功预示了几个人的死亡之后，人们更加坚信安雪儿是精灵，因此纷纷奔向石碑房，送给她糖果、肉、鱼和甜瓜等。人们对她的崇拜越发强烈，有人开始"神化"安雪儿的形象，说她不是肉身，以至于向她寻求治愈绝症的灵丹妙药、找她算命等。这些经过众人修辞化的语言，旨在表达它置于隐性状态甚至不确定状态的东西，赋予了安雪儿某种神秘的意义。比起安雪儿的神秘色彩，辛永库则是一种悲凉。生于乱世之中的辛永库，当过长工，也被抓过兵，因为娶了日本女人——秋山爱子，他被人诬陷为逃兵。"人们之所以相信他做了逃兵，理由很简单，辛永库在东北光复时，娶了个日本女人，人们因之唾弃他，包括他的儿子辛七杂。"这短短一段话奠定了辛永库凄凉的一生，他变成了众人口中的逃兵。然而他也只是一个普通人而已，有一些缺点，比如贪财，但也有他的优点，比如他真心爱着秋山爱子，为她守节一生。但是可怕的流言将他死死压制住，人们凭借着王寡妇对辛永库的歪曲否定了辛永库的正面形象，认为辛永库是民族败类，也造成了辛永库与儿子辛七杂的隔阂。辛永库的一生是悲凉的一生，"他想带着快乐离世，努力回忆自己一生中快乐的事情，可是真该死，他似乎没什么快乐，唯一让他骄傲的，是他单枪匹马，与搜捕辛欣来的警察周旋,让辛欣来活到现在"。① 这段描写带有一种凄凉的意味。在他人歪曲的修辞化语言下,逃兵形象跟随了辛永库一生。直至死后,辛七杂从他的骨灰中取出了一块弹片,才真相大白。辛永库作为一个普通人,在其他人的否定中被歪曲了形象,并为此付出了一生的代价。

同样都是经过修辞化的平常人,同样都在语言与文字的修辞中拉大了与他人的距离。他们或被美化,或被神化,或被否定,都是基于他人一定的理由。这理由通常又会被修辞化为正当的理由,以满足他人不可言说的实际需要。然而平常之人面对着自己被修辞化的情形,其问题性看似得以解决,实际上不然,因为这一修辞满足的是修辞者的需要,而非被修辞者的需要。

三 距离协商后的道德追求

无论是身处权力场中的有权之人,还是俗世人间的平常之人,都不是单一化的人物形象。他们有着不同的性情,也存在不同的问题,当他者按照某种距离蕴含在这些问题中时,就会产生某种潜在的道德维度。道德作为对与他者距离的回答,管理着距离,使之呈现为善恶两个极端。具体而言,道德就是人们对于他们彼此之间的各种问题的回答,根据他们之间的距离,将个人的言行演绎为善或恶。与此同时,道德也会通过善与恶的对立,将距离改造为正面距离或反面距离。简言之,人们根据与他者的距离采取道德回答,道德回答调节距离并对它做出反应。这样做的目的是实现个人的自由,因为人的自由在于如何处理距离的事实中。在《群山之巅》中,迟子建虽然也提及野狐团等地以及其中有权势的官员,但主要描写的是龙盏镇的人生百态,塑造了一系列血肉丰满的平常人(或者普通人)形象。这些平常人既有光辉善良的一面,亦有在恶中挣扎救赎的阴暗面,他们共同构成了一幅意味深厚的人性景观图。其中

---

① 迟子建:《群山之巅》,人民文学出版社2014年版,第293页。

以单四嫂、老魏、林大花以及辛欣来最具代表性。

　　单四嫂是作为辛欣来强奸安雪儿的见证人出场的。她看到辛欣来强奸安雪儿却并不采取救助措施，而她之所以无所作为，也有着她的理由：不能打断神灵与动物的交合，否则会有厄运。而且在唐汉成要求单四嫂做伪证并以利作为诱饵时，单四嫂并没有答应他，在此单四嫂并不是出于正义，而是有着自己的打算。这里的单四嫂体现出了她自私的阴暗面，她用迷信的说法掩盖了她自私的一面，她想从中为自己牟取利益。她被自己的丈夫单尔冬抛弃，却又在单尔冬生病时对他施以援手。这体现出她善良的一面。单尔冬在成名发财之后看不上单四嫂，因此他选择离婚，在自我与不再合得来的单四嫂之间"投下距离"。他为单四嫂动过心，可是人性中追求新鲜感的本能使得他冷却，不再爱单四嫂了，这个问题由于距离的拉开得到了解决的回答。在他看来，离开不爱的人是为了追求快乐，这是他心中想要得到的善。随着两人之间距离的加大，单尔冬变成单四嫂以及龙盏镇其他人眼中的残忍冷血、猪狗不如的负面形象，这是回答作用于这种距离而建立的一种敌对关系。单尔冬作为他者是问题所在，他激发了拉开距离的行为，距离的拉开反过来又提出其他问题，如单四嫂以及镇中人对他的鄙薄以及其子单夏的痴傻等。这些问题又反射到这种拉开的距离上，使距离进一步拉大，使单四嫂产生怨恨。当单尔冬因为中风而被自己的小老婆遗弃时，单四嫂因着先前的怨恨而不让单尔冬住到屋子里，但是她也不曾硬下心肠撒手不管，而是每天好吃好喝招待着他。这体现出单四嫂善良的一面，是一种美德的体现。美德是与他人距离的某种主观关系，这种距离根据情况而演变为友善或敌意。当单尔冬抛弃单四嫂时，因着距离的拉大，单四嫂表现出了敌意，而当单尔冬因病回龙盏镇时，他主动要求拉近与单四嫂之间的距离，因此单四嫂对他也表现出了一定的友善。除此之外，单四嫂也是坚强的。面对儿子的痴傻，她没有自暴自弃，而是打起精神，通过卖煎饼来养活自己与儿子。而她之所以不愿为安雪儿做伪证，是因为她想让自己的痴傻儿子娶安雪儿。尽管这是一种自私的想法，却也是单四嫂对儿子的一片爱。除此之外，单四嫂也收到老魏的求婚，她起初是犹豫不决的，但是为着自己的儿子，她还是同意了。只是最后老魏的反悔使得他们的结合失败。单四嫂是自私的，她在看见安雪儿被强暴时不愿施救，但她又是善良的，她没有对抛弃自己的单尔冬不管不顾。同时她又是坚韧自强的，她深深地爱着自己的儿子，并用自己的双肩为儿子撑起一方天地，由此彰显出女性的担当与独立。而提及老魏，他是镇中的一个异数。他看得开，为人洒脱，同时他又不拘于世俗眼光，由此使得他的言行与龙盏镇众人的思想格格不入。如他在全镇人唾弃单尔冬的"陈世美"行为时支持单尔冬与单四嫂离婚，认为离开不喜欢的人是对的，人生需要追求自己的快乐。他不仅是这样想的，同时也是这样做的。他以卖豆腐为生，过着自由的单身生活，也会合理宣泄自己的欲望。但他同时又是一个情深义重之人，爱慕着郝百香，为郝百香的丈夫送过多次的豆腐，并且在郝百香死后定期为她上坟。他动过结婚的念头，并向单四嫂提了亲。但通过采花，他对婚姻产生了畏惧。因为他发现他并不特别中意这些美丽的花，而单四嫂又比不上这些花，由此得出单四嫂是拴不住自己心的结论，而且他也认为守着一朵枯萎的花过日子是没劲的。所以老魏放弃了与单四嫂结婚的打算，并在被单四嫂用水泼过后，喜极而狂地边跑边喊"自由啊——自由啊——"。从这些描写中，可以看出老魏既有着达观精神又充斥着积极的享乐思想。他对自由的宣扬，以满足自我享乐为基础，因此他并不渴望着与他人建立比较亲近的距离。面对单尔冬的离婚问题，他会做出及时行乐、追求自由的回答，而这一自由的回答也使他维持着和他人的较远距离，他被龙盏镇的人远离。与此同时，他关于自由与寻乐的追求也使得他最终放弃了与单四嫂的结合。老魏追求的是积极享乐、达观洒脱的道德观念。但总体而言，老魏还是一个善良的人。

如果说单四嫂与老魏仅仅有些自私，本质上还是善良的人的话，那么林大花与辛欣来则要比他们俩可恶得多。因为单四嫂与老魏尽管自私，但是他们并没有真正伤害过其他人，只是捍卫自己的利益而已，而林大花与辛欣来则是"踏着"他人的尸体来满足自己的追求的。林大花作为龙盏镇中可以与唐眉齐名的美女，自有一种如山间摇曳的雏菊般说不出的俏丽。她在红日客栈做服务员，并有着一手拔火罐的好手艺。因着美丽的外表，有许多客人打过林大花的主意，但是她都不曾上钩。由于煤矿与她生父的影响，林大花惧怕一切与黑有关的事物。她尝试着避免黑，拉开与黑的距离，喜爱并使用"白"的东西。林大花受到金钱的诱惑而出卖自己，她以为拥有金钱就拥有了"希望"，却使自己陷入了不幸的深渊。她的这一行为不仅伤害了喜欢她的安大营，而且致使年轻的安大营失去了生命。林大花先是在安大营发现那笔钱之后，用刻薄言语打击他，质疑安大营的纯洁性，又在之后的落江中只关心自己的钱匣，贻误了救安大营的最佳时机。安大营的死使得林大花开始害怕白，"我不想看见自己的脸！也不想让别人看见我的脸！"她害怕面对自己，害怕自己的身体，她将自己的身体作为他者，做出拉开距离的决断。在此，作者用林大花先前怕黑、现在怕白的转变暗示了她事发前后的心境转变。事发前，林大花一心向往着金钱与光明；事发后，林大花认为自己有罪而把自己隐藏在黑暗里，选择用一生去赎罪和忏悔。金钱与生命的错误抉择，让本就怕黑的林大花跌入更加深不见底的深渊。金钱买得到身份、地位等身外之物，却永远买不来灵魂的安宁。为了金钱，林大花承受着良心上的批判，承受着内心的道德惩罚。辛欣来则比林大花更为残忍，因为林大花还有忏悔之心，辛欣来却对自己母亲的死亡与强奸安雪儿没有丝毫愧疚。他始终认为自己是受了委屈的。他讨厌收养他的辛七杂和王秀满，认为是他们阻挡了他跟着亲生父母过好日子的步伐。他之所以一刀杀死了自己的养母——王秀满，是因为他以为斩马刀多年不用是把哑巴刀，不会伤到人的，他只是想吓唬吓唬王秀满。而强奸安雪儿则是因为他恨安大顺一家，因为安大顺一家在龙盏镇都是正面形象的代表，而他的家庭中则是屠夫、逃兵等负面形象，不受人待见，并为此而被冤枉入狱。这些描写解释了辛欣来弑母与强奸安雪儿的原因，他有着自己的委屈与不平，这些不平激发出了他心中的恶意，使他做出这些残忍的行径。由此，辛欣来做出上述的种种恶行。但是，辛欣来是天生这么坏的吗？倒也不是。综观上述恶行，皆是有因有果。只是，辛欣来在处理这些因果时，扭曲了自我的欲望，导致他人的不幸，而自己也因此受到法律的惩罚与遭到龙盏镇众人的唾弃。与林大花相比，辛欣来在生命的最后都一直叫嚣着会有人来救他，不曾有悔改之心。

这四位小人物的命运并不能用顺遂来形容，因为他们这一生有着或多或少的遗憾。他们根据自己的问题做出了自己的回答，又将回答反映到距离之中。他们都存在一定程度的人生阴影。只是有些人克服得比较好，可以做出较为恰当的道德回答与距离选择，比如单四嫂与老魏；有些人却是放纵了自我的欲望，致使自己陷入不幸的深渊，如林大花与辛欣来。所以，及时止损，学会做出恰当的道德回答与距离选择是十分重要的。

结　语

本文从修辞维度与道德维度来分析迟子建的《群山之巅》，具体而言，是从性情、修辞、距离三个方面解读龙盏镇的人生百态，从中发现众人行为背后的深层意蕴：人们作为独立的个体，或多或少存在一定的问题，为了解决这些问题，人们采取了不同的距离，做出了不同的道德回答。这些道德回答分为善恶两极，却又不能单纯地用善恶来评价，因为这些回答是基于个体自身情况而做出的，不可一概而论。对于当下的人们来说，经济与科技的发展，拉大人们之间距离的同时也禁锢了人们的心灵，因此，人们需要学习保持恰到好处的距离，树立恰当的道德观念，以期实现个体的心灵自由。

【作者简介】

张莹（1996—），女，山东青州人，汉族，西安外国语大学中文学院在读硕士，比较文学与世界文学专业，研究方向：外国文学。

联系方式：电子邮箱：2280630925@qq.com　手机：17865182098

论《流浪地球》中的崇高感

西安外国语大学中国语言文学学院
■文　缘

【摘　要】中国科幻小说作家刘慈欣的《流浪地球》以其富有逻辑的想象、大气磅礴的写作风格表现出崇高感。小说中物体形态的改变和事物的不确定感，激发出诗意的恐怖，这是崇高的重要根源。在思想层面，达到较高的思想境界的过程，实际上也属于崇高的范畴。同时，语言的藻饰将崇高感以具体形式呈现出来。通过从各方面对崇高感的表达，体现了作者对地球和人类命运的反思以及对人自身力量的肯定和赞美。

【关键词】崇高　《流浪地球》　美学

【Abstract】*The Wandering Earth* wroten by Chinese science fiction author Liu Cixin, expresses a sense of sublime with its logical imagination and majestic writing style. The changes in the form of objects and the uncertainty of things in the novel inspire poetic horror, which is an important origin of sublime. At the ideological level, the process of reaching a higher ideological realm actually belongs to the category of sublime as well. At the same time, the ornamentation of language presents the sense of sublime in a concrete form. Through the expression of the sense of sublime from all sides, it reflects the author's reflection on the destiny of the earth and mankind, as well as the affirmation and praise of man's own strength.

【Key Words】 Sublime　*The Wandering Earth*　Aesthetics

　　随着2018年底小说改编电影的热映，短篇小说《流浪地球》也受到了广泛关注。在这部小说中，刘慈欣不仅用严谨的科学逻辑勾画出了想象中的未来世界，更站在对人类生存的观照上，表达了对地球母亲的无限热爱与不舍。小说分为四个部分：刹车时代、逃逸时代、反叛时代和流浪时代，这四个不同的阶段，以"我"所看到和感受到的景象串联起来，讲述了由于太阳快要爆炸，人类为了生存，不得不带着地球离开太阳系去流浪的故事。作者以第一人称视角，展现了在面对家园消失、人类灭亡等可怖现实时，人的思想、行为发生的改变。通过作者的描述，读者在阅读过程中产生了崇高感，这也带给了读者更深层的阅读体验。

　　朗吉努斯（Longinus）在《论崇高》（*Peri Ypsous*）中说："亲爱的朋友，有一点你一定要了解，正如真正伟大的东西在生活中绝对不会受到鄙视，崇高也一样。"① 这首先阐明了崇高的重要地位。在崇高感的来源问题上，朗吉努斯和伯克（Edmund Burk）更倾向于从客观事物中寻找线索，他们提到了诸如大海、飓风之类首先令人害怕，之后却让人体验到愉悦感的事物、某些伟大的思想以及在小说创作中，语言对于崇高感的激发作用。而康德则更多地从理念中寻找崇高，康德强调："崇高不应该在自然物之中，而只能在我们的理念中或心里去寻找。"② 这就对崇高的来源有了一个更全面的解释，即自然物本身不具有崇高感，只有当主体与某一特殊自然物之间有所互动时，崇高感才会产生。

---

　　① ［古罗马］朗吉努斯：《美学三论：论崇高　论诗学　论诗艺》，马文婷、宫雪译，光明日报出版社2009年版，第12页。
　　② ［英］拉曼·塞尔登：《文学批评理论：从柏拉图到现在》，刘象愚等译，北京大学出版社2000年版，第89页。

一 诗意的恐怖：自然界中的崇高感

作为一部科幻小说，《流浪地球》有很多大胆的想象，再加上磅礴的写作风格，都传达出一种崇高之感。伯克在论述崇高与美引起的欢乐与痛苦以及人的各种情感时，较多地从人的心理特点叙述崇高，他认为"崇高产生于人心能感觉的最强有力的情感"。故事的主人公出生在刹车时代，这是故事设定的第一个环节。所谓"刹车"，就是如同让汽车刹车一样，让地球也刹车停转，这是因为故事发生在这样的时代：人类唯一的家园——地球以及生活在这里的人类，面临着灭顶之灾。天体物理学家在三个多世纪前发现太阳内部氢转化为氦的速度突然加快，将产生一次氦闪的剧烈爆炸，在这次爆炸中，地球会被气化，而这一切将在这二十年内发生。伯克说："当危险或痛苦逼迫太近时，不可能引起任何欣喜，而只有单纯的恐怖。但当相隔一段距离时，得到某种缓解时，这时如同我们日常经历，就有可能是欢喜。""他认为崇高首先涉及自保本能。人们在面对威胁到自己的生存的恐惧、危险的对象时，首先产生出一种痛感，然后再通过社会情感如同情（自居作用）和竞争心（战胜危险的想象），产生出一种'痛快'的自豪感、胜利感。"[①] 同时这种恐惧其实是没有威胁到现实安危的，这就使读者与故事的危机感保持了一定的审美距离，这样，对于故事中的情节才能产生崇高的感受。地球的安危与人类息息相关，这次劫难首先带给读者的是恐惧和无助，但同时由于读者明确自己与故事之间有一个安全距离，于是便能从恐惧中抽离出来，转而感受恐惧带来的崇高感。"我们渴求壮观的情景，例如某种罕见的惨重的灾难，无论是我们目睹的厄运，还是历史中所追求的，总是令人感动并感到欣喜，其他情景无法与它相比。这不是一种纯粹的欣喜，但并不混杂丝毫的不安。"[②] 在《流浪地球》中，许多场景都能带来这样

---

① [英]伯克：《崇高与美——伯克美学论文选》，上海三联书店1988年版，第36页。
② [英]伯克：《崇高与美——伯克美学论文选》，上海三联书店1988年版，第37页。

的感受。

（一）物体形态的改变

伯克认为，恐怖在一切情况中或公开或隐蔽地总是崇高的主导原则。恐惧是害怕痛苦或死亡，它类似真实的痛苦方式起作用。因此一切视觉上恐怖的事物也是崇高的，无论这种恐怖的原因是否巨大，因为不可能把任何危险的事物看得无足轻重、不屑一顾。伯克在这里说明了恐怖在崇高感中的重要位置。在《流浪地球》中，死亡这个主题一直弥漫在整个故事中，从一开始的故事背景就表明，这是一个地球和人类即将走向毁灭的时代，面对死亡时许多人失去理智，互相指责，生活也进入失常状态。主人公通过自己的所见，无时无刻不在感受着死亡带来的巨大恐惧，这种恐惧包含人类面对灾难的无力感，是人类所共通的。因此，读者的情绪也会被带入恐怖之中。

故事中，物体体积的增大和数量的增多也会加深恐惧感。作为一种审美范畴的崇高，总是不可避免地涉及审美对象的特质。在康德的理论中，审美对象是"数学上的崇高"与"力学上的崇高"，即数量无限大，并超出主体认知的恐怖之物，如自然之中的狂风暴雨，电闪雷鸣。① 在写到第一次去环游世界看太阳的场景时，人们对太阳都是极度恐惧的态度，其中一个重要的原因就是太阳的体积发生了变化。"终于，我们看到了那令人胆寒的火焰，开始时只是天水连线上的一个亮点，很快增大，渐渐显示出了圆弧的形状。这时，我感到自己的喉咙被什么东西掐住了，恐惧使我窒息，脚下的甲板仿佛突然消失，我在向海的深渊坠下去，坠下去……"② 书中描写的太阳，不是正常大小，看到太阳也不是普通的心情。在主人公的世界，太阳的灾变将炸毁和吞没太阳系所有适合人类居住的类地行星，所以这里的太阳意味着毁灭和死亡，这种窒息般的恐怖感也透过文字传达给了读者，激发了崇高感。在《流浪地球》中，描写了一场发生在无限宇宙中的巨大"流星雨"。这是发生在大逃逸时代

---

① 肖炜静：《卑俗之物占据"原质"之位——齐泽克对崇高美学的拉康化拓展及其政治哲学之维》，《国外文学》2018 年第 4 期。

② 刘慈欣：《流浪地球》，四川科学技术出版社 2019 年版，第 97 页。

的一场灾难，因为地球进入逃逸时代，会不断地撞击到周围的小行星，这一个个小行星在一周之内不断地落到地球的每个角落，"我们看到了火流星，它们拖着长长的火尾划破长空，给人一种恐怖的美感。火流星越来越多，每一个在空中划过的距离越来越长"。① 这场巨大的"流星雨"在黑暗中落下，火流星的数量极多，给地球和人类造成了很大的伤害。作者用"恐怖的美感"来描写火流星，也正体现出崇高感的内涵。

（二）事物的不确定感

在文学创作中，使用不确定的意象能给读者带来特别的审美享受，这种不确定可以带给读者无穷的想象空间，使作品的含义丰富且广阔起来。伯克认为，模糊、含混、不确定的形象对于幻想比清晰、确定的形象具有更大的力量，形成更崇高的情感。人类本能地会害怕未知，尤其是这种似乎知道却又无法确认的东西。例如，故事的最后，讲到造反派通过观察发现太阳比起之前，并没有发生任何变化，是联邦政府里别有用心的人制造了这场流浪地球的阴谋，不读到最后，始终无法知晓流浪地球计划对于人类和人类文明来说究竟是福还是祸。前面通过大量的描写，说明这个计划是已经被大众认可的，而且每一步的详细情况都有所记载，这时突然有了转折，对于未知的结果只能靠读者自己去想象。究竟这个宏伟又浪漫的计划能否有效，模糊的设定带给读者崇高的精神享受，也引发了读者更大的阅读兴趣。

崇高的另一个起源是无限。无限具有使精神充满某种令人愉快的恐惧的倾向，这是崇高最真实的效果与最可靠的检验。在浩瀚无垠的宇宙中，地球只是其中非常渺小的一个存在。宇宙则是无限的象征，人类对于宇宙的探索一直在进行着，但对它的认识却依然非常有限。在写到老师给同学们形容死亡时，说它是一道墙，向上无限高，向下无限深，向左无限远，向右无限远，在主人公的心里，这墙不是黑色的，而应该是等离子光柱连接出的墙那样的充满光亮的颜色。这种描述将死亡具象化，同时也说明死亡将会是一个与时代紧密相连的无限绵长的过程。

---

① 刘慈欣：《流浪地球》，四川科学技术出版社2019年版，第76页。

《流浪地球》中始终弥漫着恐怖的气息，但这种恐怖不是仅仅带给人惊惧的恐怖，而是一种富有诗意的恐怖感，在这个故事系统里，所有的恐怖感都伴随着敬畏，正是这种敬畏感让人在感到恐怖过后产生崇高的审美体验。无论是物体形态的改变还是事物的不确定感，都激发着这种诗意的恐怖。

二　高尚的心灵：思想层面的崇高感

"创作主体思想的崇高确保了诗人想象所呈现的画面逼近事物的真实，而想象又反过来促成创作主体心意奔驰、仰视伟大的精神境界。"①朗吉努斯在论述崇高的过程中，总结出崇高不仅与文学、艺术、自然界的事物有关，而且与伦理道德有关，同时他说明了五种崇高的来源。在这五种来源中，最重要的一条就是高尚的心灵。康德突破崇高的审美范畴，将其扩大到思想层面，他认为道德情感虽然属于理性的判断力，但是它在调和理性和想象力层面却有调和的作用，由此产生的和谐感与审美情感能发生一种内在的沟通。这种调和也是理性与感性的调和，在崇高的形成过程中来说，就是从最初感性上的恐惧转换到理性层面愉悦的过程。在《流浪地球》中也能体会到思想的崇高力量。

（一）政治与高尚的品德

以马克思实践论美学来看，作为人的本质完整体现的人类总体的升华运动，构成崇高审美形态最重要的内容特征。而这意味着审美主体的不断抗争、突破与超越，这是崇高审美始终处于矛盾激化与强烈运动状态的内在根据。在社会领域内，凡是体现实践主体的巨大力量，展示主体征服和掌握客体的坚强意志，表现了主体由弱到强所付出的艰苦卓绝的斗争和努力，显示出巨大潜力和坚强斗争精神的种种行为，均是崇高

---

① 温晓梅、何伟文：《论朗吉努斯"崇高"视域下的艺术"想象"》，《安徽大学学报》（哲学社会科学版）2017年第41卷第2期。

美的表现。① 地球派和飞船派论争的时候，这样的场景放在现代社会，实际上就是一场政治博弈，地球派对应的是保守派，而飞船派则对应改革派。即使确定要实行地球派的计划，两方面还是常常吵得不可开交，双方进行了大规模斗争，都是为了人类整体的生存做出的考虑。最后，改革派怀疑保守派在玩某种政治阴谋，因为他们观察到太阳根本没有要氦闪的迹象，所以为了生存丢掉地球上的一切文明，根本就是某些别有用心的政治家的阴谋，而保守派最后的投降，显示出一种英雄主义，他们寡不敌众的时候，也相信了这是阴谋，于是决定集体去冰面被冻死。他们坚守了自己认为该忠诚的东西，但最终是站在全人类的角度，在理性和感性之间，选择了忠诚于全人类的感性，这是作为人最后的良知。然而，戏剧化的事情这时候发生了，在最后五千个保守派全部牺牲以后，就在人们高歌"我的太阳"的时候，太阳真的发生了氦闪，这是非常讽刺的。朗吉努斯认为，只有民主制度才有利于培育作者的智力和高尚人格。可见只有民主制才能有这样对人类命运的关注，也只有在民主制度下才有利于培养出品德高尚的人。因此，这部小说在政治层面表现出了崇高感。

（二）伦理道德的决断

康德认为，崇高是审美向道德过渡的形态；认为崇高已不是单纯的审美，而是依附于伦理道德层面的审美，是"道德的象征"。"道德感与崇高的相似性首先表现在：就主体的形式条件而言二者都具有纯粹性，即不与自然的需求发生联系的；因而，二者都是具有普遍性的，虽然前者要求的普遍性是以命令的形式出现，而后者只是我们对他者的要求。就情感的复合性而言，二者也有相似之处，即都是由不愉悦和愉悦的情感混合而成——感性受到压抑而不悦，因对理性人格的意识而愉悦。"②《流浪地球》在一些伦理道德问题上，有一些引人深思的讨论。那个未来的时代，如果发生了灾难，男人应该救自己的父亲还是自己的儿子，

---

① 康德：《判断力批判》，人民出版社2004年版，第198页。
② 周黄正蜜：《从感性到理性的反转——康德崇高概念辨析》，《世界哲学》2017年第2期。

是很简单的问题，因为在他们的道德模式中，并不存在普通人一样难以抉择的道德判断。同样，在那个时代，人们在婚姻中需要承担的责任和坚守的道德也会大大降低，比如作者写到，主人公的父亲爱上了小星老师，发生了这样的事之后，父亲坦然地告诉了母亲，而母亲也平静地接受了。这样的故事发生在那个世界随时可能灭亡的时候，人人都抓紧过自己想要的生活，抓紧时间研究理工科而无心形而上的东西，那么这样的选择就能被理解了。另外，在提到地下城如果发生危险，人们的逃生顺序时，也是非常符合情理的，这种从年幼到年长的顺序，是符合自然规律的。在这一个个看似荒唐、实则合理的故事背后，体现了作者对于人性的尊重，也表现了作者人道主义的崇高精神。

在最后的结局设定上，以主人公为代表的一系列保守派，并没有把守护已有的一切作为最后使命，正如作者所说，在已经进行了四十多代人还要延续一百代人的艰苦奋斗中，永远保持理智是一个奢求。于是，他们选择站在全人类这边，选择的是人类生命至上的崇高道德价值观，体现了作者对地球命运的担忧和对整体人类命运的关怀。如康德所说，力量是一种超越巨大障碍的能力。人类最后凭借自己许多代人的努力，终于暂时逃离了这场本来无法幸免的灾难，在太阳发生氦闪时远离了地球。这种巨大的力量，带领人们战胜了不幸，带给读者无穷的崇高感体验。而崇高指向种族总体，在崇高性审美中个体向种族总体的升华，即主体精神（人格意志、伦理力量等）的张扬及其向无限延伸，成为崇高审美形态最显著的特征。所以，最后的结局把个人的力量上升为整个人类的力量，这也是崇高感的体现。

如果人们一旦放弃了那种自利及其所带来的自负与自爱，超越自身的有限性，并对法则的壮丽与宏大有所领悟，在体验到灵魂升华的同时，最终产生一种"自我认可"，那么，原来的谦卑之情就会转化为"肯定性情感"，对感性欲望与自然情感的压抑随即会得到释放。[①] 因此，在思想道德层面来说，达到较高的思想境界的过程，实际上也属于崇高的范畴。

---

① 董滨宇：《论康德的崇高概念及其道德心理学疑难》，《现代哲学》2019年第2期。

三 精致又磅礴：语言藻饰带来崇高感

语言对于崇高感的激发，也有巨大的作用。随着语言学的发展，高高在上的哲学和美学思想逐渐向现实转移，这种崇高感也逐渐落在更加具体的地方。根据朗吉努斯关于崇高的五个来源的说法，构想辞格的藻饰是其中的一个重要来源。他认为，所谓崇高，不论它在何处出现，总是体现于一种措辞的高妙之中。

（一）巧妙的修辞

朗吉努斯认为，无论是在高超的散文还是其他作品中，高雅巧妙的文辞都会带给读者崇高的感受。诚然，词语作为传达思想感情的最小单位，对于意义的表达有着很大的作用。刘慈欣在表达中也十分注意词语的运用和语句的修饰，这就让《流浪地球》充满了诗意与无尽的想象空间，整体上也更具有崇高感。首先，作者在描述等离子体光柱的时候，把光柱比作雅典卫城宫殿里顶天立地的巨柱，而把人比作宫殿地板上的细菌，用如此鲜明的对比，表现出人类在光柱前的渺小，更能表现出这光柱的高大以及流浪地球计划的宏伟之处。在描写到光柱穿过云层的可怕景象时，作者说整个天空仿佛被白热的"火山岩浆"覆盖。这里将常见的乌云比作火山岩浆，这样的比喻不仅体现出光柱在穿过云层时天空的颜色，更形象地说明了光柱在工作时带给人酷热无比的炙烤感。而主人公已经习惯了这些可怕的景象，在读者看来这是有距离感的生活，于是觉得恐怖的同时，知道自己是安全的，这样就产生了崇高感。

在描写到好不容易地球温度变得适宜时，写到荒芜已久的大地上，野草钻出地面、花朵盛放的场景，作者用了"抓紧"这个词，仿佛万物都有觉知，都知道这份适宜来之不易又转瞬即逝，所以才抓紧时间拼命生长着。这个词生动地表现出了生命存在的微弱感，植物和人类都一样，人类也把这当成最后时期，抓紧时间做自己想做的事。

正是因为有了这些生动词语的表达，作者的内心想法才能跃然纸上，他所表达的未来世界才那么真实地呈现在读者眼前。词语对崇高感的显现起到重要作用，这一点也符合朗吉努斯对崇高来源的观点。

（二）有意味的语句

除了修辞巧妙，小说中还有许多富有诗意的语句，甚至直接插入诗歌来抒情。这首诗歌出现在最后一节"我知道已被忘却/但那一时刻要叫我一声啊/当东方再次出现霞光/我知道已被忘却/起航的时代太远太远/但那一时刻要叫我一声啊/当人类又看到了蓝天/我知道已被忘却/太阳系的往事太久太久/但那一时刻要叫我一声啊/当鲜花重新挂上枝头……"① 这首诗一直在重复"但那一时刻要叫我一声啊"，不知道地球会不会能重见蓝天、开满鲜花，那一天只要来临，无论我已经被遗忘多少年，都一定要叫我一声！这里饱含着作者对于地球母亲的深情，他听到这首诗时，仿佛能看见地球上所有美好的景色，春天、阳光、健康的儿孙和美丽的爱人。这些景象，都必须以地球的存在为前提，这时便唤起了人类对于地球那种崇高的热爱。其他几处诗意性的表达也有同样的效果。

故事开头，"我没见过黑夜，我没见过星星，我没见过春天，我没见过春天、秋天和冬天"。② 一系列的排比讲述的都是地球上最常见却在主人公的故事里永远缺失的景观。黑夜里的星星，四季的变换本是地球上独特又美丽的风景，这里的"没见过"就使人感叹。地球已经不是那个健康、焕发着生气的地球了，它病恹恹的，没有了往日的光华。这里三个对象连续排比带给人紧张感，同时也充满对原来家园的无限眷恋。有一句感叹，在小说中重复出现过两次："啊，地球，我的流浪地球啊……"第一次出现，是爷爷在弥留之际反复念叨的话语；第二次，则是在主人公回忆完自己的一生之后，发出的感叹。看似简单的一句话，里面却包含无限的深情，表现了一代又一代人，对于地球的眷恋和对自身能够继续生存下去的深切愿望。

---

① 刘慈欣：《流浪地球》，四川科学技术出版社2019年版，第83页。
② 刘慈欣：《流浪地球》，四川科学技术出版社2019年版，第94页。

结　语

电影《流浪地球》被观众称为"中国科幻电影的里程碑",除了团队的良好运营宣传和后期优秀的特效加持,原著本身的魅力也至关重要。"原著的选择是 IP 电影创意开发的第一环节,选择题材合适、粉丝基数大、观众接受度高的原著是每个创作团队追求的目标。"[①] 这部小说作为科幻小说,充满丰富的想象,同时传达了人类共同体的价值观:在地球危亡的时刻,没有哪个人或哪个国家能够置身事外。这与我国近几年来提倡的价值观念相符合,也是这个时代人们所热议的话题。因此,从电影的高票房和好口碑折射出小说本身的丰富内涵。

《流浪地球》虽然是一本科幻小说,除了符合逻辑的想象,还包含作者对地球和人类的深情,带给人关于地球命运和自身命运的思考。小说从词句到思想都充满了力量,这种力量使人感到大气磅礴,同时优美的语言也带给读者诗意化的感受,这使得小说包含了优美和崇高两种美学特征。作者对于人类本身也怀有深切的悲悯心,对处于危难中的同胞不责难、不讥讽,而是在《流浪地球》的故事体系中去体谅和包容,体现了作者深切的人文关怀。在提到人类不能丧失希望时,作者写道"我们必须抱有希望,这并不是因为希望真的存在,而是因为我们要做高贵的人",无论在怎样的困难中,都不能丧失希望,这也是作者通过小说传递给读者的精神力量。小说始终传达着崇高的美学体验,这种崇高感一方面让读者懂得敬畏自然,另一方面又充分肯定了人的主观能动性,即人类有力量掌握自己的命运。崇高感作为一种共通的体验,将会把人类引向更加高远辽阔的境界,永不停息地追求人性的真善美。

[①] 刘婉婷:《价值链视角下 IP 电影的运营策略——以〈流浪地球〉为例》,《戏剧之家》2020 年第 6 期。

【作者简介】

文缘，西安外国语大学中国语言文学学院研究生，研究方向为文学理论。

联系方式：电子邮箱：youzibalcony@163.com 手机：15619321885

通信地址：陕西省西安市长安区文苑南路6号西安外国语大学长安校区

访谈录

访谈疫情期间的作家应晨

■温哥华的华裔法语作家应晨
■西南交通大学温杨

【摘　要】"用前卫手法表现传统主题"的应晨，2012年被国内的《明镜月刊》评为"十大最有影响力海外华裔作家"之一。人物、时间、空间的缺席或跳跃等尝试的成功，吸引众多研究者从多文化、多地域、多语言、多学科等各角度剖析作者思想或作品精髓，将应晨与一些文学泰斗作比较：在写作手段上与哈伯雷（François Rabelais, 1494—1553）、写作风格与普鲁斯特（Marcel Proust, 1871—1922）、形式上与杜拉斯（Marguerite Duras, 1914—1996）、跨文化角度上与程抱一（François Cheng, 1929—）、写作特点与鲁迅（1881—1936）等作为研究主题。其后现代特色的大部分作品扑朔迷离，本次采访从疫情期间的生活开启话题，从各个方面试图与她的思想和精神世界靠近，以便更好地正确理解其作品。与笔者最初的采访动机大相径庭的是，在全球对疫情持恐慌和焦虑情绪的大环境下，她竟表现得如此从容恬淡。笔者推测这应该源自她来自内心的底气所散发出来的自信。她勤于学习和思考，兴趣爱好广泛，关心政治、经济，小小的身躯隐藏着大大的能量，不仅仅满足于法语界的成就，而是要做世界的作家，正如她所追求的那样，配音、翻译、填词、写诗等已忙到不亦乐乎。

【关键词】应晨与文学　华裔与疫情　前卫与传统　历史与当下

【Abstract】In 2012, Ying Chen was selected as one of the "Top Ten Most Influential Overseas Chinese Writers" by the *Der Spiegel Monthly*: "Use avant-garde techniques to express traditional themes". The success of attempts such as the absence or jumping of characters, time and space, attracting many researchers to analyze the author's thoughts or the essence of her works from various perspectives such as multi-cultural, multi-regional, multi-lingual, and multi-disciplinary, Compare Ying Chen with some literary masters as a research topic: with Rabelais in writing methods, with Proust in writing style, with Duras in writing formally, with François Cheng in intercultural perspective, with Lu Xun in writing traits, ... Most of the postmodern works are confusing, in order to better understand her works, this interview starts the topic from life during the epidemic, trying to get close to her mind and spiritual world from all aspects. She acted so calmly in a global environment of panic and anxiety about the epidemic, which is quite different from the motive of the interview. It should come from the confidence exuded by her inner strength. She is diligent in learning and thinking, has a wide range of hobbies, cares about politics and economics. Her small body hides great energy. Not only is she satisfied with the achievements of the French world, but she eagers to be a writer of the world, just as what she pursues. She is never tired of Dubbing, translation, writing lyrics, writing poems, etc. have been so busy that she is very happy.

【Key Words】Ying Chen & Literature　Ethnic Chinese & Epidemic　Avant-garde & Tradition　History & Present

时值全球新冠肺炎病毒日益泛滥的局势下，当某些国家对疫情不作为时，当华人的负面新闻频频出现时，继2020年2月3日，国内正全力抗击新冠肺炎疫情之际，"温哥华港湾"（BCbay.com）专栏作者Kayden撰写的《触目惊心！列治文惊现"新冠病毒"辱华标语，内容不堪入目》[1] 后，最近又有5月24日发表在"北美报告"由加拿大时评家、温

---

① 《触目惊心！列治文惊现"新冠病毒"辱华标语，内容不堪入目》，https://18ca.com/20200203/102236.html。

哥华多元文化电视台新闻制片人兼节目主持人丁果撰写的《中港台加拿大华人移民们！关键时刻，我们已退无可退》① 等等报道比比皆是，一目了然的标题就能大概明了现在的华裔处境。忧虑如同疫情的阴霾一般充斥着读者们的内心：身处国外的华裔作家们的近况是否安好？不仅担忧他们身体方面的健康，也有精神方面的安康。

笔者非常荣幸能与身处温哥华的华裔法语作家应晨取得联系，征得同意后，她于百忙之中抽出时间接受邮件问答采访，一再修改补充，往返邮件多次，处理事务及时果断，执行力强，与其严谨认真的创作态度一致，在此深表感谢！

（以下"问"方为笔者温杨提问；"答"方为应晨回答）

近况——疫情只是最后一根稻草

问：无疑，现在国内的读者非常挂念你们的身心安危。请问您最近的生活还好吗？疫情有没有影响到您的生活呢？

答：疫情发生以来，我的生活表面上没太多变化：每日读书、写作、种地。表面一切如故，但是，生活很可能会有大的变动，疫情只是最后一根稻草。在新冷战的氛围里，在传染病有可能长期威胁到长途旅行的方方面面的时候，人生中的选项减少了许多。非此即彼，抉择的日子也许会提前到来。

问：种地?! 这么闲云野鹤的生活！可您是职业作家，为什么去种地？

答：我的目标是实现食物基本自给自足，不打农药，不用机器。家里装了废水处理设备，雨水储存设备，取暖用自家林子里的柴木。保护环境，从我做起。无论将来到哪里，这将是我后半辈子的事业。

---

① 《深刻 | 中港台加拿大华人移民们！关键时刻，我们已退无可退_ 歧视》，https：//www.sohu.com/a/397281822_ 164026。

写作——无论发生什么，对我的写作从内容到风格都没有影响

问：您给我们勾画出一幅类似"桃花源"记里的画面，好生羡慕。这样的写作环境对您的灵感是有启发的吧？此次疫情对您的创作有什么影响呢？

答：无论是疫情还是冷战，无论发生什么，对我的写作从内容到风格都没有影响。事实上，即使在表面看来比较平静的历史时期，我的小说也充满忧患意识。力图在一个永远是暗流涌动的世界里捕捉片刻的宁静，找寻一个哪怕是短暂的平衡的支点，去寄宿灵魂。

迁移——如果需要一个标签，可以把我称作"迁移中的作家"。但是，我不喜欢标签

问：也就是说，若无小说，若不写作，您的灵魂将无处安放？疫情之下，对于华裔作家，使人想起一个比较伤感却应景的称呼，学术界流行的一个词"流亡文学"或"流亡作家"，您是怎么看待"流亡"这个词的？您认同或反感这个称呼吗？如果给这篇访谈标题为"疫情下的流亡作家应晨"，您会有何感想？在您看来，流亡作家的归宿在哪里？您对您自己的归宿将作何安排？

答：我不认为自己是流亡作家。我和我同时代的许多人经历了大迁移。我后来发现，这种迁移实际上在全球范围内每一分钟都在发生，而且是贯穿了人类发展史，没有任何势力能够阻挡。离开故乡后，突然发现五湖四海都有朋友。有迁移，就有动荡，跑得越远，动荡越大。这样的经历是很锻炼人的。

至于归宿，我一直觉得，知道自己在何时何地出发，却不知何时何地到达。也许永远没有终点。这么大一个困惑，这么深的一份孤独，充

满诗意，写不完。所以，如果需要一个标签，可以把我称作"迁移中的作家"。但是，我不喜欢标签。

歧视——"啊，加拿大，我祖先的土地……" 华人不知道怎么去唱这首歌

问：那在您的周围，有很多迁移人？

答：一百多年前，广东农民离开支离破碎的故土，一贫如洗，可能绝大多数是目不识丁的，来到北美当苦力，主要是铺东西铁路（连贯加拿大东部和西部的太平洋铁路）。铺路时遇到各种地形，华工死了很多，而落成仪式没有他们的份。有关这一段历史有大量公开的资料可考证的。

当时西部还有待开发，BC 省（温哥华所在的 British Columbia 省，简称 BC 省）在铁路通行后建立（BC 省于 1871 年加入联邦）；随即在 1872 年颁布排华法案，排华法案涉及各方面。加拿大政府于 1885 年颁发人头税，阻止华人入境。该排华法案于 1947 年在加拿大其他地区取消，而温哥华则勉强于 1949 年取消。也是在 1949 年，BC 省的华人终于获得选举权。但加拿大实际接受华人移民是 1967 年才开始的。从 19 世纪中叶一直到 20 世纪中期，仅仅温哥华所在的省，就颁布了一百多项法案，专门针对境内华人，进行方方面面的限制，排斥，惩罚，剥夺政治权利。

问：那移民在受到不公正待遇时的反应如何，尤其是在国庆节的时候？

答：加拿大至今不少老一代的华人移民不参加国庆，因为联邦成立的那一天，是自上而下地排华的开始。而且，加拿大国歌上第一句就是这么写的："啊，加拿大，我祖先的土地……"所以新移民也不知道怎么去唱这首歌。

歧视的原因——资源的纷争

问：这种歧视是仅仅针对华人吗？或是一种种族歧视？被歧视的原因是什么呢？

答：这种以法律为工具、以国家机器为后盾的自上而下的有形加无形的歧视和排斥，华裔并不是唯一的受害人群。疫情发生后，有个韩国人，走在温哥华的街上，被人吼："滚回中国去。"

加拿大在其极短的建国史上，就有三起大规模的国家层面的种族歧视，除了针对华人，也对日裔和原住民有过制度化的打压和歧视。西部大开发之前，温哥华一带包括周围岛屿已经有不少原住民和东亚人。华人在这里属于早期移民。到如今，华人在加拿大的人口比例最新统计下来只有5.1%，其中的早期移民占贫困人口的24%。

华裔在北美受到歧视，广义地说，东亚人在西方受歧视，更广义地说，亚洲人，包括印度人和阿拉伯人，在西方受歧视，与非洲裔的遭遇，是同一种性质。

问：为什么还有那么多人前赴后继地想出国呢？

答：为什么西方世界要歧视居住在同一片土地上的其他民族，包括华人但绝不止于华人，而发展中国家的人们依然纷纷涌往西方，这个问题不是三言两语在一个采访里能够说全面的。

傲慢、偏见和排外的现象，可以说在地球上无处不在。归根结底是因为全球范围内的各个层次里，大到族群小到个人，有关生存资源的纷争。大处说起的话，比如西方在两百年中从世界各地获得的各种资源是无法计算的。再如，中国相对世界来说，占地面积和人口数量，发展阶段和所处的产业链上的位置，中国作为世界工厂所付出的环境代价，也决定了移民潮的持续。如果从小处着眼，20世纪初的排华法案是统治者群体保护既得利益消灭外来竞争的措施，因为华人的到来客观上是对资源再分配的一种要求。

问：此次疫情对发达国家来说在资源上应该也同样产生了紧张情绪吧？

答：过去和现在何其相似。前些年，加拿大房产公司纷纷到中国去兜售房产，忽悠许多国人来买了房子，房价炒高后，本地人纷纷高位脱手，媒体天天谴责中国人炒房。政府紧接着一连推出空置税、投机税和外国买家税，不明说，但主要针对中国买家，用许多细则把本地人从这些税排除出去。疫情中，还在讨论富人税，讨论所针对的财富的下限，大家在看那些买了豪宅的华人会不会又一次成为对象。

问：最近孟晚舟事件就发生在您生活的 BC 省，她也在温哥华购置了房产，您是怎么看待的呢？

答：孟晚舟事件和加拿大华人史，说有关联也无关联，说无关联也有关联。这个事件应该是对白求恩大夫的故事的一个难得的和迟来的补充。前者反应群体意志，后者体现个人精神，两者不可混淆。两个故事相隔将近一百年，先后进入历史，把加拿大房产商送给国人的美丽的风景名信片点缀得厚实些。

性格——孤独是常态

问：您认为华人遭遇歧视，与其所受传统教育或者性格有关吗？

答：华人在加拿大的情况，与他们所受的传统教育和性格有无关系，上述应该已经说明一部分。

但是，我从这个问题本身看到一个有意思的现象，是在其他受害群体里看不到的。通常是歧视者责问被歧视者，探究其性格，让他们承担原罪。而我们却有点倾向于自究，自责。前不久，有华人跑到法国去说，疫情过后，中国会很孤独。于是一些人纷纷附和：是呀，人家都要惩罚我们了，我们又做了什么不该做的事了吧。殊不知，中国有过不孤独的时候吗？这个世界上哪个国家不孤独？对于一个国家，一个民族，一个群体，乃至个人，归根结底，孤独是常态。不过，像中国人那么慷慨地唱衰自己的国家，在其他族群中是很少见的。令人百思不得其解。我想与言论自由度和软实力是有关联的。

言论自由——只是一种概念，或一种自娱

问：移民与国家及民众的自信，以及民众对国家的信心息息有关，其中不乏与各媒体宣传相关。比如，中国的疫情催生出了《武汉日记》。在加拿大是否比国内言论更自由呢？

答：言论自由的空间在任何地方都是有限的。互联网上的噪声也挤压了这个空间。在四分五裂的华裔人群中，知识分子在尽力发声。在民众的思想禁锢程度还很高的时代（我们周围大多数加拿大人此生此世是不会踏上中国土地半步的，这就是西方媒体的功劳，方方的日记最适合他们的口味和觉悟，而这样的口味和觉悟是点点滴滴从小熏陶的），言论自由只是一种概念，或一种自娱。

大智若愚——忍而韧的中国人

问：在如此环境中，华裔现在是一种怎样的生活态度和状况呢？

答：大多数华裔信奉"躲进小楼成一统"，在我看来具有比较浓厚的小农意识，有点消极，有点宿命，但也不无大智若愚的意味。黑人运动已有几个世纪，仍然是任重道远的。华人知道留得青山，知道审时度势，知道力所能及，知道随遇而安，投资教育，注重养生，经营小家，一个"忍"字充满意志力。既无为又奋发，在有限的，狭窄的，有时甚至是恶劣的空间里顽强地延伸自己，改善命运。

我认识一个浙江来的早期移民，曾经在国内大学教书，没有资产，成年以后出的国，因为语言不通，只能在仓库工作。但他照样买了房，养活一家子并接来四个老人，没有靠一分救济，现在他的儿子进了本地最高学府。这种情况，在其他族裔不多见，在华裔当中比比皆是。当华人作为少数民族的时候，当生存的环境变得特殊的时候，中华古老文明的韧性在这个群体里体现得淋漓尽致。

中医——大自然不属于我们，而是我们属于大自然

问：说到养生，中医在中华古老文明里的地位不容忽视。新冠肺炎病毒，乃至中国历史上几次大的瘟疫，中医都功不可没。您对中医的前景尤其是在国外的前景怎么看待？

答：至于中医的功效，我是外行，无法评价。但直觉告诉我，中医是一份宝贵的遗产，因为它与古代神学有关联，比较难以用现代科学去破译，于是具有超科学的成分。在一个充满生化危机的世界里，中医，无论效果如何，给中国的科学研究提供了一块难得的纵深地。

如今，北美的土著群体开始极力捍卫自己的文化遗产。他们仅仅在北美就已经有一万多年历史，可以说是人类的活化石。在他们口头传承的资料里，应当含有无数珍贵的信息。这个文明的被毁，是全人类的损失。美洲印第安人的灾难是人类的灾难。我之所以这么说，因为我目前就生活在这么一个古老的废墟上。我居住的地区到处都发现过古印第安人的足迹。我似乎每一天都在体验文明的盛衰造成的余震，每一天都似乎耳闻目睹工业革命的巨轮从土著居民的肉体和精神上碾压而过的惨烈。我每一天都在感恩土著居民们，在居住一万余年后，他们仍然留给我们好山好水。他们说，大自然不属于我们，而是我们属于大自然。这个观念体现出深刻的谦卑，与中国古代的一些思想家不谋而合，在我眼里是比机器的文明更高一筹的。

呐喊——我的小说诗意多，一般不直接"呐喊"

问：您喜欢的作家鲁迅，弃医从文，目的在于对国民的灵魂"呐喊"。身为职业作家，您对整个世界对人类、对中法文读者，尤其是疫情方面有什么想呐喊的吗？

答：尽管我的小说诗意多，一般不直接"呐喊"，但在小说以外，

还是可以清一清嗓子的。第一我盼望各个层面，国与国之间，群与群之间，地区之间，能够宽容，互谅，和平共处；第二我希望自然环境受到保护，尤其在中国这个资源缺乏的国度。与之相关的公共卫生和食品安全保障已经刻不容缓。雾霾的隐性杀伤力不比病毒小。

问题设计及整理：西南交通大学温杨
2020 年 7 月

【作者简介】

应晨，女，复旦大学法语系学士，蒙特利尔麦吉尔（McGill）大学硕士。现居住于温哥华和巴黎，世界性的专职作家，自1992年至今，平均以每两年面世一部作品的频率，耕耘在文坛。除大部分以小说的形式出现外，还有俳句、诗歌、戏剧、随笔、书信体。创作语言以法语为主，另有中文译作。最近创办个人诗社网站：yingchen365.com，意在推广清平短诗，介绍中国文化。

温杨，巴黎第八大学法国语言和现代文学博士，西南交通大学讲师，博士研究方向为法国现代文学符号学。本科和硕士阶段从语言学和精神分析学方面对应晨作品进行研究。著有《应晨的"水的记忆"》La Mémoire de l'eau de Ying Chen，édition bénévent，2011，Nice 和《应晨的创作与再创作》Incarnation et réincarnation chez Ying Chen，édition Publibook，2015，Paris。

温杨的联系方式：电子邮箱：wychine2003@yahoo.fr 或 18081040213@163.com

手机：18081040213

通信地址：四川省成都市郫都区犀安路999号西南交通大学外国语学院 邮编：611756

【基金项目】本文为中央高校基本科研业费研究专项科技创新项目"华裔法语女作家应晨小说中的文学文化符号转换"（编号：268SWJTU15WCX07）的阶段性成果。

国家与地区研究

现实困境与前景展望:萨赫勒五国集团反恐行动解析[①]

西安外国语大学欧洲学院
■齐赵园　侯宇琼

【摘　要】面对非洲萨赫勒地区严峻的安全形势,2014年马里、毛里塔尼亚、尼日尔、布基纳法索、乍得成立萨赫勒五国集团(G5 Sahel),并于2017年组建联合反恐部队协同执行跨境巡逻任务。但联合部队行动成效并不显著,原因在于联合部队面临资金、装备、兵力不足等诸多困难,再加上圣战萨拉菲主义在非洲的迅速蔓延,恐怖组织逐步"基地化",新冠肺炎疫情蔓延等一系列的现实问题,该地区反恐形势不容乐观。要想实现维护和平的长远目标,不仅需要该地区各国加强自主反恐能力与协同作战能力,还需要国际社会加大支持力度,承担起相应的责任。

【关键词】　萨赫勒　反恐　非洲

【Abstract】In 2014, Mali, Mauritania, Niger, Burkina Faso and Chad organized the G5 Sahel to tackle the serious security situation of the Sahel in Africa. In 2017 the five Sahelian countries created an antiterrorist force executing cross-border patrol. However, the effect of the operations carried out is not obvious, due to the lack of funds, equipment and forces. The antiterrorist situation in this region is not very encouraging because of the invasion of jihadist

---

[①]　本文是西安外国语大学校级科研专项项目"萨赫勒地区安全问题及中国在该地区规避风险的对策研究"(项目编号:19XWD08)、西安外国语大学校级科研专项项目"总体国家安全观视域下中外反恐合作研究——以非洲萨赫勒地区为例"(项目编号:20XWJ07)的阶段性研究成果,受西安外国语大学科研基金资助。

Salafism, the evolution of terrorist organizations and the spread of the epidemic. To get rid of this dilemma, the Sahelian countries and the international community must increase their support and share responsibilities.

【Key Words】Sahel　Antiterrorism　Africa

引　言

萨赫勒地区是非洲撒哈拉沙漠以南，苏丹草原以北，西起大西洋，东至红海的一个宽 320 公里至 480 公里的区域，横跨塞内加尔、马里、毛里塔尼亚、布基纳法索、尼日尔、乍得等国。2011 年利比亚内战爆发后，极端分子开始向萨赫勒地区马里、阿尔及利亚、尼日尔等国渗透。2012 年初，马里北部以图阿雷格族为主的"阿扎瓦德民族解放运动"发动武装叛乱，分离主义与极端主义相互勾结，先后占领马里北方大部分地区。2017 年"伊斯兰国"遭受重创，大量非籍恐怖分子回流非洲，萨赫勒地区安全态势进一步恶化。

面对严峻的安全形势，萨赫勒地区国家与国际社会相继做出努力。作为非洲大多数法语国家的原宗主国，为维持其在非洲大陆的影响力并维护其在非洲的特殊利益，法国积极参与非洲反恐事务，分别于 2013 年 1 月和 2014 年 8 月发起"薮猫行动"① 和"新月形沙丘行动"②。随着圣战萨拉菲主义（Salafisme Djihadiste）在萨赫勒地区的蔓延扩散，萨赫勒五国也积极谋求合作以共同应对地区安全与发展问题。2014 年 2 月，马里、毛里塔尼亚、布基纳法索、尼日尔和乍得决定成立萨赫勒五国集团

---

① 2013 年 1 月，法国出兵马里，发起"薮猫行动"，帮助马里政府军迅速收复失地。
② 2014 年 8 月，法国基于在马里北部的反恐成果，将行动进一步升级，启动"新月形沙丘行动"，向萨赫勒地区派遣约 4000 名军人，与区域内五国集团的军队协同作战，共同打击恐怖主义和极端势力。

(G5 Sahel),以加强地区安全与反恐合作作为主要目标。① 2017年2月,萨赫勒五国集团决定成立一支5000人的联合部队,该部队将在马里、尼日尔、布基纳法索的边境地区执行跨境巡逻任务,旨在打击萨赫勒地区日益严峻的恐怖主义活动②。即便如此,联合反恐行动成效仍旧十分有限,军事行动进展缓慢,要想解决萨赫勒地区问题,依然任重而道远。

一 萨赫勒地区安全局势分析

国际恐怖主义经过转移和扩散,在地缘上形成恐怖主义"动荡弧",萨赫勒地区已成为恐怖主义和极端主义势力的泛滥之地。国际恐怖主义组织同当地暴恐势力沆瀣一气是该地区恐怖主义的一大特点。早在2006年,"基地"组织(Al-Qaïda)就与"伊斯兰马格里布基地组织"(Al-Qaïda au Maghreb islamique)结盟,并同"伊斯兰捍卫者"(Ansar Dine)和"西非圣战统一运动"(MUJAO)等宗教极端势力相互勾结,除此之外,还有活跃在尼日利亚的"博科圣地"(Boko Haram)以及索马里青年党(Al-Shabaab),这些暴恐组织频频在萨赫勒地区制造恐怖事件,给当地安全与稳定造成了严重威胁,极大地阻碍了该地区的发展。2012年马里北部的图阿雷格族分裂武装发动叛乱对该国以及周边国家产生了强烈的冲击,急剧恶化的安全局势迫使该地区国家与国际社会采取行动。

马里、毛里塔尼亚、布基纳法索、尼日尔、乍得五国相似的地理环境、历史文化传统以及同样脆弱的安全形势成为萨赫勒五国集团(G5 Sahel)成立的基础。特别是在位于马里、布基纳法索、尼日尔三国交界处的利普塔科-古尔马三角地区(Liptako-Gourma),由于各国对广大沙漠地区缺少有效控制,该地区频繁发生恐怖袭击并造成大量人员伤亡。

---

① 慕小明、檀兵之:《跨洲反恐,剑指萨赫勒"恐怖带"》,新华网,2017年9月15日,http://www.xinhuanet.com/globe/2017-09/15/c_136588016.htm,访问日期:2021年1月20日。
② 李志伟:《萨赫勒五国集团反恐部队成立》,人民网,2017年9月11日,http://world.people.com.cn/n1/2017/0911/c1002-29527374.html,访问日期:2021年1月17日。

各国只有通过合作，在各边境地区协调配合，采取一致政策才能有效应对该地区的安全与发展问题。

时至今日，萨赫勒五国联合部队的反恐行动已经持续了三年有余，但该地区恐怖主义呈现出的恐袭方式多样化、行动的跨境性、组织的分散性无疑为反恐行动制造了不小的障碍，甚至使得联合反恐行动陷入"越反越恐"的悖论。

根据全球恐怖主义数据库统计数据①，从 2012 年开始，发生在萨赫勒五国的恐怖袭击事件开始大幅度增长，2011—2018 年共发生恐袭事件 961 起。从总体上来看，恐袭事件数量在 2015 年达到阶段性峰值，在国际反恐联盟的打击下 2016 年有所回落，但 2017 年与 2018 年又持续增长，萨赫勒五国整体安全局势并未根本好转。

然而各国情况又不尽相同，马里安全问题尤为突出，961 起恐怖主义事件中超半数发生在马里，马里北部地区"圣战"主义思想根深蒂固，反叛武装同极端势力相互勾结，边境地区的毒品交易和非法买卖为恐怖组织提供了资金支持，加之邻国的放任态度，所以这一地区成了恐怖主义滋生的温床。2012 年 3 月，马里发生政变，为支持当地的和平进程，保护平民安全，联合国于 2013 年 4 月成立马里稳定团。然而，自成立以来，马里北部地区仍旧冲突不断，中部地区的武装袭击也有增多趋势。2021 年 1 月 13 日，在通布图（Tombouctou）执行完任务的联合国维和士兵遭遇爆炸袭击，导致一名士兵身亡，而这已经是 2021 年第二起马里稳定团维和人员遇袭事件，2020 年，共有 6 名维和人员在马里遇袭身亡②。

值得注意的是，马里北部的极端势力不断向周边国家和地区扩散，其组织架构和行动模式也被其他恐怖组织效仿。此外，长期以来该地区国家政府执政水平的低下以及人民的不满情绪为极端主义的滋长和蔓延

---

① 所引用相关数据来源于美国马里兰大学全球恐怖主义数据库（Global Terrorism Database），该数据库目前可向全球范围内的用户提供 1970—2018 年间世界范围内恐怖主义事件的相关信息。网址为 http://www.start.umd.edu/gtd/。

② 邢建桥：《一名联合国维和士兵在马里东北部遇袭身亡》，新华网，2021 年 1 月 15 日，http://www.xinhuanet.com/world/2021-01/16/c_1126989472.htm，访问日期：2021 年 1 月 18 日。

提供了有利条件，布基纳法索自 2015 年以来恐怖袭击事件频发，安全形势十分严峻，2020 年 10 月 14 日布基纳法索北部塞诺省（Séno）三个村庄遭武装分子袭击，造成约 20 人死亡，另有多人受伤。武装分子仅 2020 年一年就在布基纳法索发动了数十起针对平民的袭击事件，已造成数百人死亡，布基纳法索人道主义形势急剧恶化[①]。

表 1-1　　　　2011—2018 年萨赫勒五国恐怖主义事件数量

	马里	布基纳法索	尼日尔	毛里塔尼亚	乍得	共计
2011 年	4	—	2	3	—	9
2012 年	19	—	1	—	—	20
2013 年	58	1	4	—	—	63
2014 年	69	—	5	—	1	75
2015 年	121	6	41	—	27	195
2016 年	100	10	25	—	5	140
2017 年	142	32	13	—	6	193
2018 年	164	70	19	1	12	266
共计	677	119	110	4	51	961

根据戴维·拉波波特（David C. Rapoport）提出的四波恐怖主义浪潮理论[②]，"基地组织"与"伊斯兰国"等恐怖组织在全球的肆虐表明当前的恐怖主义处于第四波恐怖主义浪潮中，即"宗教恐怖主义"（religious terrorism）。萨赫勒地区恐怖主义的特征也印证了这一理论，大多数活跃在萨赫勒地区的恐怖组织均以"圣战"萨拉菲主义作为自己的意识形态，其狂热、残忍、破坏程度远超前三波恐怖主义浪潮[③]。在 2011—2018 年发生的 961 起恐怖主义事件中，除去 322 起袭击者身份不明的案件，在萨赫勒五国发动恐怖主义事件最多的恐怖组织为尼日利亚的"博

---

① 薛涛：《布基纳法索发生袭击事件 约 20 人死亡》，新华网，2020 年 10 月 16 日，http://www.xinhuanet.com/world/2020-10/16/c_1126619033.htm，访问日期：2021 年 1 月 11 日。
② 拉波波特认为，自现代恐怖主义从 19 世纪 70 年代出现明显的跨国特征以来，国际社会经历了"无政府主义恐怖主义"（anarchists terrorism）、"反殖民恐怖主义"（anti-colonial terrorism）、"新左派恐怖主义"（new left terrorism）、"宗教恐怖主义"（religious terrorism）四波发展浪潮。
③ 曾向红：《全球化、逆全球化与恐怖主义新浪潮》，《外交评论》2017 年总第 34 期。

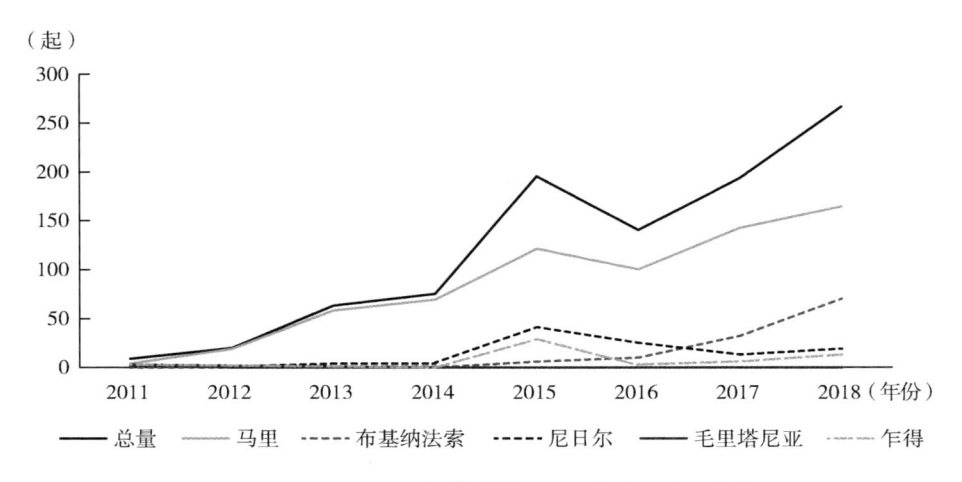

图 1-1　2011—2018 年萨赫勒五国恐怖主义事件数量

科圣地"。该组织近年上升势头迅猛，对尼日利亚以及整个非洲地区的安全和稳定造成了巨大威胁。该组织主要盘踞在尼日利亚北部和东部边境地区，同尼日利亚接壤的喀麦隆、尼日尔、乍得和马里等国深受其害。尽管尼日利亚军方针对"博科圣地"于 2020 年展开多次清剿行动，但该组织仍是萨赫勒地区最大的安全威胁。其次，"基地"组织（Al-Qaïda）为了扩张其组织影响力，在全球多个地区建立分支，其中北非地区"伊斯兰马格里布基地组织"（AQIM）以及北非和西非地区的"伊斯兰教与穆斯林支持组织"（Jamaat Nusrat al-Islam wal Muslimeen）2011—2018 年在萨赫勒五国共制造恐怖事件 157 件，造成了难以估量的人员和财产损失。

宗教极端分子广泛使用自杀式恐怖袭击，不仅造成了大量的人员伤亡，更使当地居民产生恐慌心理。据统计，2011—2018 年，发生在萨赫勒五国的恐袭事件共造成约 3595 人死亡（包括因该事件直接导致死亡的所有遇难者和袭击者），以及 2723 人受伤（已证实的受到非致命伤害的人数）。而根据联合国发布的数据，在布基纳法索、马里和尼日尔，死于恐怖袭击的人数自 2016 年以来增加了五倍[①]。恐怖袭击给本就贫穷落后

---

① 联合国安理会：《秘书长的报告——萨赫勒五国联合部队》，2020 年 5 月 8 日，https://undocs.org/zh/S/2020/373，访问日期：2021 年 1 月 16 日。

的萨赫勒地区增添了更多的不稳定因素,使得社会秩序混乱,无法正常运作,恐怖主义成为该地区发展迟滞的一大原因。

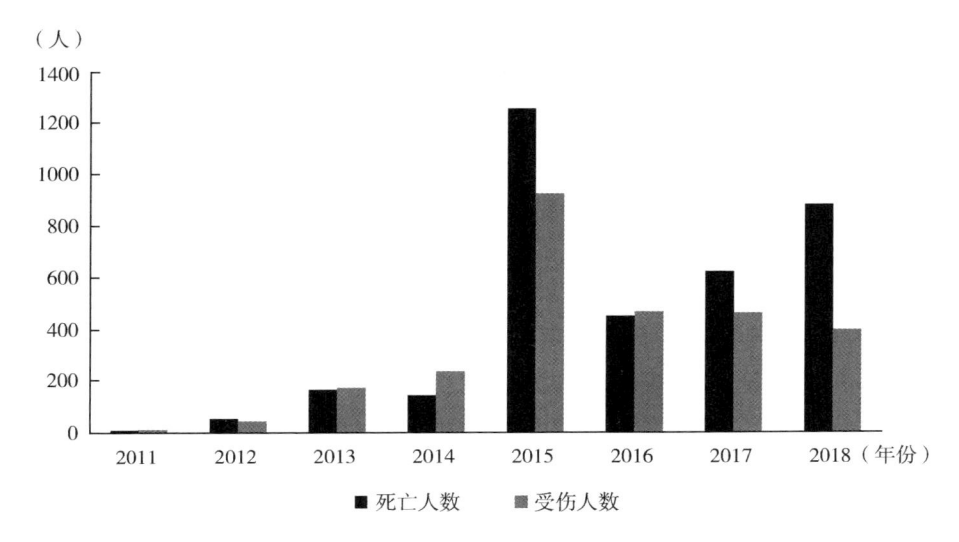

图 1-2 2011—2018 年萨赫勒五国恐怖主义事件造成伤亡人数统计

二 萨赫勒五国联合反恐困难重重

2020 年 6 月,联合国难民署针对萨赫勒地区的安全形势发出警告,萨赫勒地区以及乍得湖盆地地区平民频繁遭受武装袭击,根据统计数据,仅半年的时间大规模的暴力冲突就已经导致该地区近 5 万人流离失所[①]。随着地区安全形势的恶化,再加上行动能力、装备、训练不足、资金短缺等原因,萨赫勒五国联合部队反恐行动的推进和组织维持将面临更大的挑战和障碍。此外,有迹象表明该地区极端组织试图利用新冠肺炎疫情趁机坐大,加强恐怖主义活动,使得萨赫勒地区安全局势更趋复杂。

萨赫勒五国联合反恐部队从成立之初就面临着资金不足的问题。萨

---

① UNHCR, 2020 Sahel Appeal, Plateforme de coordination des déplacements forcés au Sahel, le 12 juin 2020, https://data2.unhcr.org/fr/documents/download/77069. 访问日期: 2021 年 1 月 15 日。

赫勒五国长期以来发展滞后，积贫积弱，政权不稳，财政问题突出。世界银行近年的统计数据显示[①]，萨赫勒五国作为经济水平较低的发展中国家，经济增长速度较慢，GDP 增长率不稳，波动很大，甚至在有些年份出现负增长状况。统计数据显示，由于经济发展水平较低，各国军费支出十分有限，且军费开支中尚有相当一部分用于维持和平部队、国防部门和其他从事防卫工作的政府机构的运转，还要支付军队人员的养老金、军事研发以及军备采购，所以拨付给五国联合反恐部队的经费严重不足，需要寻求国际社会的多方援助。

表 2-1　　　　　　2012—2019 年萨赫勒五国 GDP 增长率　　　　单位：%

	马里	布基纳法索	尼日尔	毛里塔尼亚	乍得
2012 年	-0.837	6.453	10.549	4.47	8.883
2013 年	2.295	5.793	5.315	4.151	5.7
2014 年	7.085	4.327	6.642	4.275	6.9
2015 年	6.172	3.921	4.393	5.376	2.768
2016 年	5.852	5.958	5.709	1.261	-6.256
2017 年	5.305	6.203	4.999	3.497	-2.989
2018 年	4.746	6.731	7.219	2.115	2.347
2019 年	4.751	5.699	5.903	5.931	3.247

表 2-2　　　　　　2016—2019 年萨赫勒五国军费支出[②]　　　　单位：百万美元

	马里	布基纳法索	尼日尔	毛里塔尼亚	乍得
2016 年	362.4	149.5	166.2	136.1	309.6
2017 年	460.2	191.1	200.2	143.8	219.1
2018 年	481.7	305.8	229.6	159	253.2
2019 年	474.3	357.9	171.9	162.4	234.7

---

① 所引用相关数据来源于世界银行数据库。网址为 https://data.worldbank.org.cn/indicator/NY.GDP.MKTP.KD.ZG，访问时间：2021 年 1 月 19 日。
② 所引用相关数据来源于世界银行数据库。网址为 https://data.worldbank.org.cn/indicator/NY.GDP.MKTP.KD.ZG，访问时间：2021 年 1 月 19 日。

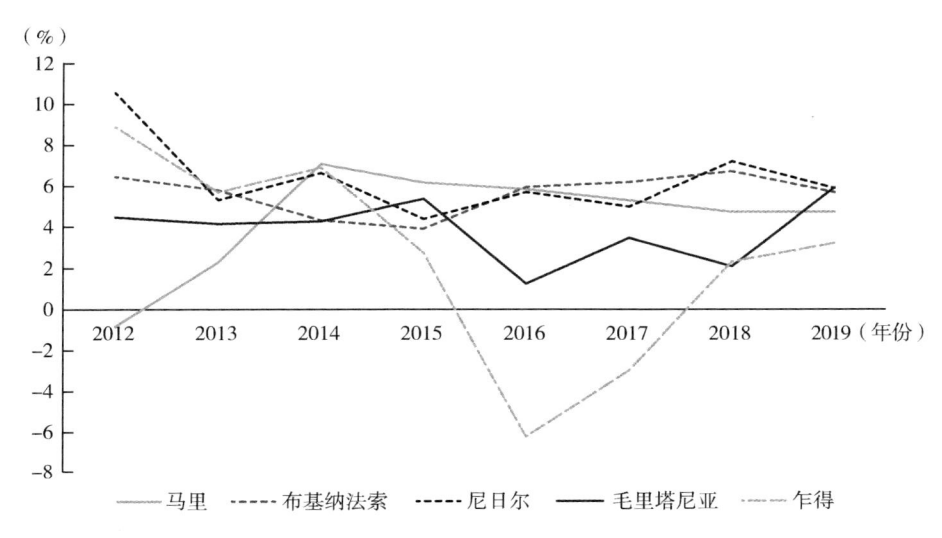

图 2-1　2012—2019 年萨赫勒五国 GDP 增长率

法国国防部部长弗洛朗斯·帕尔利（Florence Parly）在 2019 年的一次演讲中说道："如果我们不设法稳定马里、尼日尔、布基纳法索安全局势，恐怖主义、人质劫持以及从这些国家而来的非法移民将像两把达摩克利斯之剑高悬于欧洲大陆之上。我们应当帮助其组建安全部队并与其协同作战，欧洲国家对此当仁不让。"① 法国作为萨赫勒五国集团的重要反恐合作伙伴，一方面试图继续维持在非洲的影响力，另一方面从实际出发，难民问题以及恐怖主义渗透直接冲击着欧洲国家的社会安全，因此法国一直积极参与萨赫勒地区的反恐行动，并且在国际社会上积极斡旋，为萨赫勒五国反恐部队筹集资金。

萨赫勒五国联合反恐部队筹备初期启动预算资金为 4.23 亿欧元，其中萨赫勒五国各出资 1000 万欧元、欧盟提供 5000 万欧元②。法国总统马克龙在 2017 年 7 月 2 日举行的萨赫勒五国集团特别峰会上表示将为萨赫

---

① Le Figaro avec AFP, «La France appelle les forces spéciales européennes à épauler Barkhane au Sahel», *Le Figaro*, le 13 juin 2019, https：//www.lefigaro.fr/flash-actu/la-france-appelle-les-forces-speciales-europeennes-a-epauler-barkhane-au-sahel-20190613，访问日期：2021 年 1 月 18 日。

② 慕小明：《恐袭不断　萨赫勒五国联合反恐任重道远》，《中国青年报》2017 年 9 月 7 日第 12 版。

勒五国联合部队提供价值约 800 万欧元的 70 辆作战车辆及通信和单兵装备。2017 年 11 月美国宣布将资助 6000 万美元给萨赫勒五国联合反恐部队①。2020 年，尽管正在抗击新冠肺炎疫情，欧盟 28 日仍宣布向动荡的萨赫勒地区追加 1.94 亿欧元援助，用于维护萨赫勒地区的安全与稳定②。由此不难看出，萨赫勒五国联合反恐很大程度上依赖国际社会的支持，因此在资金来源方面具有不稳定性和不可持续性，甚至于会面临"空头支票"以及资金不到位的情况。例如由欧盟牵头召开的萨赫勒地区局势高级别会议于 2018 年 2 月在布鲁塞尔举行，法国总统马克龙、德国总理默克尔等欧盟成员国领导人与相关非洲国家元首重点讨论了反恐议题。会上，各方承诺向萨赫勒五国集团提供 4.14 亿欧元援助，其中欧盟的援助资金将达到 1 亿欧元，以加大对该地区反恐行动的支持，尽快使萨赫勒五国集团联合反恐部队展开行动③。但同年 12 月 6 日在毛里塔尼亚举行的萨赫勒联盟大会上，尼日尔总统马哈马杜·伊素福（Mahamadou Issoufou）表示，先前国际社会承诺向萨赫勒联合反恐部队提供的 4.14 亿欧元援助仅收到 1800 万欧元④。这充分反映了萨赫勒五国集团自主反恐能力弱，集体防卫能力差的特点。资金来源以及落实问题的确是阻碍萨赫勒五国联合反恐部队进行下一步行动的一大障碍。

非洲的安全局势使得美法等国陷入援非反恐持久战，随着美国对非政策的调整，美国对非洲安全事务的投入逐渐收缩。据法国《世界报》报道，在布鲁塞尔参加北约军事委员会会议的美军参谋长联席会议主席马克·米利（Mark Milley）2020 年 2 月 13 日表示，美国希望在未来减少

---

① 王战涛：《马克龙：为美国援助萨赫勒五国反恐感到欣慰》，环球网，2017 年 11 月 2 日，https：//world. huanqiu. com/article/9CaKrnK5CNR，访问日期：2021 年 1 月 11 日。

② 《欧盟向萨赫勒五国集团追加 1.94 亿欧元援助谋求维护地区安全》（记者德永健），中国新闻网，2020 年 4 月 29 日，https：//www. chinanews. com/gj/2020/04 - 29/9171061. shtml，访问日期：2021 年 1 月 17 日。

③ 李逸达：《非洲萨赫勒地区反恐形式严峻》，人民网—人民日报，2018 年 2 月 26 日，http：//world. people. com. cn/n1/2018/0226/c1002 - 29833648. html，访问日期：2021 年 1 月 11 日。

④ 缪成石编译：《欧洲和法国宣布向非洲萨赫勒提供 15 亿美元的援助》，中华人民共和国商务部，2018 年 12 月 10 日，http：//www. mofcom. gov. cn/article/i/jyjl/k/201812/20181202815166. shtml，访问日期：2021 年 1 月 12 日。

在非洲和中东的军事存在,转而加强在美国本土和太平洋地区的军事部署①。法国总统马克龙表示希望能说服美国在非洲反恐方面继续给予支持,但法国也面临作战资源有限的掣肘,同时法国国内社会矛盾也很突出,从黄马甲运动再到当前因对退休法案不满而发起的罢工对法国都是不小的打击。法国在非洲的兵力部署被恐怖组织视为直接攻击对象,给法军造成不小的人员伤亡,法国国内对援非反恐的质疑与批评不绝于耳。在自主反恐能力不足、国际援助不确定的情况下,萨赫勒五国联合部队的反恐行动能否成功犹未可知。

除资金问题以外,该反恐部队还面临兵力不足、装备落后、情报收集能力欠缺等挑战。世界银行统计数据显示,2016—2018 年萨赫勒五国武装部队(包括现役部队及可支援或代替正规军的支助军队)兵力大多在 10000 人到 20000 人之间,因此部署一支 5000 人的联合反恐部队对于五国而言都面临兵力不足的问题。而一支反恐部队同时还需要配备武器军械,定期进行人员培训和训练,以及日常开支,这些对萨赫勒五国都是不小的压力。

表 2-3　　　　　2016—2018 年萨赫勒五国武装部队人员总数②　　　　单位:人

	马里	布基纳法索	尼日尔	毛里塔尼亚	乍得
2016 年	17800	11450	10700	20850	39850
2017 年	18000	11000	10000	21000	35000
2018 年	21000	11200	10300	20850	32850

萨赫勒地区乃至整个非洲的安全问题归根结底是发展问题,安全问题是发展不充分或落后的表征。解决不好发展问题,仅仅进行军事干涉也只是扬汤止沸,治标不治本。萨赫勒地区各国目前的社会发展状况不容乐观,多年来非洲各国未能找到一条适合自己的发展道路以及发展模

---

① 唐霁:《马克龙宣布向非洲增派军人加强反恐行动》,新华网,2020 年 1 月 14 日,http://www.xinhuanet.com/2020-01/14/c_1125459077.htm,访问日期:2021 年 1 月 20 日。
② 所引用相关数据来源于世界银行数据库。网址为 https://data.worldbank.org.cn/indicator/MS.MIL.TOTL.P1,访问时间:2021 年 1 月 19 日。

式，政治方面政权不稳，政府内部腐败严重，国家权威坍塌，基本的公共服务缺失。没有和平就没有稳定，没有稳定就没有发展，因而国家经济也一直疲软，缺少有效的经济动能，人民收入较低且财富分配不均，无法推动社会持续发展，于是人民对执政当局的不满情绪不断积聚，因而很容易受到"圣战"分子的蛊惑而加入恐怖组织，恐怖主义势力因此而不断壮大。在这样的社会状况下，非法交易和买卖成了迅速获取财富的方式，因此犯罪率不断攀升，司法不健全和对违法犯罪打击力度不够也导致毒品交易等犯罪行为屡禁不止，而由此获得的资金为恐怖主义行动提供了源源不断的支持。

此外，萨赫勒五国人口状况堪忧，这一地区虽然是世界上最不发达的地区之一，但人口增长率却持续走高。2010年萨赫勒五国共有人口6千万，据预测，2030年将会有人口1.16亿，2050年人口将突破1.98亿[1]。人口爆炸随之而来的水、土地等自然资源的短缺，形成新的社会不稳定因素。人口增多后农村剩余劳动力从乡村涌入城市，但这些国家的城市经济同样缺乏活力，大量人口生计难以维持，因此对社会怀有怨恨心理的年轻人很容易成为"圣战"分子发展的目标，使得恐怖组织在这样混乱的局面中获益。

2020年初突如其来的新冠肺炎疫情进一步恶化了萨赫勒地区的安全局势，非洲各国将主要医疗及援助力量用于抗击新冠疫情，而恐怖组织借此"人道主义真空"制造混乱，吸引民众加入。荷兰海牙国际反恐怖主义中心学者朱莉·科尔曼（Julie Corman）指出，这些恐怖组织向其成员提供了预防疾病传播指南，并宣扬加入组织可以保障卫生健康，以此来吸纳新成员[2]。而国际社会各国政府疲于应对疫情，也极大地分散了打击恐怖主义的精力。2020年3月27日，法国、英国、德国、葡萄牙等

---

[1] World Population Prospects: 2017 Revision, New York, Nations Unies, 2017; S. Nguembock et A. Parant, Les pays du G5 Sahel: perspectives démographiques et enjeux géopolitiques à l'horizon 2030, Observatoire des enjeux géopolitiques de la démographie, Rapport n°4, mars 2017.

[2] 叶攀：《袭击频发造成重大平民伤亡 非洲萨赫勒地区安全困局难解》，中国新闻网，2020年5月19日，https://www.chinanews.com/gj/2020/05-19/9188170.shtml，访问日期：2021年1月15日。

13个欧洲国家发表声明称将建立一支名为"塔库巴"（Takuba）的特遣部队，由"新月形沙丘"行动统一指挥，协同马里以及尼日尔军队作战并提供咨询。但由于新冠肺炎疫情的蔓延，这支特遣部队不得不推迟部署①。因此，在防控疫情的同时也不能忽视对极端恐怖主义的防范，尤其是恐怖主义高发地区更需提高警惕。

三 萨赫勒地区反恐行动前景展望

严峻的安全形势，再加上资金短缺、兵力不足、军备落后、国际援助收缩、域内社会经济问题突出、新冠肺炎疫情打击，萨赫勒五国联合反恐部队面临重重挑战。萨赫勒地区的安全和发展问题不是仅仅依靠一支5000人的联合部队就能解决的，不仅需要萨赫勒五国集团各成员国加强自身能力，更需要非洲其他国家、国际及地区组织的相互配合以及国际社会的广泛援助。更重要的是要解决该地区的社会发展问题，从根本上铲除恐怖主义滋生的温床。

首先，萨赫勒五国应加强自主维和与集体维和能力建设，各成员国应积极投入联合反恐行动，协调一致，责任共担。并且应加强同周边国家的合作，同时，在非洲地区还存在其他区域、次区域组织，萨赫勒五国集团各成员国也分属于或同时属于这些组织。这些组织的建立深化了该地区各国在不同领域的合作，但同时各个组织的运转与维持也耗费了各国相当一部分经费，增加了一定负担。因此该地区的各个区域、次区域组织也应明确分工和目标，提高运作效率，避免相互掣肘的局面出现，以减少不必要的损耗与浪费。此外，在萨赫勒各国兵力以及资金有限的情况下，目前该地区反恐行动很大程度上依赖国际社会的支持，但要想实现维护安全的长远目标，该地区各国必须弥补自身在情报、人员管理、科技手段等方面的不足，依托欧盟在萨赫勒地区委派的马里能力建设特

---

① 联合国安理会：《秘书长的报告——萨赫勒五国联合部队》，2020年5月8日，https://undocs.org/zh/S/2020/373，访问日期：2021年1月16日。

派团、马里军事训练部队、尼日尔能力建设特派团等援助力量，提升内部安全力量作战能力，尽早实现独立自主反恐。

表 3-1　　　　　萨赫勒五国加入区域、次区域组织情况①

布基纳法索	G5	CEDEAO	CENSAD	CILSS	UA		GIABA	PSCJP
马里	G5	CEDEAO	CENSAD	CILSS	UA		GIABA	PSCJP
毛里塔尼亚	G5	UMA	CENSAD	CILSS	UA	CEMOC	GAFIMOAN	PSCJP
尼日尔	G5	CEDEAO	CENSAD	CILSS	UA	CEMOC	GIABA	PSCJP
乍得	G5	CEDEAO	CENSAD	CILSS	UA		GABAC	

注：G5——萨赫勒五国集团；CEDEAO——西非经济共同体；UMA——阿拉伯马格里布联盟；CENSAD——萨赫勒-撒哈拉国家共同体；CILSS——萨赫勒地区国家常设抗旱委员会；UA——非洲联盟；CEMOC——联合行动参谋委员会；GIABA——西非政府间反洗钱行动小组；GAFIMOAN——中东与北非金融行动特别工作组；GABAC——中非反洗钱行动小组；PSCJP——萨赫勒刑事司法合作平台。

其次，在非洲各国自身能力有限的情况下，国际社会也应提供一定的援助。恐怖主义是一个世界性的问题，如今在萨赫勒地区蔓延的"圣战"主义颇有以非洲为跳板蔓延至欧洲的趋势。因此国际社会应意识到萨赫勒问题的严重性与迫切性，在多边框架内寻求合作。除去必要的资金援助，萨赫勒地区国家也应同其他国家进行武器装备、情报搜集、人员培训等多方面的合作。2020 年 1 月 13 日，法国总统马克龙与布基纳法索、马里、毛里塔尼亚、尼日尔和乍得五国政府首脑在法国西南部城市波城举行峰会，会上决定将萨赫勒五国集团联合部队、法国"新月形沙丘"反恐行动部队以及其他国家的安全部队组成"萨赫勒联盟"②，旨在协调国际参与，加强主要行为体之间在萨赫勒地区的协调。萨赫勒联盟的成立标志着国际力量在该地区的合作迈上新的台阶，但在解决萨赫勒地区问题的过程中各方应尊重非洲国家主权，遵守"援助性原则"，警惕相关势力假借反恐之名加强军事存在和推行意识形态，使得"新干涉主义"合法化。

最后，欲从根本上解决该地区的安全问题，必须将自身发展问题摆

---

① Hugo Sada, Quel avenir pour le G5, Observatoire du monde arabo-musulman et du Sahel de FRS, mars 2017.

② 刘玲玲：《西非和萨赫勒地区强化反恐合作》，《人民日报》2020 年 1 月 16 日第 17 版。

在重要位置,将军事干预同政治途径解决相结合。时任中国常驻联合国代表马朝旭 2019 年曾向国际社会呼吁:"仅靠军事手段不能解决该地区安全问题,需积极推进有关国家和平进程。"① 萨赫勒地区各国政府应重视国内经济和民生建设,制定有效政策,找到一条适合本国的发展道路。健全司法和对犯罪的打击力度,铲除腐败,重新取得人民信任并树立权威。以人为本,着力解决社会矛盾,加强基础设施建设,完善医疗、公共卫生、教育、文化体系,稳定社会秩序,创造良好和谐的社会环境,提升人民幸福指数。只有这样才能唤起非洲年青一代对国家和对未来的希望,极端势力才能彻底失去在非洲的资金以及人员支持,安全问题才能得到彻底解决。

余 论

安全、气候、新冠肺炎疫情等威胁齐聚萨赫勒地区,加之该地区复杂的政治生态,需要国际和域内国家相互合作,共同解决萨赫勒地区的安全和发展问题,这不仅关乎整个非洲的和平与稳定,更关乎全人类的命运。恐怖主义是世界公敌,所有国家都应当重视并承担相应责任。目前来看,萨赫勒地区安全形势严峻,萨赫勒五国联合部队能力建设进程缓慢,面临资金短缺、兵力不足、装备落后、协调合作能力弱等一系列问题,新冠肺炎疫情的蔓延更为当地政府带来了严峻挑战,反恐局面不容乐观。一方面萨赫勒五国集团应充分发挥其作用,加强自身能力建设,另一方面还需要世界其他各国与国际组织的支持与配合,提供资金、人员、情报信息等多方面的援助。最重要的是解决萨赫勒地区的贫困等人道主义危机以及社会发展迟滞问题,增强社会凝聚力,从而实现该地区的长治久安。

---

① 常驻联合国代表马朝旭大使在安理会萨赫勒五国联合部队问题公开通报会的发言,中国外交部官方网站,2019 年 5 月 16 日,https://www.fmprc.gov.cn/web/dszlsjt_673036/t1669962.shtml,访问日期:2020 年 12 月 19 日。

【作者简介】

齐赵园,博士,讲师,西安外国语大学法语国家与地区研究中心主任、欧洲学院法语专业教师,研究领域:法语国家与地区研究、西方古典学。

侯宇琼,西安外国语大学欧洲学院法语专业2019级硕士研究生,研究领域:法语国家与地区研究。

联系方式:手机:13679183081 电子邮箱:710693424@qq.com

通信地址:陕西省西安市长安区文苑南路西安外国语大学欧洲学院64号信箱 邮编:710128